모성

모성

미나토 가나에 지음
김진환 옮김

죽을 만큼 죽일 만큼 서로를 사랑했던 엄마와 딸

리드리드출판

차례

제1장

엄숙한 시간

모성에 관하여

10월 20일 오전 6시경, Y현 Y시의 공영주택 화단에 여학생(17세)이 쓰러져 있다는 신고가 경찰에 접수되었다. 신고자는 여학생의 어머니였다.

경찰은 여학생이 4층의 자택에서 추락한 것으로 보고, 사고와 자살의 가능성을 염두에 두고 면밀히 조사 중이다. 학생의 담임 선생님은 "태도가 성실하고 반 친구들의 신뢰도 두터웠으며 특별한 고민은 없어 보였다."라고 진술했다.

한편 신고자인 어머니는 "모든 걸 바쳐 애지중지 키워온 딸이 이렇게 되었다는 게 믿기지 않습니다."라고 말해 주위를 숙연케 했다.

어머니의 고백

"저는 딸아이에게 제 모든 걸 바쳐 정말 애지중지 키웠습니다!"

그렇게 한 치의 망설임 없이 단호하게 말하는 저를 보며 신부님은 이렇게 물었습니다.

"왜 그러셨지요?"

단순한 질문일 수도 있겠지만 대답이 바로 나오지 않더군요. 신부님은 "답은 다음에 주셔도 되니 천천히 생각해보시고, 이 노트에 마음을 풀어놓아 보세요."라고 말씀하셨습니다.

"왜 아이를 애지중지 키웠는가?"

이런 질문을 받은 건 생전 처음입니다. 노트에 글을 적다 보니 깨달은 사실이죠.

생각해보면 참 이상한 질문입니다. 일반적으로 행위에 대한 '이유'를 묻는 건 그게 '나쁜' 짓일 때가 아닐까요?

왜 거짓말을 했는가?

왜 도둑질을 했는가?

왜 사람을 죽였는가?

누구나 한 번쯤은 거짓말에 대한 추궁을 당하거나 혹은 추궁해본 적이 있을 겁니다. 나쁜 행위에는 반드시 원인이 있게 마련이며 그걸 알고 싶어 하는 건 인간의 본능이니까요. 그 증거로 세상 사람들은 신문이나 TV, 주간지 등에 보도되는 자기들과 아무 상관없는 사건에 흥미를 느낍니다. 그리고 원인이 드러나지 않을 때는 멋대로 상상의 나래를 펼치기도 합니다.

물론 '이유'를 묻는 것에도 예외는 있습니다.

왜 날 칭찬하는데?

왜 나한테 꽃을 줘?

왜 내가 죽으면 슬퍼?

이런 질문은 당연히 나쁜 짓을 추궁하는 게 아닙니다. 그리고 나쁜 짓에 대한 '이유'를 물을 때와는 명백히 다른 부분이 있습니다. 바로 질문하는 사람도 이미 답을 짐작하고 있다는 점입니다. 몰라서 묻는 게 아닙니다. 답을 알면서도 상대방의 입으로 직접 듣고 '확인'하고 싶어서 굳이 물어보는 것이니까요.

네가 노력했으니까.

네가 좋으니까.

널 사랑하니까.

귀를 사르르 녹이고 마음속을 따뜻하게 채워주는 그 말이 듣고 싶어서 저는 어머니에게 수도 없이 '이유'를 물어봤습니다. 어머니의 애정을, 제가 이 세상 누구보다도 사랑받고 있다는 사실을 확인받고 싶었거든요. 어머니의 대답은 항상 제가 예상한 대로거나 그걸 뛰어넘어 한 번도 기대를 배신당한 적은 없었습니다. 단 한 번도!

아, 신부님은 "자기 마음을 똑바로 들여다보고 생각나는 말을 그대로 적으세요."라고 저에게 말씀하셨는데 계속 이러면 안 될 것 같네요.

그날 일을 떠올리는 건 너무나도 괴롭지만, 마음을 가라앉히고 저와 딸아이에게 있었던 일을 순서대로 기록해 나갈게요.

제가 결혼한 건 스물네 살 때입니다. 당시 저는 단기대학을 졸업하고 Y시 섬유 회사의 사무직으로 일하고 있었습니다. 그 회사 동료의 권유로 들어간 시민문화센터의 회화 교실에서 알게 된 사람이 타도코로 사토시입니다.

유채화는 처음이었지만 어릴 때부터 그림엔 재능이 있는 편이라 금세 빠져들었습니다.

수강생은 총 열 명이었습니다. 저는 항상 맨 앞자리에서 유명 콩

쿠르에서 입선한 전력이 있는 선생님께 열심히 배웠지요. 그 덕분일까요. 달마다 시민문화센터 옆 찻집 〈르누아르〉에서 열리는 전시회에 제 그림이 도전 세 번 만에 뽑혔습니다. 하얀 꽃병에 담긴 빨간 장미를 그린 그림이었어요. 취미 모임이긴 해도 얼마나 기쁘고 자랑스러웠던지요. 저와 마찬가지로 처음 그림을 전시하게 된 사사키 히토미와 손을 마주 잡고 좋아서 팔짝팔짝 뛰었습니다. 그때 함께 선정된 나머지 한 사람이 타도코로였습니다.

그 사람은 첫 심사부터 〈르누아르〉의 단골 전시자였고 회화 교실에서는 그를 제외한 아홉 사람이 남은 두 자리를 경쟁하는 거나 마찬가지였습니다. 하지만 저는 그 사람의 그림이 싫었습니다. 무척 어두웠거든요.

꽃과 과일, 바이올린 등의 똑같은 사물을 놓고 그리는데도 저와 그 사람은 전혀 다른 색조와 구도를 사용했습니다. 제 그림에서는 사물이 발산하는 싱싱함, 따뜻함, 밝음이 흘러넘치는데 그의 그림에서는 그런 것들이 전혀 느껴지지 않았습니다.

그런데도 회화 교실 사람들은 〈르누아르〉에서 제 그림을 보고는 잘 그렸다고 가볍게 칭찬했지만, 그의 그림에는 극찬을 했습니다. 이번 작품은 또 특별히 더 좋다고 칭찬이 자자했지요. 확실히 장미 꽃잎을 그려낸 그 사람 특유의 깊은 붉은색에서 정열 같은 것을 느낄 수 있었습니다.

하지만 전체적인 색조는 늘 그랬듯 어두침침했고 제 눈엔 그저 우울하고 답답한 그림으로만 보였습니다. 그렇다고 질투하는 것처럼 보이긴 싫어서 저도 그 사람에게 찬사의 말을 건넸지요.

"타도코로 씨의 그림은 슬프지만 마음에 깊이 스며드는 정서가 가득하네요."

그 사람은 별로 기뻐하는 얼굴이 아니었습니다. 기뻐하기는커녕 살짝 경멸하는 듯한 눈빛으로 저를 쳐다보았지요. 그 사람은 테이블에서 이루어지는 미술 토론엔 끼지도 않고 혼자 카운터 옆에 앉아 담배를 피우며 커피를 마시고 있었습니다. 제 앞에서 누군가가 그런 태도를 보인 건 생전 처음입니다.

'뭐 이런 경우 없는 사람이 다 있지?'

지금까지의 인생을 아무리 되짚어 봐도, 내 칭찬을 듣고 만면에 기쁨의 표정을 짓지 않았던 사람이 없었거든요. 하지만 그런 불쾌한 감정은 제 그림을 보고 건넨 히토미 씨의 한 마디에 어디론가 다 날아가 버렸습니다.

"당신의 그림을 보고 있으면, 이 사람은 사랑받으면서 컸다는 게 잘 느껴져요."

사랑받으면서 컸다니. 히토미 씨는 도쿄에 있는 여대를 졸업하고 관청에서 근무하고 있었습니다. 교양 있는 사람은 보는 눈이 다른 거지요. 얼마나 기뻤던지, 저는 집에 돌아와 어머니에게 그 말을 그대로 전했습니다.

"네 그림에 사랑이 가득하다면, 그건 나와 네 아빠가 애정을 듬뿍 쏟았기 때문만은 아닐 거야. 네가 그 사랑을 있는 그대로 받아들여 준 덕분이지."

어머니는 그렇게 말씀하시고는 바로 다음 날, 제 그림을 함께 보러 가주셨습니다.

〈르누아르〉의 주인은 어머니를 보며 "언니분이신가요?"라고 물었지요. 어딜 가나 이미 질리게 들었던 말이라 어머니와 저는 얼굴을 마주 보고 웃었습니다.

어머니는 조그맣게 붙은 이름표를 읽지 않고도 어떤 게 제 그림인지 바로 알아보셨습니다.

"어릴 때부터 네가 그림을 잘 그린다는 생각은 했지만 이렇게 훌륭하다니. 진심을 담아서 그렸구나."

진심을 담아서. 제 어린 시절부터 바뀌지 않는 어머니의 칭찬 방식입니다. 그에 대한 제 대답도 늘 똑같습니다.

"장미는 엄마가 좋아하는 꽃이어서 엄마를 위해 그렸어."

어머니를 위해서.

저는 어린 시절부터 그림, 작문, 읽기, 쓰기, 공부, 운동에 이르기까지 오로지 어머니가 기뻐하고 칭찬해주길 바라며 노력해왔습니다. 하지만 그때 제 대답은 받아줄 사람을 잃은 채 공허하게 맴돌다 사라지고 말았습니다. 평소 같았으면 "어머, 기쁘구나!"라는 어머니의 행복해하는 대답이 돌아와야 했거든요.

이 우울을 모르고 활짝 피어난 장미,

그 안쪽 호수에 비치는 것은 어느 하늘인가!

귀를 녹이는 시어詩語와 뜨거운 시선은 타도코로의 그림을 향하고 있었습니다.

다른 사람 같으면 그의 그림을 칭찬하더라도 '어두운 그림을 칭찬하면 자기가 심오해 보이는 줄 아는 거야, 뭐야.'라고 마음속으로 무시해버렸겠지요. 하지만 어머니에겐 그럴 수 없었습니다. 저는 어머니의 분신이므로 똑같은 것을 보며 다른 생각을 품는 일 따위는 절대 있어서는 안 됐으니까요.

그러나 어머니는 그런 제 마음을 전혀 모른 채 계속 그의 그림을 칭찬하기에 바빴습니다.

"대체 어떤 사람이 이런 그림을 그렸을까? 이 장미들은 지금 막 가장 아름답게 피어났지만 이제 남은 건 시들어갈 운명뿐이라는 것이지. 생명을 갖고 태어난 존재가 마지막으로 내뿜는 아름다움을 표현해낸 대단한 작품이구나! 생물이 가장 아름답고 고귀해 보이는 건 '죽음'을 각오한 순간이라는 걸 이 사람은 잘 아는 거야."

저는 어머니의 그 한마디에 눈앞의 그림을 보는 시각이 180도 바뀌었습니다. 그리고 깨달았지요. 어머니는 이 그림에서 아버지의 모습을 겹쳐보고 있다는 것을요.

아버지는 제가 단기대학 2학년 때 암으로 돌아가셨습니다. 저는 기숙사에서 생활하고 있었기 때문에 아버지의 임종을 지키지 못했습니다.

어머니의 말에 따르면 아버지는 온몸에 퍼진 암의 고통을 이기지 못하고 하룻밤 내내 침대에서 비명을 지르며 몸부림치셨다고 합니다. 그런데 새벽녘이 되자 아픔이 싹 가신 것처럼 진정되더니 맑은 눈동자로 어머니를 바라보며 말씀하셨대요.

"당신을 만나서 정말 행복하게 살았어. 지금까지 고마워."

그리고 평온하게 잠들 듯 스르르 눈을 감으셨다네요.

그때의 아버지 모습이 어머니의 눈에는 사랑하는 사람의 마지막 아름다움으로 강하게 각인된 탓에 저와는 다른 해석을 내린 거겠죠.

이 그림을 엄마한테 선물하면 얼마나 기뻐하실까? 저는 타도코로에게 〈르누아르〉 전시가 끝나면 이 그림을 줄 수 없겠느냐고 물었습니다.

"의외로군. 당신은 내 그림을 별로 좋아하지 않는 줄 알았는데."

타도코로는 제 칭찬이 겉치레였다는 걸 알고 있었습니다.

"확실히 처음엔 그냥 어두운 그림이라고만 생각했어요. 하지만 계속 감상하다 보니 이 그림에는 죽음을 각오한 존재만이 표현할 수 있는 아름다움이 담겨 있다는 걸 깨달았죠. 머릿속에서 그 이미지가 떠나질 않더라고요."

어머니의 찬사를 그대로 전해주기 아까워서 약간의 의미만 표현했습니다.

"설마 그걸 알아보는 사람이 있을 줄이야. 당신이라는 사람을 더 자세히 알고 싶어지는군."

놀랍게도 그는 곧바로 저에게 사귀자는 제안을 했습니다. 다만 그런 제안을 듣는 것도, 거절하는 것도 제겐 익숙한 일이었기에 동요하진 않았지만요.

"저하고요?"

부끄러운 척 고개를 숙였지만 속으로는 한두 번 데이트나 해주고 그림만 받을 생각이었습니다. 결코 깊은 관계가 될 생각은 조금도 없었거든요.

타도코로의 얼굴은 아무리 좋게 봐줘도 잘생겼다고는 하기 힘들었습니다. 그러나 움푹 들어간 눈에 부리부리한 눈동자를 보면 왠지 모르게 아버지가 떠올라서 싫진 않았어요. 다만 도쿄의 K대학이라는 꽤 유명한 학교를 졸업하고서도 철공소에서 일한다는 점이 '선생님'이라 불리는 직업을 가진 사람과 결혼하고 싶었던 제 바람과는 어긋났습니다. 아버지는 고등학교 영어 교사였거든요.

그런데도 나는 왜 그와 어째서 결혼했을까요? 그 '이유'가 좋은 행위 쪽에 해당하는지, 아니면 나쁜 행위 쪽에 해당하는지 지금은 잘 모르겠습니다.

결혼을 결심한 건 어머니의 지지가 있었기 때문입니다.

타도코로와 첫 데이트에서 함께 차를 타고 수국 공원까지 드라이브를 갔지요. 아름답게 피어난 수국을 감상하고 점심으로 맛집 요리를 먹었는데도 대화가 영 이어지질 않고 가슴도 두근거리지 않았습니다. 지루할 따름이었어요. 그런데 그가 헤어질 때 그림과 함께 '릴케 시집'을 선물해주었습니다.

그림을 가져와 준 걸 보고 이게 처음이자 마지막 데이트가 될 거라 생각했습니다. 타도코로는 헤어질 때 선물만 주고 다음에 만나자는 약속을 하지 않았어요. 저로서도 고맙다는 말만 꺼낼 수밖에요.

어머니에게는 〈르누아르〉 전시장에서 마음에 들어하셨던 그 그림 작가를 만나러 간다고 미리 알려드렸지요. 어머니에게 무언가를 숨겼던 적은 평생 한 번도 없었으니까요.

제가 귀가하자 어머니는 그림과 릴케 시집을 보더니, 시에 등장하는 순진한 처녀처럼 뺨을 장밋빛으로 붉히며 기뻐했습니다.

"역시 그 사람은 릴케를 좋아하는구나. 나도 결혼하기 전에 네 아빠에게 이 시집을 선물한 적이 있었단다."

어머니는 시집을 가슴에 끌어안으며 릴케의 시 '장미의 내부'를 읊었어요.

장미로서는 자신을 거의 가누지 못한다.
그 많은 꽃은 가득 피어나 내부의 세계에서 외부로 넘쳐 나온다.

바로 그때 타도코로에게서 전화가 걸려왔습니다. 선물은 마음에 들었냐고 묻는데, 행복해하는 어머니를 보니 그렇다고 대답할 수밖에요. 다음에 또 만나자는 약속을 거절할 수 없었습니다.

두 번째 데이트는 영화관이었지요. 이번엔 헤어질 때 타도코로가 다음 약속을 잡지 않더라도 그만 만나자고 말할 생각이었습니다. 하지만 결국 못 했습니다. 영화 속 여자 주인공이 격동의 인생을 살아가는 러브스토리에 그만 깊이 감동한 나머지, 그 뒤에 들어간 찻집에서 제 감상에 관한 열변을 토하고 말았거든요.

"타도코로 씨는 어땠어요?"

"나도 감동적이었는데 후반부에 주인공의 대사가 좀 아쉽게 번역됐더군. 기차에 올라탈 때 말한 'the point of no return'은 '이제 돌아갈 수 없어.'라는 말보다 '이미 물러설 수 없어.'가 그 장면엔 더 적합했어."

아는 체한다고 싫어하는 사람도 있을 수 있겠지만 저에게는 오랜 그리움이 느껴졌습니다. 아버지와 영화를 보러 가면 꼭 똑같은 말씀을 하셨거든요. 한 손에 커피를 들고 가게 안에 흐르는 재즈 넘버를 깔끔한 발음으로 흥얼거리는 모습도 아버지와 겹쳐 보였습니다. 웃음이 끊이지 않는 대화 없이도 이런 편안한 공간에 둘러싸여 있다는 사실이 당황스러울 정도였습니다.

그런 가운데 찻집에서 파는 케이크 두 개를 포장한 상자를 내밀며 어머니와 함께 먹으라는데, 고맙다는 말과 함께 고개를 숙일 수밖에 없었지요.

프러포즈를 받은 건 세 번째 데이트 때였습니다.

"나와 결혼하지 않겠어?"

비 내리는 날, 드라이브 중간에 들어간 레스토랑에서 갑자기 그 말을 듣자 저도 모르게 "일단 우리 어머니를 만나주면 그다음에 대답하고 싶어."라고 말해버렸습니다. 어떤 사람들은 자기감정을 확실히 말하고 나서 부모님을 뵙는 게 순서 아니냐며 한심해할지도 모르겠네요. 하지만 타도코로는 그것도 일리가 있다며 고개를 끄덕이더니 자기 부모님도 만나 달라고 말했습니다.

타도코로의 부모님과 만나는 건 전혀 불안하지 않았습니다. 저를 당연히 마음에 들어 할 거라는 자신이 있었거든요. 저를 보고 싫어하는 어른은 지금까지 한 번도 못 봤으니까요.

그런 제게 충고를 해준 사람이 히토미 씨였습니다. 회화 교실 수업이 끝나고 저를 〈르누아르〉로 불러내더니 다짜고짜 이런 말을 꺼내더군요.

"사토시랑 결혼하면 틀림없이 고생할 테니까 그만두는 편이 나아요."

히토미 씨와 타도코로는 학교 동창이고 집도 서로 가까워서 타도코로 본인에 대해서나 그 가족에 대해서도 잘 안다는 것이었습니다. 저와 타도코로가 사귄다는 사실은 회화 교실의 누구에게도 밝힌 적이 없었는데 어떻게 알았는지 의문이었지만요. 우리가 데이트할 때 변장을 하고 만난 것도 아니어서 함께 있는 모습을 우연히 봤으려니 하고 대충 넘기며 히토미 씨의 말에 귀를 기울였습니다.

"사토시는 대학에서 운동권에 속해 있었어요. 그 일로 체포당한 적은 없지만 고향에 돌아온 뒤로도 첫 직장에서 윗사람한테 대들다가 반년 만에 잘렸죠. 그 덕분인지 지금은 꽤 얌전히 지내지만 언제 또 폭발할지 누가 알겠어요. 사람 피곤하게 만드는 성격이죠."

학생 운동이 문제였습니다. 제 기숙사 친구 중에도 몇 명이 집회나 데모 같은 곳에 참가하곤 했지만, 저는 그런 활동엔 한 번도 흥미를 느낀 적이 없었어요. 큰소리를 지르며 항의하고 싶을 만큼 세상에 불만이 있진 않았으니까요. 쇠몽둥이 같은 걸 들고 경찰과 싸우면서 부모님 마음을 아프게 하고 싶지도 않았고요. 다만 가치관의 차이가 있더라도 그건 타도코로와 제가 서로 이야기해야 할 문제라고 생각했습니다.

"저는 그 사람이 무척 성실하다고 생각해요."

그렇게 대답하는데도 히토미 씨의 충고는 멈추지 않았습니다.

"더 성가신 문제가 있어요. 사토시네 집안은 지주 출신이라 경제적으로는 풍족할 테지만 괴팍한 아버지와 잔소리꾼 어머니가 계세요. 특히 주의해야 할 건 어머니 쪽이죠. 매사에 깐깐해서 남들한테도 늘 트집을 잡으세요. 나도 예전엔 자주 혼났어요. 그런 집안에 시집갔다간 일 년 내내 잔소리에 시달릴 테고, 당신처럼 귀하게 자란 아가씨는 미쳐버릴지도 몰라요."

"잘 생각해 볼게요. 충고해줘서 고마워요."

진지한 얼굴로 감사 인사를 했지만, 마음속으로는 히토미 씨가 잘못한 게 있어서 혼났을 거라 생각했습니다. 상대방이 원하는 바를 빠르게 파악하고 실행하는 제가 잔소리를 들을 이유는 없으니까요.

실제로 타도코로와 함께 그의 집에 방문했을 때는 아무 지적도 받지 않았습니다. 히토미 씨의 충고 따윈 전혀 무의미한, 아니 오히려 제게 용기를 주는 역할만 했을 뿐이죠.

지적받지 않도록 완벽하게 행동하는데 그만 정신이 팔린 나머지 타도코로의 어머니가 저를 한 번도 칭찬하지 않았다는 것을 깨닫지 못했을 정도였으니까요. 평소의 저였다면 분명 그걸 알아채고 결혼을 결정하기 전에 어머니에게 불안한 마음을 털어놓으며 타도코로의 부모님과 한번 만나봐 달라고 했을 겁니다. 하지만 저는 꽤 기분이 좋아져서 이제 어머니가 타도코로를 좋게 봐주는 일만 남았다고 생각해버렸습니다.

타도코로는 정장 차림에 자신이 그린 그림을 들고 우리 집에 찾아왔습니다. 수국을 그린 그림이었지요. 타도코로는 첫 데이트 때 둘이 함께 본 풍경이라고 어머니께 말했습니다. 하지만 그때 제가 본 건 햇살에 반짝거리는 선명한 보라색 꽃이었지 흐린 하늘 아래서 그곳만 채색된 듯이 외롭게 피어난 꽃은 아니었습니다. 결혼 허락을 받으러 오면서 이게 무슨 불길한 그림인가 싶어 조금 화가 났지만 어머니는 그 그림에도 극찬을 쏟아냈습니다.

그리고 남편이 수국을 좋아했다며 아버지에 대한 추억 얘기를 꺼낸 뒤, 릴케의 시를 암송했습니다.

누가 뽑아냈는가, 이런 장밋빛을?
그것이 이 꽃송이 안에 모여 있을 줄은 누가 또 알았을까?
벗겨지기 시작한 금박 그릇처럼,
이 수국은 마치 낡기라도 한 듯 슬며시 장밋빛을 잃어간다.

중간에 막히는 부분을 타도코로가 대신 읊어준 뒤, 두 사람은 한동안 릴케의 시에 관한 열띤 대화를 나누었습니다.

음악이나 영화에 관한 취향도 잘 맞는 것 같아서 어머니는 무척 즐거워하셨어요. 하지만 타도코로라는 사람을 어떻게 생각하는지는 영 알 수 없었습니다. 평소 같았으면 굳이 물어보지 않아도 옆에 있는 것만으로도 어머니의 감정을 알아챘을 테지만 이번엔 전혀 상상조차 할 수 없었어요. 확실히 마음에 들어 하시는 쪽이긴 한 것 같은데 딸의 결혼 상대로는 어떻게 생각하시는 걸까요?

타도코로가 돌아간 뒤에 저는 어머니에게 그 사람을 어떻게 생각하느냐고 물었습니다.

"호수 같은 사람. 뜨거운 열정이나 가장 소중한 감정이 깊은 밑바닥에 가라앉아 있는 것 같구나. 솔직히 말하면 그런 사람에겐 해님 같은 네가 너무 눈부시진 않을지 조금 걱정도 됐단다. 하지만 너와 결혼하고 싶다는 건 호수 밑에 가라앉은 것들을 햇볕 닿는 곳까지 끌어올려서 반짝반짝 빛나게 해주길 바란다는 뜻인지도 모르잖니."

해님과 깊은 호수. 그런 비유를 들으니 내가 결혼을 거절하면 타도코로의 인생에 영원히 햇볕이 들지 않을지 모른다는 걱정이 생겼습니다.

"내가 잘할 수 있을까?"

"잘할 수 있지. 넌 이 엄마를 이렇게나 행복하게 해주잖니. 널 좋아해주는 사람을 네가 행복하게 해주지 못할 리가 없어!"

나에게 용기를 주는 사람. 어머니야말로 나의 태양입니다.

다음 날, 저는 타도코로와 만나 어떤 가정을 원하는지 물었습니다. 그가 내게 원하는 게 무엇인지 알고 싶었거든요. 만약 사회 권력에 대한 투쟁을 함께할 동지, 혹은 그의 활동을 보좌하고 이해해줄 사람이라는 대답이 돌아오면 프러포즈를 거절할 작정이었습니다.

어머니의 지지를 저버리는 것 같아 죄송하지만 나중에 어머니 마음을 아프게 만드는 것보다는 나으니까요.

"아름다운 우리 집을 만들고 싶군."

그 말을 듣자 역시 어머니의 생각이 옳았다는 확신이 몸속 깊은 곳에서부터 차오르며 타도코로와의 결혼을 결심하게 되었습니다.

그런데 신부님, '아름다운 우리 집'은 어떤 집일까요?

타도코로에게서 그 말을 들었을 때 저는 머릿속으로 한 장의 그림을 떠올렸습니다. 그 그림에서는 꽃이 흐드러지게 핀 집의 정원을 배경으로 타도코로와 저와 우리의 아이들, 그리고 제 어머니가 평화롭게 미소 짓는 모습을 환한 태양이 비추고 있었지요.

저는 가족들끼리 사랑을 주고받는 기쁨이 자연스레 배어 나오는 모습을 아름답다고 느낀 겁니다. 확실히 꽃과 집, 입고 있는 옷이나 아이들의 모습도 예쁘면 예쁠수록 좋긴 하겠지요. 다만 그것들을 각각 아름다운 꽃이나 아름다운 집으로 부를 수는 있을지언정, 그걸 한데 모아 놓기만 한다고 해서 '아름다운 우리 집'으로 부를 수는 없지 않을까요?

'분명 나와 타도코로가 꿈꾸는 아름다운 우리 집은 똑같은 그림일 거야.'

저는 그렇게 믿었고 '아름다운 우리 집'을 만들 수 있다는 확신도 있었습니다.

처음 만난 지 일 년 뒤에 타도코로와 저는 작은 집에서 신혼생활을 시작했습니다. 타도코로는 장남이었지만 아직 학생인 여동생들이 있으니 들어와서 살 필요는 없다며 시부모님이 마련해준 집이었습니다.

타도코로의 시댁에서는 조금 먼 반면에 제 친정에서는 버스로 채 30분도 안 걸리는 딱 좋은 위치였습니다. 건물은 지어진 지 25년 된 목조 단층집이라 많이 낡았지만 하얀 벽과 녹색 지붕이 영국 전원 풍경에서나 볼 법한 귀여운 외관이라 저는 무척 마음에 들었지요.

산기슭 쪽에서 상수리나무가 우거진 잡목림 사면을 등진 고지대였고, 석양에 물든 거리 풍경이 한눈에 내려다보이는 전망도 근사했습니다. 소박한 정원 화단에는 장미와 백합, 팬지와 메리골드 같은 계절화를 심었습니다. 타도코로가 그린 붉은 장미 그림은 어머니가 우리 부부를 이어준 뜻깊은 물건이라며 돌려주셨기에 현관에 잘 어울리는 액자에 담아 장식해두었고요.

직장은 결혼과 함께 그만두었습니다. 어머니 같은 전업주부가 되고 싶었거든요. 아침엔 타도코로보다 30분 일찍 일어나 아침 식사와 도시락 준비를 합니다. 그런 다음 타도코로를 깨워 출근 준비를 돕고 나서 그를 배웅하지요. 그 뒤에는 어머니를 찾아가는 게 평일의 일정이었습니다.

어머니는 아무리 시집살이를 안 한다지만 시집간 딸이 친정에 빈번히 드나들면 안 된다며 부드럽게 타이르셨습니다. 하지만 저도 할 말은 있었습니다. 아무런 마음의 준비가 안 된 상태에서 갈팡질팡하다 결혼해버린 저로서는 결혼 전에 어머니에게서 배워야 했을 것들이 아직도 많이 남아 있었으니까요.

그렇게 말하자 어머니도 납득하시며 제가 찾아갈 때마다 새로운 것들을 하나씩 가르쳐주셨습니다. 요리, 재봉, 뜨개질, 기모노 입는 법, 감사장 쓰는 법까지. 어머니께 물려받듯 하나씩 배워나가며 결혼 전보다 훨씬 친밀한 모녀의 시간을 보냈습니다.

어머니는 새로운 것을 하나씩 습득할 때마다 결혼 전처럼 제 머리를 쓰다듬으며 "우리 딸, 열심히 했구나." 하고 칭찬해주셨습니다.

처음에는 할 줄 아는 요리 종류가 고등학교 요리 실습에서 만들었던 삼색덮밥과 햄버거뿐이었지만 석 달 뒤에는 양손 발가락을 다 동원해도 못 셀 만큼 늘어났습니다. 신혼 초만 해도 이 정도로 곱게 자랐을 줄은 몰랐다며 고개를 내젓던 타도코로도 더는 빈정대지 못했지요. 다만 맛있다는 말을 들은 적은 없습니다.

헤어스타일을 바꾸고 새 옷을 입어도 예쁘다거나 잘 어울린다는 말은 듣지 못했고, 방을 깨끗이 청소하고 꽃을 장식해도 역시나 아무 말도 없습니다.

타도코로 가문 사람들은 '칭찬'이란 말을 모릅니다. 제가 그걸 깨달았던 건 훨씬 나중의 일이었지요. 하지만 타도코로가 칭찬해주지 않는다는 게 별로 신경 쓰이지도 않았습니다.

까다로운 남자한테 시집가서 열심히 노력하는 딸을 어머니가 칭찬해주는 걸로 충분했으니까요. 그 대신 타도코로는 화를 내는 법도 없었으니까 그걸로 됐다 싶었습니다.

타도코로는 주말마다 그림을 그렸습니다. 저를 모델로 삼거나 석양이 지는 거리, 정원의 꽃들을 그리곤 했지요. 여전히 우중충한 색조였지만 완성된 그림을 본 어머니는 "사토시는 널 정말로 사랑하는구나."라고 말하곤 했습니다. 남편이 말로 표현하진 않아도 저를 충분히 사랑하고 있다는 사실에 만족할 수 있었습니다. 무척이나 행복한 나날이었습니다.

임신 사실을 알게 된 건 결혼한 지 반년이 지날 무렵이었습니다. 아침에 일어나니 몸에서 열이 났고 부엌에 서니 전기밥솥에서 뿜어져 나오는 밥 냄새에 토할 것만 같았습니다. 설마 임신인가 생각한 순간, 발밑이 흔들리는 듯한 착각을 느끼며 다급히 침실로 달려가 이불을 뒤집어썼습니다.

타도코로는 제 감기나 피로 같은 사소한 증상은 한 번도 알아채지 못했지만, 그때만큼은 이상해 보였는지 괜찮냐고 걱정스럽게 물었습니다. 그러나 타도코로에게 임신 가능성을 밝히고 싶지는 않았습니다. 그에게 말한다고 문제가 해결될 것 같지는 않았기 때문입니다. 저는 타도코로에게 어머니를 불러 달라고 부탁했습니다.

한걸음에 달려온 어머니는 저를 보자마자 "아이가 생겼구나." 하고 따뜻한 미소로 축하해주었습니다. 어머니의 미소를 본 순간 갑자기 눈물이 흘렀습니다. 감동해서가 아닙니다. 두려운 감정이 솟구쳤기 때문입니다.

내 몸속에 다른 생명체가 있고, 그 생명체가 이제부터 내 피와 살을 빼앗으며 성장해 나간다는 것. 그리고 언젠가 내 몸을 뚫고 이 세상으로 나온다는 것. 그때 나는 살아 있을까? 새로운 생명체에게 모든 것을 빼앗기고 나라는 인간의 껍데기만 남는 게 아닐까? 그런 생각에 사로잡힌 나머지 몸의 떨림이 멈추지 않았습니다. 어머니는 겁먹은 저를 부드럽게 안아주셨습니다.

"무서워할 것 없단다. 엄마는 이 세상에 태어나길 정말 잘했다 싶어. 널 낳았을 때도 그렇게 생각했지만, 지금은 그때보다 몇 배는 더 기쁘거든. 내 삶이 더 먼 미래로 이어져 나간다는 걸 알게 됐으니까. 엄마가 어렸을 때는, 내가 이 세상에 태어난 이유가 뭘까 계속 생각하곤 했어. 이대로 답을 찾지 못한 채로 죽더라도 나쁠 건 없다고 생각했던 시기도 있었지. 그도 그럴 것이, 엄마는 특별히 머리가 좋은 것도 아니고 대단한 재능을 가진 것도 아니잖니? 나란 사람이 이 세상에 있든 없든 달라지는 건 아무것도 없지. 그런 존재에 무슨 의미가 있겠어. 그런데 널 낳았을 때 이런 생각이 들었단다. 난 이 세상에 아무것도 남기지 못하더라도 내 아이는 무언가를 남기게 될지도 모른다고. 이 아이가 못 하더라도 이 아이가 낳은 자식이 무언가를 남길지도 모른다고. 하지만 그렇게 될 수 있는 건 바로 나라는 존재가 있었기 때문이잖니. 내가 결혼해서 아이를 낳았기 때문이지. 그럼으로써 역사 속에 점이 아닌 선으로 존재할 수 있게 된 거야. 이 정도로 멋지고 행복한 일이 또 있을까?"

어느샌가 눈물은 그쳐 있었습니다. 어머니와 함께 병원에 가니 임신 3개월이었습니다. 돌아오는 길에 어머니는 임신 선물이라며 지금 계절엔 나지도 않지만 제가 가장 좋아하는 포도를 사주셨습니다.

일을 끝내고 퇴근한 타도코로에게 임신 사실을 알리자 그도 무척 기뻤는지 "내일부터는 일찍 일어나지 않아도 되고, 청소나 다른 집안일도 쉬엄쉬엄하도록 해."라며 저를 배려해주었습니다. 그리고 다음 날 아침엔 평소보다 30분이나 일찍 일어나서 식사 준비를 해주었지요.

아침은 제가 항상 만들던 것과 똑같은 쌀밥과 된장국이었지만, 저녁 메뉴는 퇴근길에 재료를 사 와서 만든 나폴리탄 스파게티와 믹스주스였습니다. 입덧 탓에 토마토소스 냄새를 참기 힘들었지만 몸 상태만 좋았다면 꽤 맛있게 먹었을 법한 완성도였습니다.

전통 있는 집안에서 태어나 자기 손으로 그릇을 꺼내 본 적도 없는 사람이 이 정도로 요리를 잘한다는 것이 매우 놀라웠습니다. 대학 다닐 때 찻집 아르바이트로 주방에서 일했던 적이 있어서 그곳의 메뉴는 전부 만들 수 있다나요. 저는 조금 서운해져서 왜 좀 더 빨리 말해주지 않았느냐고 물었습니다. 내가 자기를 위해 열심히 해주는 게 기뻐서 말을 꺼낼 수 없었다는 대답에 배뿐만 아니라 마음까지 채워지는 기분이었습니다.

그 일을 어머니께 말씀드리자 대단하다고 감탄하면서도 "그렇다고 너무 남편만 부려 먹으면 못 써."라고 하셨어요. 그래서 부엌에 설 수 없을 만큼 몸 상태가 안 좋을 때만 타도코로에게 식사 준비를 부탁하기로 했습니다.

영양에 신경 쓰며 충분한 휴식을 취하고, 적당한 산책을 해주며 클래식 음악을 감상하거나 시를 낭독했습니다. 릴케의 시를 암송할 때마다 태아에게 풍부한 감성을 심어주는 듯한 기분이 들었지요. 뱃속의 생명체를 소중히 품는 행위는 그림을 그리거나 꽃을 돌보는 일과 비슷하게 느껴졌습니다.

애정을 담아 훌륭한 예술작품을 만들어내는 것이죠. 어머니를 기쁘게 하기 위해서요.

새 생명의 탄생을 아름다운 꽃으로 맞이하기 위해 정원에는 코스모스 모종을 심었습니다.

드디어 출산이 임박했습니다.

온몸이 찢어질 것만 같은 고통을 견뎌낸 뒤에 우렁찬 목소리로 시끄럽게 울어대는 검붉은 살덩이를 얼굴 옆으로 가져다주며 "축하드려요. 건강한 공주님이에요."라고 말하는데, 마치 남의 일처럼 무덤덤하기만 했습니다. 훌륭한 예술작품과는 거리가 먼 쭈글쭈글한 얼굴에 납작코라서 어머니가 보면 실망하실까 봐 눈물이 울컥할 정도였습니다.

"아기 아빠 불러다 드릴게요."

간호사가 그렇게 말하는데 '아기 아빠'가 누구인지 잠깐 생각해야 했습니다.

타도코로는 부모님을 '아버지, 어머니'라고 부르고, 저는 '아빠, 엄마'라고 부릅니다. 아이를 임신했다고 서로를 '아기 아빠, 아기 엄마'라고 부른 적도 없었지요. 아기가 태어나면 호칭을 어떻게 할지 의

논해보지도 않았습니다. 저와 똑같이 '아빠, 엄마'라고 부르게 될 거라고 막연히 생각해왔지만, 문득 그게 싫다는 생각이 들더군요.

엄마라고 부르게 하고 싶지 않았어요. 내게 있어 '엄마'라는 말은 사랑하는 우리 엄마를 위해서만 존재하니까요. 그걸 아무렇게나 가져다 쓰고 싶지는 않았습니다.

그때 타도코로가 분만실로 들어왔습니다. 간호사가 건넨 아기를 몇 초 동안 조심스레 안고 있다가 다급히 다시 돌려주었습니다. 그리고 제 쪽을 돌아보더니 고맙다는 말과 함께 큰 손바닥으로 천천히 제 머리를 쓰다듬어주더군요. 가슴이 뭉클해지는 걸 느끼며 대답할 말을 찾고 있는데, 눈물로 흐려진 시야 끝으로 어머니의 모습이 들어왔습니다. 아기를 안고 계셨죠.

"엄마!"

애원하듯 부르자 어머니는 아기를 간호사에게 돌려주고 제 곁으로 다가오셨습니다.

"원래는 아직 출입이 안 되는데, 내가 문 틈새로 열심히 들여다보는 걸 보고 간호사님이 특별히 들여보내 주셨어. 건강하고 예쁜 아기를 낳아줘서 고맙다. 오늘만큼 기쁜 날은 없을 거야."

"왜?"

"우리 사랑하는 딸이 이렇게 멋진 선물을 받았으니까. 정말로, 정말로 열심히 노력했구나."

제 이마에 얹어진 어머니의 손바닥은 타도코로보다 몇 배나 따뜻했고 부드러운 목소리는 텅 비어버린 제 몸을 따뜻하게 채워주는 것만 같았습니다. 어머니의 사랑으로 충만해지며 이 세상에 태어나, 어머니의 사랑을 받으며 성장하고, 뱃속에 깃든 새 생명에게 어머니께 받은 사랑을 나눠주며 품고, 모든 것을 다 내어주며 이 세상에 내놓았지요.

하지만 저는 빈껍데기가 아니었습니다. 이 아이를 세상에 내놓음으로써 제 몸은 또 한 번 어머니의 사랑으로 충만해졌으니까요.

인생에서 가장 행복한 날이었습니다.

사실은 그게 바로 불행의 시작이었는데도 말이죠.

다음 날, 신생아실의 유리 너머로 딸아이의 모습을 본 어머니는 환하게 웃으셨습니다. 막 태어났을 때만 해도 온몸이 요괴마냥 검붉게 충혈되고 코도 납작하게 눌려 있었지만, 하룻밤이 지나고 나자 다른 어떤 아기보다도 하얀 피부에 코도 오똑한 예쁜 모습으로 변모해 있었거든요.

어머니가 기뻐해주신 건 물론이고 오전에 찾아오신 시부모님도 많이 좋아하시는 걸 보며 저는 큰일을 하나 끝마쳤다는 만족감에 젖어 들었습니다.

"리츠코가 아기였을 때랑 똑 닮았네. 입가는 노리코를 닮은 것도 같고."

시어머니가 시누이들의 이름을 꺼냈을 때는 불쾌감이 솟구쳤지만 타도코로와 시부모님이 돌아가자 어머니는 "주먹코 집안 인간들이 무슨 헛소리라니. 닮기는 나랑 널 쏙 빼닮았지."라고 말씀하셨습니다. 그 말에 함께 웃다 보니 시어머니 말씀이야 아무렴 어떤가 싶었습니다.

유일한 불만은 딸의 이름을 시어머님이 정하셨다는 것입니다. 여자아이라면 꽃과 관련된 이름을 붙이고 싶어서 작명에 관한 책을 사와서 타도코로와 함께 고민하고 있었거든요. 하지만 유명한 스님한테 가서 5만 엔이나 주고 받아온 이름이라는데 더는 토를 달 수 없었습니다.

한숨만 푹푹 나오는 저를 구해준 것은 이번에도 어머니의 한마디였습니다.

"내 친한 친구 두 명의 이름에서 한 글자씩 따온 이름이네. 둘 다 예쁘고 똑똑하고 착한 친구들이거든. 이 아이도 분명 그렇게 클 거야."

딸아이를 데리고 언덕집으로 돌아와서 우리 세 식구와 어머니가 함께 보낸 날들은 제 인생에서 마지막 행복의 시간이 되었습니다.

타도코로는 주말마다 딸아이의 그림을 그렸습니다.

자는 모습, 엎드린 모습, 앉은 모습, 서 있는 모습까지. 딸아이의 성장을 그대로 담아낸 그림은 하얀 피부와 장밋빛 뺨, 분홍 입술 등 그의 그림에서 볼 수 없던 밝고 따뜻한 색조로 가득했습니다. 어머니는 그 그림들에도 극찬을 아끼지 않았습니다.

"사토시는 삶을 향해 나아가는 것과 죽음을 향해 나아가는 것을 제대로 구분할 줄 아는구나."

깊이 감동한 어머니의 말을 들으니 타도코로가 이 세상의 이치나 인간의 근원 같은 것을 전부 이해하고 있는 것처럼 느껴졌습니다. 하지만 어린 딸이 삶을 향해 나아간다는 걸 그렇게 잘 아는 사람이 기저귀 한 번을 안 갈아준다는 게 얼마나 얄밉던지요. 타도코로는 식사 준비는 할 수 있어도 아이는 잘 돌보지 못했기 때문에 저 혼자서 키우는 거나 다름없었습니다.

모유가 넘쳐흐를 만큼 많이 나오는데도 딸아이는 어째서인지 그걸 먹기 싫어했습니다. 입안에 조금 머금나 싶으면 퓹 하고 뱉어내며 제 가슴에서 얼굴을 돌렸지요. 배가 불러서 그런 건 아니에요. 젖병에 분유를 타주면 맛있게 잘 먹었으니까요. 그래서 추운 계절에 저녁마다 부엌에 서서 분유를 타야만 했습니다.

딸아이는 아무것도 모를 나이부터 저를 거부했다고 말할 수도 있겠네요. 하지만 저는 그런 문제는 깊이 생각하지 않고 어머니로서 해줄 수 있는 건 뭐든 해주기 위해 노력을 아끼지 않았습니다.

어머니가 자수가 들어간 프랑스제 고급 앨범을 사주셔서 사진도 매일 찍었습니다. 아이를 얻은 어머니로서의 기쁨이 전해지도록, 앨범을 정리할 때는 릴케 시집에서 인용한 문장이나 직접 쓴 글을 덧붙였습니다.

아아, 그 미소. 처음 짓는 미소. 우리들의 미소!
귀여운 나의 천사님,
넌 바람 속에서 어떤 속삭임을 들으며 미소 짓고 있니?
꽃이 뽐내듯 피어나는 건 너를 위해서,

작은 새가 지저귀는 것은 너를 위해서,
이 세상의 모든 기쁨은 전부 너를 위해서….

어머니는 앨범을 넘기시면서 "진심을 담아 만들었다는 게 잘 느껴지네. 우리 딸이 이제 훌륭한 엄마가 됐구나."라고 칭찬했습니다.

옷도 많이 만들었습니다. 유럽의 시골에서는 어릴 때 어머니가 만들어준 옷을 시집갈 때 가져가서 자기 아이들에게도 입히는 풍습이 있다는 내용을 어떤 잡지에서 봤거든요. 그게 너무 근사했습니다.

어머니께도 알려드리자 "나도 네 옷을 잔뜩 만들었는데. 보관해둘 걸 그랬네."라며 무척 아쉬워하셔서 같이 만들자고 제안했습니다. 어머니와 함께 천을 고르고 만드는 법을 배워가면서 한 땀 한 땀 딸아이에 대한 바람을 담아 만들었지요. 저처럼 누구에게나 사랑받는 아이가 되기를 바랐습니다. 그러기 위해서는 제가 가장 많이 사랑해줘야 한다는 사실도 잘 알고 있었습니다. 어머니가 저에게 그러셨던 것처럼요.

딸이 성장함에 따라 타인을 배려하는 마음도 가르쳤습니다. 공원에서 우는 아이가 있으면 "쟤는 왜 우는 걸까?" 하고 딸에게 물어보았고, "외로운 게 아닐까?"라는 대답이 돌아오면 "그럼 같이 놀자고 말해볼까?"라고 가장 적절한 답을 가르쳐주었지요.

추워 보이는 사람에게는 어떻게 해줘야 할까?
배가 고픈 사람에게는 어떻게 해줘야 할까?

화가 난 사람에게는 어떻게 해줘야 할까?

그런 질문을 일상생활 속에서 슬며시 던져주는 과정을 통해 딸아이는 제 마음을 깊이 헤아리고 제가 가장 바라는 대답을 할 수 있게 되었습니다.

손을 잡고 따뜻하게 해줄래.
내 간식을 반 나눠줄래.
왜 화가 났는지 들어줄래.

어머니로서 이보다 기쁜 일이 또 있을까요? 딸아이가 세 살 때 유치원의 영아반에 다니면서 이런 일이 있었습니다.

조부모 참관일에 어머니에게 중요한 용무가 있으셔서 시어머니께 부탁을 드려야 했습니다. 제가 따라갈 수도 없는 상황이라 혹시라도 딸아이가 실수해서 혼내시기라도 할까 봐 얼마나 걱정되던지요. 집에서 노심초사하며 기다리는데, 시어머니는 기분 좋은 얼굴로 딸아이의 손을 잡고 돌아오셨습니다. 그리고 제가 먼저 묻기도 전에 유치원에서 있었던 일을 말씀하셨습니다.

시어머니가 유치원에 도착했더니 딸아이를 포함한 원생들은 교실 안에 있었답니다. 다들 자기 조부모를 발견하고도 기껏해야 손만 흔들 뿐 노는 데만 정신이 팔려있었지요.

그런데 딸아이는 유치원 앞뜰에 서 있는 자기 할머니를 발견하더니 밖으로 나가서 각 교실 앞의 현관에 놓아둔 손님용 실내화를 꺼내서 "할머니, 신으세요."라며 시어머니의 발 앞에 내려놓았습니다. 그리고 "오늘은 참관하러 와주셔서 감사합니다." 하고 고개를 꾸벅 숙이더니 교실 안으로 안내해주었답니다. 그렇게 행동하라고 미리 가르쳐준 적도 없었는데 말이지요.

"역시 타도코로 가문의 손녀다워. 내가 어찌나 자랑스럽던지."

딸아이가 저 없이도 그렇게 의젓하게 행동할 수 있었다는 것에 나는 가슴이 뜨거워졌지만 이건 '타도코로'와는 아무 상관도 없는 일입니다. 가끔씩 얼굴을 비추러 시댁을 방문할 때도 집안에 그렇게나 여자들이 많은데 차 한 잔도 제대로 대접받아본 적이 없었거든요. 그런데 시어머니는 이런 말씀도 하셨습니다.

"새아가가 이 아이를 잘 가르친 덕분이겠지."

시어머니께 처음으로 받은 칭찬이었습니다.

깐깐한 분이시긴 해도 기대에 부응하기만 하면 '이렇게 칭찬해주시는구나.', '날 사랑해주시는구나.' '아, 이 자리에 어머니가 계셔서 방금 그 말을 들었다면 얼마나 기뻐하셨을까? 아니, 수업 참관에 어머니가 직접 가실 수 있었다면 날 얼마나 칭찬해주셨을까?'라는 생각들이 계속 맴돌았습니다.

이후에도 이런 에피소드는 수도 없이, 다른 시간과 장소와 상황에서 어머니의 입을 통해 전해졌습니다.

—같이 쇼핑 갔을 때 좋아하는 케이크를 골라보라고 하니까, "할

머니는 뭘 좋아해요? 엄마는 초콜릿 맛, 아빠는 커피 맛을 좋아해요."라면서 자기 것보다 나랑 너희들 것부터 챙기더구나.

—공원에서 노는데 한 아이가 넘어졌단다. 같이 놀던 사이도 아니면서 가장 먼저 달려가서는 괜찮냐고 물으면서 손수건으로 피를 닦아주지 뭐니. 자기가 좋아하는 토끼 캐릭터 손수건인데도 전혀 망설이지도 않고.

—지난번에 사토시가 그 아이와 함께 차로 우리 집까지 바래다줬잖니? 그런데 글쎄 헤어지면서 그 아이가 뭐라고 했는지 아니? "할머니, 추우니까 감기 걸리지 않게 조심하세요."라고 걱정해주더구나.

어머니가 칭찬하는 건 딸아이의 '배려심'뿐만이 아니었습니다. 유치원에서 알게 된 아이 엄마 중에는 아이들을 학원이나 영어 교실에 보내는 경우가 많았지만 저는 공부에 관해서는 크게 신경을 쓰지 않았지요. 여자아이에겐 학력보다도 사랑받는 데 필요한 더 중요한 것이 있기 때문입니다. 그런데 딸아이는 남들보다 훨씬 영특했습니다. 장난감 삼아 사다 준 그림책을 통해 영단어와 히라가나, 가타카나, 구구단까지 모두 익혔으니까요. 타도코로를 닮아서라기보다 제 아버지를 닮아서가 아닐까 합니다.

—다음 번에 동물원에 데려다줘야겠더구나. 코끼리랑 하마가 영어로 뭔지 알더구나.

—가타카나로 적힌 케이크 상품 표를 전부 읽어내는 걸 보고 가게

의 주인아주머니가 감탄하더라니까. 서비스라면서 푸딩을 받았지 뭐니.

—정육점에서도 "60엔짜리 고로케가 네 개니까 240엔이죠?"라고 나보다도 빨리 계산하더구나.

딸아이의 이야기를 해주는 어머니는 정말로 기뻐 보였습니다. 그리고 그런 기쁨에 충만한 표정으로 제게 말해주셨죠.

"우리들의 보물을 훌륭하게 잘 키워줬구나. 넌 정말 열심히 노력하고 있어. 이 엄마는 그게 가장 기쁘단다."

딸아이를 사랑하고 어머니의 사랑을 받는 저는 얼마나 행복한 사람일까요. 그런 행복을 만끽하고 있었습니다. 정원에는 꽃이 흐드러지게 피어 있고, 타도코로는 딸을 작은 의자에 앉혀 그림을 그리고, 어머니와 저는 이따금씩 릴케의 시를 읊조리면서 부녀의 모습을 흐뭇하게 바라봅니다. 반짝반짝 빛나는 햇빛은 우리를 부드럽게 감싸주고…. 제가 언젠가 꿈꾸던 '아름다운 우리 집'의 그림이 바로 그곳에 있었습니다.

하지만 그런 행복은 오래 이어지지 않았습니다.

신부님, 행복했던 시간에 대해 이제 다 적었는데도 저는 아직 답을 찾지 못하겠습니다.

제가 왜 딸을 애지중지하며 모든 걸 다 바쳐 키웠는지.

정말로 답이 존재하긴 할까요? 답을 찾는 게 목적이 아니라, 신부님은 단지 제 마음에 평안을 되찾아주기 위해 이 노트를 건네주신 게 아닌가요? 아니면 신부님은 여기까지만 읽고도 답을 알아내셨을까요? 아니면 신부님은 처음부터 답을 알고 계시면서 제가 스스로 찾아낼 수 있도록 유도하며 기다려주시는 걸까요? 노트를 돌려드릴 테니 만약 답을 알고 계신다면 알려주시길 바랍니다.

저로서는 이 뒤에 이어지는 너무나도 끔찍한 사건을 도저히 쓸 자신이 없네요.

딸의 독백

칠흑의 어둠에서 나는 늘 똑같은 상상을 한다.

'그 꿈같은 집에서 계속 살았다면 어떻게 되었을까?'

특별한 날씨나 온도가 아닌데도 모든 소리가 소멸하고 공기의 기척만이 귀의 안쪽에서 깊고 천천히 메아리치는 밤이 있다. 과거에서 가장 행복했던 시간의 기억을 떠올리는 시간. 추억에 젖는 행복한 시간.

나는 그 안에서 무언가를 필사적으로 찾고 있다. 그 무언가란 대체 뭘까? 하지만 금세 아침이 찾아오고 현실을 직시해야 한다는 것도 머릿속 한구석에 인지하고 있기에 완전히 추억에 젖을 수만도 없다. 무언가의 정체도 알 수 없다.

어쩌면 그 무언가는 나라는 인간일 것이다. 하지만 지금 잠겨 있는 이 어둠은 영원히 걷히지 않을 것 같은 예감이 든다. 그러니 옛

기억을 최대한 되살려보고, 내 인생에서 부족했던 것들을 보완하며 깊은 잠에 빠져야겠다.

내 기억은 어떤 사건을 경계로 해서 무색무취의 세계로 바뀐다. 하지만 아주 드물게 색이나 냄새가 돌아올 때도 있어서 그것이 행복한 일이었다는 것을 다시금 인식할 수 있게 해준다.

사랑받지 못하는 아이에게는 놀이가 없다.

'놀이'가 맞을까? 느긋함, 여유라는 말로 치환할 수 있을지도 모르겠다. 다만 놀이가 없다는 성향은 다른 이들로부터 '성실'이라는 일반적인 칭찬의 말로 표현되기 쉽다. 따라서 본인은 자신에게 무언가가 결여되어 있다는 것 자체를 알지 못하고 타인에게서 그것을 발견하더라도 자신에게는 필요 없는 것으로 판단해 버린다.

그러나 기계나 옷에도 필요한 그런 성향은 당연히 인간에게도 필요하다. 노력해서 익힐 수 있는 성향은 아니다.

원래는 나도 갖고 있었을 텐데 지금은 왜 없는 걸까? 태어날 때는 갖고 있었는데 성장하면서 퇴화해버린 걸까? 그 원인을 생각해보고 싶지만 인생을 되짚어 보며 생겨나는 의문에 대한 답은 이미 모든 게 늦었을 때나 발견된다.

아무튼 나는 주변 사람, 특히 어른들의 반응을 신경 쓰는 어린이였다.

'저 사람의 눈엔 내가 어떤 식으로 보일까?'

'성가시게 여기진 않을까?'

'날 귀여운 아이라고 생각할까?'

'내 말과 행동을 좋아하고 있을까?'

이런 나, 정말 시시하다.

중학교에 다닐 때 나는 버스로 통학했다. 그때는 날 음침한 애로 생각한 애들이 없었기에 같은 학년 아이들이 모여 수다를 떨고 있으면 나도 자연스레 끼었다. 같은 반 친구들이나 동아리 친구들과는 별개로 네다섯 명의 등하교 친구도 있었다. 시골에서는 등하교 시간에도 버스가 1시간에 두 대밖에 다니지 않아서 한 대를 놓치면 30분 정도를 더 기다려야 했다. 그래도 대합실에서 같이 수다를 떨다 보면 시간은 순식간에 흘러가 버린다.

○○는 ××를 좋아한대. 하지만 ××가 좋아하는 건…. 우리랑 아무 상관없는 일인데도 정말 열심히 떠들어댔다. 어쩌면 우리 일이 아니기에 남들 시선을 신경 쓰지 않고 열중했던 건지도 모른다.

대합실 안에는 민트색의 공기가 가득했다. 그렇게 느꼈던 건 당시에 민트초코 아이스크림이 유행했기 때문일까? 전국적으로 유행했던 건지 우리 동네만 그랬던 건지는 모르겠지만 당시의 순정만화 주인공들은 그걸 좋아했고 만화 제목에서도 민트라는 단어가 자주 쓰였다. 시골 가게에 나오기 전에 먼저 먹어본 친구는 엄청 맛있다고 자랑해놓고선, 가까운 슈퍼에서도 팔기 시작하자 꼭 치약 같은데 뭐가 맛있는지 모르겠다며 태도를 180도 바꾸었다.

이것 역시 나에겐 없는 성향이다. 그저 "정말 그래. 몸에도 안 좋을 것 같은 색깔이잖아."라고 말하며 같이 소리 높여 웃을 수는 있었다. 버스 정류장 근처에 있는 큰 건물이 학교뿐이던 시절엔 말이다.

2학년 2학기에 버스 정류장 앞에 내과의원이 생긴 뒤로는 대합실 벤치에서 고령자나 아이를 동반한 엄마들을 많이 볼 수 있었다. 민트색은 우리가 앉아 있는 곳, 즉 전체 공간의 일부분으로 좁혀지고 말았다. 아니, 나는 민트색의 바깥쪽에 있었다.

평소처럼 떠들썩하고 무익한 수다를 떨다 문득 대합실 구석을 바라보니 한 할머니가 눈썹을 찌푸리며 우리 쪽을 보고 있었다. 그 옆에는 젊은 엄마가 힘없이 늘어진 어린아이를 무릎에 앉히고 땀으로 흥건한 이마를 쓰다듬어주고 있었다. 몸 상태가 안 좋은 사람들에게 우리의 쩡쩡 울리는 수다 소리는 고통이었으리라.

"목소리를 조금만 낮춰서 얘기하자. 주변에 폐가 되잖아."

나는 모두에게 말했다.

그 순간 한참 신나게 달아오르던, 인기 최고의 남자 선생님을 둘러싼 신입 여교사와 3학년 선배의 싸움 이야기는 세상에서 가장 쓸모없는 주제처럼 그 자리에서 버려졌다. 다들 흥이 깨진 얼굴로 밖에 나가 기지개를 켜거나 손거울을 펼치고 옆머리를 매만지거나 갈라진 머리카락이 없는지 찾았다. 목소리를 낮춰서 아까 하던 즐거운 이야기를 계속할 확률은 1퍼센트도 되지 않았다. 대합실 안에 정적이 번지며 민트색이 사라졌다. 나는 솟구치는 고독을 억누르듯이 마음속으로 중얼거렸다.

'난 잘못된 행동을 하지 않았어.'

하지만 이제야 깨닫는다. 다 쓸모없는 짓이었다는 걸. 주위가 조용해졌지만 대합실에 있던 사람들은 내게 고맙다는 말 한마디 없었다. 그런데도 우리의 행동이 주위에 안 좋게 보일까 봐 걱정된다면 좀 더 완곡한 말투를 생각했어야 했다.

그걸 깨달을 기회는 내가 고등학교에 들어간 뒤로도 몇 번 정도 있었다.

남자친구인 나카타니 토오루가 말했다. 그 애와 사귄 지 얼마 되지 않았을 때였다.

"네가 하는 말이 옳긴 한데, 정감이 없어."

처음부터 다른 커플같이 핑크빛 분위기는 없었다. 하지만 그래도 남자친구인데. 이 정도로 신랄한 말을 대놓고 하다니 나는 열을 단단히 받았다.

"옳은 말을 하는데 그걸 왜 비난당해야 해? 정감이 뭔데? 그런 게 꼭 필요해? 잘못된 행동을 했으니까 한 소리 듣는 건데, 오히려 자기가 피해자라도 되는 양 상처받은 표정을 짓는 건 비겁하잖아."

토오루조차 이해해주지 못한다는 게 분해서 눈물이 마구 쏟아졌다. 울기만 한다면 귀여운 구석이라도 있을 테지만 울면서 따지고 화를 내는 게 바로 나다. 토오루는 곤란해하는 얼굴로 말투를 바꾸었다.

"미안, 미안. 그런 뜻이 아니었어. 담임이 그날의 기분에 따라 말을 바꾸는 걸 네가 따끔하게 말해준 덕분에 후련했던 적도 많았고, 나도 모르게 박수 칠 만큼 통쾌한 적도 있었어. 모든 일에 정감 있게 말하라는 뜻은 아니야. 다만 '사소한' 일까지 꼭 '지적'해야 할 필요는 없지 않을까? 어쨌든 십 대는 많은 일을 용서받을 수 있는 나이니까 이런 특권을 잘 써먹지 않으면 아깝잖아."

그 말에 대해 난 되받아쳤다.

"십 대의 특권 같은 거창한 소리를 앞세우는 바보들이 있으니까 미성년자 범죄가 사라지지 않는 거야."

토오루는 결국 반론을 포기한 태도로 아무려면 어떠냐는 듯이 머리를 긁적이며 쓴웃음을 지었다. 지금에서야 그 말이 옳았다는 걸 깨닫는다.

놀이가 없는 인간은 반론할 때 극단적인 예를 든다. 토오루는 십 대의 범죄가 용서된다는 말을 한 게 아니다. 십 대에는 놀이의 비중이 어른들보다 훨씬 크다는 걸 알려주려 했던 것뿐이다.

대합실에 있던 사람들은 우리를 시끄럽게 생각하면서도 기껏해야 눈썹을 조금 찡그리는 정도였다. 정말 폐가 됐다면 교복 입은 여자아이들에게 먼저 주의를 주었을 것이다. 아니면 시끄럽게 여기면서도 자기들한테도 그런 시기가 있었다거나 한참 좋을 때라고 생각하며 나름대로 용서해주었을 것이다. 어쩌면 더 이상 엮일 일이 없는 학교라는 장소의 가십거리에 대해 흥미진진하게 귀를 기울였던 사람도 있었을지 모른다.

다들 그걸 알고 있는데 나만 몰랐다. 당연한 사실을 스스로 깨닫는 능력이 없었던 걸까?

아니, 조금 정도는 옳지 못한 행동을 하더라도 세상이 용서해준다는 생각은 도저히 떠올리지 못한 것이다. 용서받지 못하는 것을 두려워하고 있었으니까.

용서받는다=사랑받는다.

내 머릿속에서만 성립하는 공식이었다. 사랑받기 위해서는 올바르게 행동해야 한다. 기뻐할 만한 행동을 해야 한다.

'네가 세상에 존재하는 것만으로도 충분해.'

그런 말은 내 인생에서 등장한 적이 없었으니까. 아니, 등장했었다. 먼 옛날에는. 내가 암흑 속에서 갈구하던 것의 정체를 이제야 알게 되었다. '무조건적 사랑'이다.

내가 지금껏 상상했던 것이 무조건적 사랑으로 성장한 내 모습이라면, 선명한 색채와 향기에 둘러싸였던 날들, 장미와 백합이 뽐내듯 피어난 꿈같은 집으로 답을 찾으러 가보자.

가장 오래된 기억은 세 살 무렵에 우리 집 정원에서 있었던 일이다.

시골 마을이 내려다보이는 언덕에 자리한 흰 벽과 녹색 지붕의 작은 집. 장미와 백합, 다양한 계절화가 흐드러지게 핀 정원. 하얀 목제 의자에 어린 나를 앉히고 진지한 얼굴로 캔버스와 마주 앉은 아버지. 유화 물감 냄새. 내 쪽으로 카메라를 내미는 어머니.

"웃어봐, 웃어보렴. 해님보다도 환하게!"

그런 말과 함께 나를 향하는 어머니의 미소야말로 해님 같다고 느켰던 것을 기억한다. 나를 찍고, 아버지를 찍고, 정원의 꽃들을 찍고, 어머니는 한 차례 셔터를 눌러대고는 하얀 테이블에 카메라를 내려놓았다. 아버지의 그림을 들여다보며 만족스럽게 미소 지은 다음, 선 채로 하늘을 올려다보며 아름다운 문장을 노래하듯 읊조렸다.

그대의 영혼에 내 영혼이 닿지 않도록 어찌 가눌 수 있겠습니까?
어찌 그대를 넘어 다른 것을 향해 올라갈 수 있겠습니까?

어머니가 읊던 문장이 중간에 끊기면 붓을 움직이던 아버지가 말을 이어받았다.

오오, 나는 그것을 암흑 속에서 잃어버린 어떤 것 옆에 간직하렵니다.
그대의 깊은 마음이 흔들려도 흔들림 없는 어느 낯설고 조용한 곳에.

그것이 릴케의 시였다는 건 얼마 전에야 알게 되었다.

하얀 의자에 앉아 석양을 바라보며 아버지는 기타를 치고 어머니는 옆에서 '작은 나무 열매'를 노래하는 걸 들은 적도 있다. 구슬픈 멜로디에 까마귀 울음소리가 겹쳐지다가 오렌지빛 하늘 속으로 사라졌다. 나까지 빨려 들어갈까 봐 조금 불안해진 나는 아버지와 어머니의 품으로 달려갔다. 특별히 외모가 뛰어난 부부라고 할 수는 없었지만 내 눈에 비친, 석양을 받은 두 사람의 얼굴은 무척이나 아름다웠다.

이런 이야기를 누군가에게 한다면 비웃을지 모른다. 백마 탄 왕자님을 기다리는 망상증 환자가 아니냐고 걱정할지도 모르겠다. 하지만 이건 내 안에 존재하는 명확한 기억이다.

물론 매일 24시간을 그런 식으로 지냈던 건 아니다. 그림과 시와 기타의 연장선에서 보면 아침 식사로는 크루아상과 카페오레가 등장할 것 같지만, 장미꽃으로 장식된 식탁에는 항상 쌀밥과 된장국이 놓여 있었다.

철공소에서 근무하는 아버지는 매일 아침 회색 작업복에 커브 오토바이를 타고 출근했다가 기름투성이가 되어 퇴근했다. 목욕을 하고 셔츠와 바지로 갈아입은 뒤 삼색 덮밥이나 햄버거가 등장할 확률이 꽤 높은 저녁 식사를 마치면 TV 앞의 빨간 벨벳 소파에 누워 프로야구 야간경기 중계에 빠져들었다. 경마 신문을 체크하는 것도 잊지 않았다.

옆에는 항상 맥주와 영양 드링크를 놓고 번갈아 마셨다. 작은 갈색 병에 든 그 음료가 궁금해서 뭐냐고 물으면 세 모금까지는 마셔도 된다며 병을 건네주었다. 두 모금까지 마셨을 때 어린애한테 그런 걸 주면 어떡하느냐며 부엌에서 달려온 어머니에게 병을 빼앗겼다. 그 뒤로 아버지는 어머니가 안 보는 곳에서 영양 드링크를 내 나이 수만큼 몇 모금씩 마시게 해주었다.

어머니는 분위기만 보면 간식으로 애플파이를 구워줄 것 같은 사람이지만 핫케이크 외의 수제 간식은 잘 만들지 못했다. 자선단체 사람들이 팔러 온 쿠키를 정에 휩쓸려 잔뜩 구입하곤, 처리가 곤란해진 나머지 밥 대신 쿠키 위에 카레를 얹었다가 좀처럼 화를 내지 않는 아버지에게 잔소리를 들었던 적도 있었다.

일상생활의 8할은 그런 식이었다. 그러나 기억에 남는 것은 특별한 2할이다.

한 달에 2, 3일 정도는 아버지가 TV를 끄고 고전 서양 음악 레코드를 틀어놓고 초콜릿을 안주 삼아 위스키를 마실 때도 있었다. 어머니와 나는 아버지가 앉은 소파에 달라붙듯이 앉아 따뜻한 코코아를 마시면서 음악에 귀를 기울였다.

너무나도 좋았던 밤의 기억이다. 담배에서 피어오르는 연기가 음악에 맞춰 춤추듯 일렁이는 것을 멍하니 구경하던 시절에는 담배가 그렇게 싫진 않았다.

일요일 오후에 '타도코로 식당'이라 칭해서 아버지가 어머니와 내게 간단한 요리를 만들어줄 때도 있었다. 어머니는 나폴리탄 스파게티, 나는 해물 볶음밥을 좋아했다. 초콜릿 파르페를 우리 집에서 처음 먹어봤다는 에피소드는 꽤 오랫동안 내 자랑거리 중 하나였다. 그렇지만 이제, 아버지를 떠올리는 건 그만두자.

달리 기억나는 것 중에서 특별한 2할에 속하는 거라면 옷이 있다.

어머니는 내게 등을 보인 채 재봉틀 앞에 앉아 있었다. 다닥다닥 규칙적인 소리에 맞춰 그림을 그리던 나를 "잠깐 와보렴." 하고 부르더니 만들던 옷을 내 몸에 대보고는 "아이고 귀여워라." 하며 만족스럽게 끄덕거렸다.

어머니는 같은 종류의 천을 자기 몸에도 대보았다. 옷이 완성되면 나중에 내가 커서 시집갈 때 가져가란 말도 했다.

모녀가 똑같은 디자인의 옷을 입고 버스로 외할머니 집에 갔다. 가는 도중에 어머니는 이렇게 말했다.

"할머니를 기쁘게 해드리렴. '잘 지내셨어요?'라던가 '춥진 않으세요?'라고 말이야. 할머니가 무슨 말을 듣고 싶어 하실지 잘 생각해 봐."

"네, 엄마."

나는 의젓하게 대답했다. 버스에서 내릴 때까지 무슨 말을 하면 좋을지 계속 생각했다. 그러나 어머니는 외할머니와 만나자마자 나보다 먼저 입을 열었다.

"꽤 추워졌는데 할머니 감기 걸리시면 어떡하냐고 얘가 많이 걱정했어. 그리고 정원에 장미가 예쁘게 핀 걸 보고 할머니께도 보여드리고 싶다고 했어. 맞다, 할머니가 떠준 스웨터를 유치원에 입고 갔더니 다들 칭찬해줘서 엄청 기뻤대."

어머니에게 그런 이야기를 한 기억은 없었지만 굳이 끼어들진 않았고 이상하게 생각지도 않았다. 어린 마음에도 어머니는 내가 할머니에게 그렇게 말하길 원했다는 걸 잘 알았기 때문이다. 다음부터는 어머니가 재촉하지 않아도 내 입으로 말할 수 있게 되었다. 하지만 내가 할머니에게 했던 말은 할머니가 아닌 어머니가 원하는 말이었던 것 같다. 물론 진심으로 우러나온 말도 있었다.

"할머니, 사랑해요!"

그렇게 말할 때 할머니가 가장 기쁜 표정을 짓는다는 것도 알고 있었다.

"이 할미도 많이 사랑한단다."

그 말을 들으면 온몸 구석구석까지 기쁨으로 채워지는 기분이었다. 외할머니와 손을 맞잡고 과자를 사러 가고 종이접기를 함께 한 기억은 행복으로 잔뜩 남아 있다. 외할머니에게 받았던 건 '무조건적인 사랑'이었다. 이건 자신 있게 말할 수 있다.

하지만 어머니에게 받았던 건….

이 시절에도 '무조건적인 사랑'이었다고 할 수 있을지 모르겠다. 물론 날 애지중지했던 건 확실하다. 하지만 내가 세상에 존재하는 것만으로 충분하지는 않았을 거다.

예를 들어 어머니의 머릿속에 한 장의 소중한 그림이 있다고 해보자. 그건 내 초상화가 아니라 정원에 꽃이 흐드러지게 핀 아름다운 집에서 행복하게 살아가는 세 가족의 그림이다. 제목도 '모든 걸 다 주고 싶은' 혹은 '나의 천사' 혹은 '보물'처럼 어머니가 주변 사람들에게 내 이야기를 할 때 자주 사용하던 수식어가 아니다. '행복이 모이는 장소'처럼 집 전체를 가리키는 표현일 것이다. 혹은 나를 인형처럼 끌어안으며 미소 짓는 외할머니의 그림일 수도 있다.

그런 식으로, 내 존재란 어머니가 꿈꾸는 행복이라는 그림에서 극히 일부분, '소품' 같은 것에 지나지 않았다. 그렇다 해도 충분했다. 나에게도 같은 그림이 보였기 때문이다.

그 그림 속에서 계속 살아갈 수 있었다면 지금쯤 이런 암흑 속에 외로이 남겨지지는 않았을지 모른다. 날이 밝고 현실이 다시 찾아오는 게 그때는 그렇게나 괴로웠는데, 지금처럼 밝아질 기미가 보이지 않는 건 또 견딜 수 없이 슬프다. 그러니 행복한 그림이나 계속 그려야겠다.

초등학생이 된 나는 새 책가방을 메고 학교에 갔다. 장난꾸러기 남자애들에게 주의를 주는 건 유치원 때와 똑같았지만, 그 애들이 말을 안 듣는다고 정색을 하며 목소리를 높이거나 열심히 잔소리를 늘어놓지도 않았다.

"너 정말…."이라고 말하면서 귀엽게 뺨을 부풀리는 정도다. 그리고 집에 돌아와 어머니가 만든 핫케이크와 우유를 간식으로 먹으며 학교에서 있었던 일을 보고했다.

"남자애들은 정말 너무한다니까."

심기가 편치 않은 내게 어머니는 방긋방긋 웃으며 "어머, 힘들었겠구나."라고 말하고는 방금 구운 핫케이크를 접시 위에 올려주었다. 김이 모락모락 피어오르는 바닐라 향으로 배 속을 가득 채우자 화를 내는 것도 바보 같아지고, 벌꿀과 버터를 잔뜩 발라서 음미하는 사이 불쾌한 일들은 까맣게 잊히며 이렇게 생각한다.

'아무렴 어때.'

주말에 친구들을 집에 초대하는 것도 어머니와 의논했다. 친구들 몇 명을 부를 것인지, 엄마가 젊은 남자와 눈이 맞아 도망가 버린 마코를 초대하고 싶다고 해도 어머니는 차별하는 법이 없었다. 어머니는 다른 친구들보다 마코를 더 잘 대해주고 나와 친구가 되어주어 고맙다고 진심을 담아 표현했다. 그리고 마코가 돌아간 뒤 내 머리를 쓰다듬으며 말했다.

"착하기도 하지. 가엾은 아이에게 친절하게 대해줄 줄도 알고."

어머니가 내가 잘한 일을 아버지에게 들려주면 별다른 칭찬은 안 해도 상으로 위스키 안주인 초콜릿을 하나 주며 영양 드링크를 평소보다 두 모금 더 마시게 해주었다. 그러고 둘이 나란히 앉아 TV를 끄고 레코드를 들었다. 그러면 어머니도 함께 들으러 온다. 빨리 가서 자라는 말이 나오기 전에 소파 위에서 자는 척하고, 그러다 정말로 잠이 들면 아버지가 안고 이불로 옮겨준다. 꿈인지 현실인지 구분되지 않는 몽롱한 상태에서도 초콜릿을 먹고 이를 닦지 않았다는 사실을 깨닫지만 아버지가 잠자리에 눕히고 이불을 덮어주는 사이에 생각한다.

'아무렴 어때, 즐거운데. 아무렴 어때, 행복한데. 아무렴 어때, 사랑받고 있는데.'라고 생각했을지 모른다. 사랑이라는 말을 쓰고 싶어지는 건 사랑받지 못한다는 증거다. 어쩌면 사랑하지 못하는 증거이기도 하지 않을까?

'그거야 뭐, 아무렴 어때.'

내게 결여되어 있는 놀이의 부분이란 토오루의 입버릇이기도 했던 '아무렴 어때'였다.

언덕 위의 꿈같은 집이 소실되면서 내가 잃어버린 것. 분명 어머니와 아버지도 그걸 잃어버렸을 것이다. 하지만 이제 와서 깨닫는다 한들 이미 늦었다. 모든 것을 무너뜨린 사람은 바로 나다.

소실된 집은 원래대로 돌아오지 않는다. 사랑하는 외할머니는 이제 돌아오지 않는다. 나는 누구한테도 사랑받지 못한다. 그런 내 인생도 이제 곧 끝난다.

상상 따윈 어떤 구원도 되지 못한다.

지금 이 세상 어디선가 울고 있는 사람은,
이 세상에서 까닭 없이 울고 있는 그 사람은
나를 위해 울고 있다

지금 한밤중에 어디선가 웃고 있는 사람은,
한밤중에 까닭 없이 웃고 있는 그 사람은
나를 두고 웃고 있다

지금 이 세상 어디선가 가고 있는 사람은,
까닭 없이 가고 있는 그 사람은
나를 향해 오고 있다

지금 이 세상 어디선가 죽어가고 있는 사람은,
까닭 없이 이 세상에서 죽어가고 있는 그 사람은
나를 응시하고 있다

-엄숙한 시간

제2장

석상의 노래

모성에 관하여

업무 시간 15분 전에 출근해서 커피잔을 들고 자리에 앉을 때까지도, 머릿속에는 오늘 아침 신문에서 읽은 3면 기사 중 하나가 계속 맴돌았다.

마치 목 안쪽에 걸린 생선의 잔가시 같다. 잔가시를 흘려보내려는 듯이 뜨거운 커피를 마셔보지만, 실체가 없는 잔가시가 진짜 액체에 쓸려갈 리가 없다.

여고생이 자택 아파트에서 추락했다는, 사고인지 자살인지 판명되지 않은 사건이 이렇게 신경 쓰이는 건 같은 현 내에서 발생한 일이기 때문일까? 내가 고등학교 교사이고 피해자가 고등학생이기 때문일까?

아니, 그렇지는 않다. 잔가시의 정체는 어머니의 한마디였다.

내 직업상, 어머니로 불리는 사람들과 접할 기회가 많다. 그들을 고등학생의 어머니라는 말로 한데 뭉뚱그리기는 힘들다. 전화 한 통을 예로 들어봐도 건강 문제로 인한 결석 통보 같은 간단한 것부터 학교가 자기 아이를 근본적으로 개조시켜주는 특수조직인 양 쏟아내는 엉뚱한 요구까지, 어머니들의 용건은 가지각색이다.

열이 있다고만 말하면 될 것을, 어제저녁엔 몇 도였는데 식욕이 없었고 밤에 자면서 끙끙거렸다는 등의 소아과 의사에게나 해야 할 설명을 늘어놓는 어머니도 있었다. "그 아이가 몸이 약해서…."라고 울먹이며 호소할 때는 내가 지금 누구의 부모와 통화 중인지 헷갈린다.

모의고사의 지망 학교 합격 판정에서 왜 E판정이 나왔느냐고 아침 댓바람부터 문의해 와도 "댁의 자제분의 학력 부족 때문입니다."라고는 대답할 수 없다. "어디까지나 기준치일 뿐이니 너무 신경 쓰실 필요 없고, 앞으로의 대책을 함께 생각해보도록 하죠."라고 수업 시작 종소리를 의식하며 응대한다. 대책이란 지망 학교 란에 적을 대학에 관한 것이다.

이런 어머니들이 성가시긴 해도 혐오감을 느꼈던 적은 없다. 자기 아이를 필요 이상으로 아끼는 자식 바보의 모습에 당황스러울 때는 있지만 그게 잘못되었다고 생각하지 않는다.

그러나 바보 부모는 별개다. 바보 부모의 용건은 십중팔구 돈과 관련 있다. 수업료를 낼 수 없다, 실습비가 있다는 말은 듣지 못했다, 참가하지 않은 소풍비는 언제 돌려줄 거냐 등등. 전화기 너머에서 목소리를 높이는 사람일수록 사지 멀쩡한 몸으로 생활보호비를 받아쓰면서 그 대부분을 파친코 같은 도박에 탕진하는 경우가 많다.

그러다 월말에 돈이 바닥나면 학교에 읍소하거나 협박을 해온다.

자기 자식을 위한 고작 몇천 엔, 몇만 엔을 왜 아껴두지 못하는 걸까?

아르바이트로 학비를 버는 학생도 여럿 있다. 그중에는 자식의 알바비까지 빼앗아 파친코에 쏟아붓는 부모도 있다. 보다 못한 내가 부모로서 해야 할 도리를 넌지시 일깨우면, 갑자기 자신의 불행한 인생으로 화제를 돌리곤 한다.

자식 같은 건 낳고 싶지 않았단다. 자식만 없었어도 좀 더 편하게 살 수 있었을 거란다. '그딴 옛날 사정 따위 알 게 뭐야. 그럼 그냥 뒤져버리시던가.'라는 말이 목구멍까지 올라오는 걸 도로 삼킨다. 그리고 요즘 세상에는 이런 생물들이 잔뜩 있다는 말로 나 자신을 타이르며 단념해 버린다.

'모성이란 대체 뭘까?'

옆자리의 국어 교사에게 사전을 빌려 찾아보았다.

모성母性 : 여성이 자기가 낳은 아이를 지키고 길러내려고 하는 어머니로서의 본능적 성질

밥도 제대로 안 챙겨주고 아이한테 빼앗은 돈으로 파친코나 하러 다니는 여자에게도 이런 성질이 있다는 걸까? 일반적으로 여성, 혹은 암컷에게는 모성이 존재한다는 게 당연시되지만, 과연 정말 그렇다고 할 수 있을까? 일단 갖고 태어나기는 하지만 환경에 따라 진화

하거나 퇴화해가는 것일까? 아니면 모성 따윈 애초에 존재하지 않지만, 여성들을 가정에 속박시키기 위해 남자들이 멋대로 창조하고 신성화시킨 가짜 성질을 나타내는 말에 불과할 수도 있다.

그런 연유로 사회 속에 살아가면서 체제를 중요시하는 사람은 의식적으로 모성을 갖추려 하지만, 중요시하지 않는 사람은 그런 말의 존재마저 무시한다.

모성은 태어날 때부터 갖춰진 인간성이 아니라 학습을 통해 후천적으로 형성되는 것인지도 모른다. 그런데 대다수 사람은 그걸 선천적인 것으로 착각하기 때문에, 모성이 없다는 지적을 받은 어머니는 자신의 학습 능력이 아닌 인격을 부정당했다는 오해를 한다. 그래서 자신은 그런 불완전한 인간이 아니며 확실한 모성을 갖고 있다는 것을 증명하기 위해 필사적으로 변명을 늘어놓게 마련이다.

애지중지하며 모든 걸 바쳐 키워온 딸.

"뭘 찾으려고? 보석, 보습… 호스티스?"

내가 책상 위에 펼쳐놓은 사전을 들여다보며 국어 선생님이 물었다. 이 사람이 바보 부모들을 몰래 골 빈 것들이라고 부른다는 점은 마음에 들지만, 아침 댓바람부터 골 빈 것들의 본질에 관해 진지한 대화를 나눌만한 상대는 아니다.

"포세이돈."

일단 대충 대답해봤다.

"오오, 다이너소어!"

뭐라는지 모르겠다.

"사전 잘 썼습니다. 아, 그렇지…."

국어 선생님에게 사전을 건네며 오늘 아침 신문에 실린 여고생이 어느 학교에 다니는지 아느냐고 별 기대감 없이 물어보았다. 그러자 자기가 전에 근무하던 학교라는 시원스러운 대답이 돌아왔다. 어젯밤에 예전 동료한테 연락받았다고 한다.

"그 애가 1학년 때 내가 부담임이었거든. 학교 측에선 자살이면 어떡하냐고 노심초사하나 본데, 그 애가 그런 짓을 할 리 없어. 창가에 풍경이라도 달아놓으려다 실수로 떨어졌겠지. 왜, 그 일에 관심이라도 있어?"

이제 슬슬 코트가 필요해지는 시기에 풍경이라는 엄청난 발상을 떠올리는 인간에게 내 잔가시에 대해 털어놓는 게 무슨 소용인가 싶다. 나보다 10년 선배인 이 사람은 아주 가끔, 아주 중요한 사실을 본인도 모르게 선뜻 이야기할 때가 있다.

목 안쪽에 걸린 잔가시는 최대한 빨리 없애는 게 낫다. 곪아버려서 돌이킬 수 없게 되기 전에 말이다. 나는 입을 닫고 묵묵히 고개를 끄덕였다.

어머니의 고백

신부님, 제 글을 읽고 "따뜻한 봄볕 같은 가정을 이루셨던 거군요."라고 하시면서 괴로웠던 일일수록 자신을 속이지 말고 솔직히 적으라고도 말씀하셨지요.

이런 경우, 신부님이 진짜 하고 싶으신 말씀은 아마도 후자일 거라고 생각합니다. 하지만 즐거웠던 시절을 적으면서 몇 년 만에 따뜻한 봄볕에 감싸인 듯한 기분이 들었는데, 제게는 그럴 자격이 없다고 부정당한 것만 같아 노트를 찢어버리고 싶었습니다.

지난번 수기 때, 그 뒤에 끔찍한 사건이 벌어질 거라는 암시하듯 썼던 게 잘못인 걸까요?

저는 옛날부터 작문이나 독후감을 잘 썼습니다. 그걸 읽는 사람의 기분, 즉 제 어머니의 기분을 추측하며 썼기 때문입니다.

'이런 식으로 쓰면 내 흥분된 마음이 전해질까?'

'마지막까지 집중해서 읽을 수 있을까?'

그런 배려심을 통해 길러진 글솜씨가 오히려 제게 독이 될 줄은 몰랐네요.

아니, 신부님이 그런 이유만으로 다시 쓰라는 게 아니라는 건 잘 압니다. 제가 정말 그렇게 받아들였다면 지금 이렇게 글을 적고 있지도 않겠지요. 그 사건에 대해 적는 행위가 저에게는 커다란 동요를 일으킨다는 사실을 신부님이 알아주시길 바랄 뿐입니다.

아아, 가슴이 찢어질 것만 같습니다.

그런데도 신부님은 제게 그날 일을 적으라고 하시는 건가요? 마음이 산산이 조각나던 그때의 심정을 한 번 더 떠올리라는 건가요?

그것이 저에게 대체 어떤 구원이 된다는 건가요?

이 수기를 적는 목적은 제가 얼마나 딸에게 애정을 쏟았는지를 알려드리기 위함이라고 생각합니다. 우선은 신부님께, 그리고 제게 비정한 시선을 향하는 세상 사람들에게요.

세상 사람들은 부모가 가진 애정의 크기가 대부분 비슷하다고 생각하겠지요. 그래서 큰 사건이 벌어졌을 때 자신의 빈약한 감성에 빗대어 상상하고, 단순하면서 하찮은 결론을 내리려 합니다.

자기 지식을 과신하는 사람들일수록 상상력이 빈곤한 데다 혼자서는 그걸 자각하지도 못합니다. 딱딱하게 굳어버린 머릿속에서 자기 혼자 납득할 만한 답을 멋대로 만들어내고, 마치 그게 정답이라는 듯이 부끄러운 줄도 모르고 떠벌리는 게 아닐까요?

진절머리가 납니다.

자기 상상력의 범주를 벗어난 곳에 진실이 있다는 걸 전혀 깨닫지 못하는 사람들입니다. 아니, 그 이전에 상상력의 범주를 벗어난 곳이 있다는 사실 자체를 모르는 거겠죠.

그래서 저를 마치 마녀 보듯 하는 겁니다.

오해하지는 말아주세요. 저는 신부님의 상상력이 부족하다는 뜻으로 말하는 게 절대 아닙니다. 다만 세상 사람들은 짐작도 하지 못할 저희 모녀의 깊은 관계를 정확히 표현하기 위해서라도 역시 그 사건에 관해 적어야만 할 것 같네요.

결혼한 지 7년, 제가 막 서른한 살이 된 가을이었습니다.

작은 언덕집에서의 생활은 석양을 바라보며 노래하거나 시를 암송하는 빈도가 신혼 때보다 줄어들고 일상에 찌들어가는 느낌이었지요. 하지만 정원에는 여전히 꽃이 만발했고 현관 앞에는 유화 물감 냄새가 맴돌았습니다.

딸아이는 반년 후에 초등학교에 진학할 나이였어요. 이미 히라가나와 가타카나를 쓰고 읽었기에 저는 자주 외할머니에게 편지를 쓰게 했습니다.

"우리 집에 또 놀러 오세요."

편지의 맺음말은 언제나 똑같았습니다. 물론 어머니가 우리 집에 와주길 바라는 마음은 딸아이보다 제 쪽이 더 강했지만요.

그 시절에는 아직 경기도 좋았고 타도코로가 일하는 철공소는 24시간 체제로 기계를 쉬지 않고 가동시켰습니다. 덕분에 타도코로는 사흘에 한 번꼴로 밤샘 근무를 해야 했지요.

타도코로는 철공소에서 일하긴 해도 홀쭉한 체형이라 집에 도둑이라도 들었을 때 의지할 만한 남편은 아니었습니다. 술에 취해 잠들면 큰 소리로 부르며 흔들어도 깨어나지 않으니 더 문제였지요.

하지만 막상 타도코로 없이 밤을 맞이하자 불안해서 견딜 수 없었습니다. 문단속을 몇 번이나 하고 잠자리에 누웠는데도 작은 소리 하나에도 누가 왔을까 봐 심장이 떨렸고, 그때마다 커튼 틈새로 창밖을 확인하느라 깊이 잠들 수가 없었습니다.

특히나 우리 집은 산기슭의 고지대에 위치했고 바로 옆에는 잡목림 사면이 펼쳐져 있었습니다. 조금만 바람이 불어도 잎사귀 바스락거리는 소리가 들렸고, 도토리가 지붕 위로 떨어지며 투두둑 하는 요란한 소리를 낼 때도 있어서 밤중에도 마음 놓을 틈이 없었지요.

'시부모님들은 왜 하필 이런 외진 곳의 집을 사신 걸까? 평범한 주거지라면 밤에도 이웃들의 익숙한 기척을 느끼며 안심했을 테고, 바람이 불 때마다 깰 필요도 없었을 텐데….'

얼마 전까지만 해도 석양에 물든 읍내 거리 풍경을 우리 가족이 독점할 수 있다는 게 기뻤는데, 불안한 밤을 맞이할 때마다 원망의 말만 점점 늘어갔습니다.

자동차로 들어올 수 있는 도로가 끝나면 좁은 골목길로 들어서고, 거기서 또 사면을 따라 이어지는 좁은 계단을 올라가야만 집에 도착합니다. 자동차로 장을 보러 갈 때도 유료 주차장에서 무거운 짐을 들고 5분 정도 걸어와야 했고, 비라도 내릴라 치면 골목길이나 계단에 물이 차올라서 위험하고 불편하기만 했지요.

평지에 살았다면, 시부모님이 이런 곳에 집을 마련해주지만 않았다면.

지금쯤—.

이야기가 또 딴 길로 새버렸네요.

아무튼 남편 없이 보내는 밤에는 거실 불을 끌 수도, 무더운 여름 밤에 창문을 열어놓을 수도 없었습니다. 잠들지 못해 몇 번이고 몸을 뒤척이는데 옆에서는 딸아이가 편안한 숨소리를 내며 잠들어 있는 것을 보면, 부모가 당연히 지켜줄 거라고 안심하는 모습이 얄미울 때도 있었습니다. 저는 그 사실을 어머니에게 털어놓았습니다.

"난 벌써 몇 년이나 혼자 살고 있지만 밤에 자다 깬 적은 한 번도 없단다."

제 심각한 얼굴을 웃어넘기듯 말씀하셨지만, 결국 어머니는 남편의 밤샘 근무 날엔 함께 자러 와주시기로 했습니다. 우울한 밤샘 근무일을 가리키던 달력의 붉은 동그라미 표시가 이제는 저를 설레게 만드는 표시로 바뀌었지요.

어머니는 매번 오후 4시에 찾아오셨습니다. 버스 정류장까지 어머니를 마중 나가서 근처 식료품점에서 함께 장을 본 뒤 집으로 돌아오곤 했지요. 둘이서 다른 색상에 같은 디자인 앞치마를 두르고 부엌에 나란히 섰습니다. 제가 직접 만든 앞치마였고 어머니 것은 하늘색, 제 것은 분홍색이었습니다.

저녁 5시 반에 어머니와 우리 세 식구가 함께 식사를 하고 7시에 남편이 출근, 9시에 딸아이를 재운 뒤부터는 어머니와 단둘이 보내는 시간입니다. 맛있는 홍차에 쿠키 같은 과자를 곁들이면서 수다를 떠는 밤은 낮에 만날 때와는 다른 부드러운 공기가 흘렀습니다. 마치 어린 시절로 돌아간 듯한 기분을 느끼게 해주었지요.

어머니와 내가 함께 새기는 시간….

어머니는 딸아이를 위해 책가방을 사주셨고, 급식주머니와 에코백도 저와 함께 만들어 주기로 했습니다. 제가 재봉틀을 돌리면 어머니가 자수를 놓으셨지요.

"'토끼를 넣어줄까?' 하고 물어봤더니 병아리가 좋다더구나. 생각해보면 그 애한테는 병아리가 잘 어울리긴 해."

어머니는 그렇게 말하며 감청색 천 주머니에 노란색과 하늘색 병아리의 자수를 놓았습니다. 저는 그 모습을 바라보며 제 어린 시절 물건에도 꽃과 동물 등의 아름다운 자수가 들어가 있던 것을 떠올렸지요. 같은 반 아이 중 누구도 그런 정성 어린 물건을 가지지 못했는데, 저는 그걸 당연한 일처럼 누렸습니다. 바느질 한 땀 한 땀에 어머니의 사랑이 담겨 있었다는 걸 새삼 깨닫고 나니 가슴이 뜨거워지더군요.

"우와! 병아리다. 할머니, 고맙습니다."

다음 날 아침, 딸아이는 완성된 급식 주머니와 에코백을 보며 환하게 웃으며 기뻐했습니다. 손에 들고 방 안을 이리저리 걸어 다니더니, 초등학생이 될 때까지 소중히 보관해둬야겠다며 예쁘게 접어 자기 서랍장에 정리했지요. 어머니는 감동한 듯 눈을 가늘게 뜨며

흐뭇하게 딸아이를 바라보셨습니다. 그런데….

"할머니, 피아노 가방은 키티가 그려진 걸 갖고 싶어요."

딸아이는 초등학교 입학하면서 피아노 학원도 등록했는데, 시판되는 캐릭터 가방을 사달라고 어머니께 부탁한 겁니다. 한 땀 한 땀 사랑을 담아 수놓은 병아리 가방을 부정한 것이나 다름없었지요.

'처음 말문이 트였을 때부터 타인을 배려하는 아이가 되도록 그렇게나 가르쳤는데. 다른 사람도 아닌 소중한 우리 엄마를 슬프게 만드는 말을 하다니, 역시 이 아이에겐 타도코로의 피도 흐르고 있는 거야.'

저는 항상 제가 어머니의 분신이라는 걸 믿어 의심치 않았습니다. 얼굴도 많이 닮았고 사고방식이나 감성도 똑같았기 때문입니다. 하지만 딸아이는 제 분신 같지 않았습니다. 얼굴은 저와 어머니를 많이 닮았지만, 어린 시절부터 감성도 부족하고 정서도 풍부하지 않았지요.

분명 타도코로 집안의 유전자를 더 많이 받은 아이였습니다.

그 자리에서 어머니에게 사과하라고 하고 싶었지만 마침 아침 식사를 준비하던 중이라 손을 뗄 수가 없었지요.

"그러면 다음엔 키티로 줄게."

어머니가 웃으며 딸아이와 새끼손가락을 거는 모습을 보고 어머니가 안 계실 때 다시 병아리 가방이 좋다고 말하도록 유도하는 게 낫겠다 싶었습니다.

그때 타도코로가 퇴근해서 다 함께 식탁에 둘러앉았습니다.

"어머, 어쩜 이렇게 맛있니?"

어머니가 제 요리를 칭찬해주셨습니다.

4인용 식탁에는 어머니의 자리가 생겼고 식기 선반에는 어머니의 밥그릇과 국그릇, 머그컵이 나란히 놓였습니다. 이대로 쭉 어머니와 함께 살면 좋겠다고 마음속으로 기원했습니다.

마지막으로, 정말 마지막으로 행복했던 시간이었습니다.

그해에는 여름부터 가을에 걸쳐 이상 기후가 이어졌습니다. 여름철인 7, 8월에는 비가 거의 내리지 않고 태풍도 혼슈本州 지방까진 한 번도 올라오지 않았는데 가을에 들어선 9월 말부터 차례차례 상륙하기 시작했습니다.

10월에는 화단에 새로 심은 팬지꽃 묘목이 주말에 내린 비로 다 떠내려가 버려서 속이 상했지만, TV로 태풍 피해 뉴스를 보니 이 주변이 태풍의 직격타를 맞지 않은 것만 해도 감사했습니다. 꽃이 떠내려간 정도로 불평하면 안 된다고 반성하면서 새 묘목을 사러 갔지요.

꽃집에 가니 새로운 색의 팬지꽃도 들어와 있었는데 모든 색이 다 예뻐서 10가지 색을 전부 사버렸습니다. 집에 돌아와 보니 10개를 모두 심기엔 화단이 좁아서 한참 씨름하는 것을 보고 타도코로가 쓴웃음을 지었지요. 결국 어머니에게 노란색과 오렌지색, 보라색을 보내기로 했습니다.

그것이 제가 어머니께 드린 마지막 선물이었습니다.

10월 24일은 오전부터 빗방울이 드문드문 떨어졌습니다. 저녁부터 비가 쏟아질 것 같으니까 조금 일찍 오시겠다는 어머니의 전화가 있어서 2시에 버스 정류장까지 마중 나갔습니다. 그리고 정전에 대비해서 양초와 빵과 통조림을 사서 집으로 돌아왔습니다.

거실 TV를 켜니 태풍 정보가 흘러나오고 있었습니다. 혼슈 전체가 가을장마 전선에 뒤덮였고, 그 전선을 따라 강한 태풍이 이동하고 있어서 밤부터 새벽에 걸쳐 상당한 비가 내릴 거라는 보도였지요. 뉴스캐스터의 이야기를 들으면서 또 팬지꽃이 떠내려가면 어쩌나 걱정이 되었습니다. 팬지꽃 따위보다 훨씬 조심해야 할 일이 있는 줄도 모르고 말이지요.

날씨 예보를 보던 중 한 가지 신경 쓰이는 일이 일어났습니다. 오전 중에 유치원에서 돌아온 딸아이가 외할머니의 선물에 잔뜩 신이 났습니다. 병아리 자수가 들어간 가방과 키티 필통이었습니다.

"피아노 가방까지도 병아리로 통일하면, 친구들이 네가 병아리를 좋아한다는 걸 알 수 있으니까 생일에도 병아리 그림이 들어간 물건을 선물 받을 수 있지 않을까?"

그렇게 딸아이를 설득해 "역시 병아리 가방이 좋겠어요."라고 전화하게 했는데도, 어머니는 딸아이를 위해 가방뿐 아니라 처음에 갖고 싶어 했던 캐릭터 문방구까지 사 오신 겁니다.

"신경 쓰게 해서 미안."

어머니께 사과하자 웃으며 대답하셨습니다.

"우리 사이에 뭘 그러니. 세상에 오직 한 명뿐인 우리 보물인데."

보물. 이미 많이 들어본 말일 텐데도 그때 저는 문득 의문을 느꼈습니다.

이 말은 나를 가리키는 걸까? 아니면 딸아이를 가리키는 걸까?

그러는 사이 뉴스캐스터는 홍수와 산사태에 대한 대비를 촉구하고 있었습니다.

오후 3시쯤에 잠에서 깬 타도코로는 창밖을 보더니 날씨가 안 좋아질 것 같으니 조금 일찍 출근하겠다고 했습니다. 저녁 식사로 준비한 음식을 도시락에 담았고, 5시가 되자 오늘은 자동차로 출근하겠다며 집을 나섰지요.

어머니와 저, 딸아이는 느긋하게 저녁을 먹었습니다. 어머니와 딸아이가 먼저 샤워하고 그다음에 저도 목욕을 하고 나왔지요. 그때 정전이 되었습니다. 시간은 저녁 8시 무렵이었고요. 부엌과 거실 테이블에 작은 그릇을 놓고 양초를 세워 불을 붙였습니다.

유리창을 때리는 비바람 소리에 대형 태풍이 꽤 가까워졌음을 알 수 있었습니다. 하지만 어머니와 함께 오렌지색 불빛에 감싸여 있으니 두려울 건 아무것도 없었습니다. 빨리 자고 아침에 일어나면 푸른 하늘이 펼쳐져 있을 거라 이야기하며 태풍이 지나간 뒤의 맑은 하늘을 상상했습니다.

작은 집이라 손님방 같은 건 없었기에 어머니의 잠자리는 거실 안쪽에 있는 다다미 네 칸 반짜리 방에 깔아두었습니다. 제가 혼수품으로 가져온 장롱을 둔 방입니다. 시댁에 주눅 들지 말라고 어머니가 직접 골라주신 서양식 장롱과 일본식 장롱은 꽤 묵직한 모양새로 그 방의 3분의 1을 차지하고 있습니다.

저와 딸아이의 잠자리는 침실에 나란히 깔았습니다. 이 방도 다다미 네 칸 반 크기에 화장대가 놓여 있어 남편의 이불까지 깔면 발 디딜 틈이 없었습니다.

시부모님이 우리를 계속 이 집에 살게 할 생각이 없다는 건 결혼 때부터 어렴풋이 느끼고 있었습니다. 특히 딸아이가 초등학교에 들어갈 나이가 가까워지자 이참에 들어와서 사는 게 어떻겠냐고 타도코로에게 넌지시 이야기했습니다.

시부모님과 같이 산다니, 상상만 해도 우울해졌습니다. 함께 살더라도 저라면 잘해 나갈 거라는 자신이 있었지만 어머니를 자주 볼 수 없게 되는 게 싫었지요.

시어머님은 대학생 때까지 쓸 수 있는 커다란 책상을 사주겠다며 벼르고 계셨지만, 너무 큰 걸 골라도 집에 놓을 곳이 마땅치 않았습니다. 하지만 집이 좁다고 불평을 하는 순간 역시 같이 사는 편이 좋지 않겠냐고 하실 게 뻔합니다. 그래서 집 안 정리를 잘해두고 되도록 큰 물건은 사지 않으려 노력하고 있었지요.

어머니는 좁은 방에서 자는 것에 아무 불평도 없으셨습니다. 이제 딸아이가 당신 이불 속으로 들어가도 말이지요. 딸아이는 잠자리에 들 때면 베개만 들고 장롱 방으로 쪼르르 가서 할머니의 이불 속으로 숨어들곤 했습니다.

"할머니랑 자면 따뜻해서 좋아!"

따뜻한 게 좋을 계절이 아닐 때도 딸아이는 나른한 얼굴로 항상 똑같은 소릴 했지요. 저도 어머니의 이불 속으로 들어가는 걸 좋아했습니다. 몸의 일부가 어머니와 맞닿아 있으면 어머니의 체온을 느끼며 안심하고 잠들 수 있었으니까요.

제가 어렸을 때 하던 말을 딸아이의 입을 통해서 듣게 되자 부러운 마음이 들었지만, 제가 이 나이에 어머니의 이불 속으로 들어갈 수는 없는 노릇입니다. 하다못해 옆에 나란히 잠자리를 깔아두었다면 좋았을 테지만 방의 넓이를 생각하면 그것도 힘들었지요.

어머니와 셋이 자고 싶어서 평소에 타도코로가 눕는 곳에 어머니의 이부자리를 깔아드리려고 한 적도 있었지만 어머니가 조용히 타이르셨습니다.

"새벽에 사토시가 돌아오면 피곤해서 당장 자고 싶을 텐데, 내가 여기 누워 있으면 얼마나 기분이 안 좋겠니. 식탁 자리처럼 집안에는 각자에게 정해진 장소가 있는 거니까, 본인이 없더라도 누울 자리는 비워놔야지. 장모를 이렇게 자주 오게 해주는 것만 해도 얼마나 고마운 일이니?"

타도코로는 어머니가 맛있는 음식을 만들어줘도 칭찬이나 감사의 말도 할 줄 모르는 사위였습니다. 저는 그때마다 깊이 실망했지요. 단 한 가지 고마운 점은 장모의 방문에 싫어하는 티를 내지 않았다는 겁니다.

오히려 "다음번엔 언제 오셔?"라고 묻더니 평소엔 사 오지도 않던 케이크를 들고 일찍 퇴근한 적도 있었을 정도입니다. 어머니가 항상 타도코로의 기를 세워주었기 때문인 것 같습니다. 저나 시어머님보다도 제 어머니가 그 사람을 가장 높게 평가했을 겁니다. 그걸 남편도 잘 아는 것이겠죠.

어머니의 말씀처럼 타도코로는 아침 7시쯤에 회사에서 돌아오면 식사와 목욕은 나중으로 미룬 채 곯아떨어질 때가 많았습니다. 그런 연유로 침실에서는 저 혼자서 자고 그의 잠자리는 늘 비워두어야 했지요.

그때 역시….

촛불을 끄고 이불 안으로 들어가 눈을 감는데 빗소리가 심상치 않았습니다. 바람 소리를 지워버릴 기세였지요.

'철공소가 바다 근처에 있는데 괜찮을까?' 하고 제가 무심결에 타도코로를 걱정했을 정도입니다. '강이 범람하진 않았나? 평지의 집들은 괜찮을까?'라는 생각과 함께 TV에서 본 민가의 침수 영상이 머릿속에 떠올랐습니다.

그대로 쭉 눈을 감고 있다가, 다음에 눈을 떴을 때는 빗방울이 조금씩이긴 해도 약해지고 있었습니다. 그런데 빗소리가 작아질수록 다른 소리, '삐이익!' 하는 거슬리는 소리가 들렸습니다. 벌레의 날갯짓 소리처럼 귀 안쪽에서 울리는 소리라 처음에는 이명으로 착각했습니다. 하지만 빗소리가 그치자 삐이익 하는 소리는 제 머릿속이 아닌 바깥에서, 그것도 조금 거리가 떨어진 곳에서 울리고 있다는 걸 알았습니다.

'무슨 소리지? 사이렌은 아닌데. 하지만 들어본 적이 있어.'

바로 자동차 경적이 울리는 소리였습니다. 바로 알아채지 못했던 건 평소에 듣는 경적 소리는 '빠앙! 빠앙!' 하고 짧게 여러 번 울리는 소리인 반면, 지금은 계속 이어지는 소리였기 때문이었지요. 게다가 경적을 울리는 건 한 대의 자동차가 아니었습니다.

수십 대, 아니 수백 대가 넘는 근방의 자동차가 전부 비명을 지르는 것만 같았습니다. 이런 시간에 교통 정체가 일어날 리는 없었고 캄캄한 거리에서 무슨 일이 일어난 건지 불안해졌습니다.

'언제까지 계속되는 거지? 어째서 아무도 멈추지 않는 거지? 아니, 멀리 떨어져 있는 나도 이렇게 불안한데 가까이서 듣는 사람들은 분명 미쳐버릴지 몰라.'

나중에야 알았지만, 경적이 계속 울린 건 강이 범람하면서 읍내의 자동차가 전부 침수됐기 때문이었습니다. 멀리서 울리는 경적 소리에 계속 초조해하고 있는데, 갑자기 이번엔 '우르르릉!' 하는 소리가 가까이서 땅을 뚫고 솟구치며 쏟아졌습니다.

집 전체가 크게 흔들리는 것을 느끼며 '설마!' 하고 몸을 일으킨 것과 동시에 집이 크게 삐거덕거리는 소리가 들렸습니다. 뒷산이 무너지며 토사가 쏟아져 들어온 겁니다.

'콰과광!' 하고 크고 무거운 것이 쓰러지는 소리와 함께.

"엄마!"

무언가에 가로막힌 딸아이의 목소리가 들렸습니다. 전등 줄을 당겼지만 불은 들어오지 않았습니다. 손으로 더듬어가며 아무것도 보이지 않는 침실을 나와 식탁에 놓인 양초에 불을 붙였습니다. 이어서 거실 테이블의 양초에 불을 붙이자 장롱 방으로 들어가는 장지문의 옆 기둥이 휘어진 것이 보였습니다.

집 일부가 눌려 있었습니다. 장롱 방의 문을 잡았지만 열리지 않았습니다.

"엄마! 괜찮아?"

문 너머로 불러 보았지만 대답은 돌아오지 않았습니다. 어머니의 신음만 희미하게 들려올 뿐이었습니다.

'엄마에게 무슨 일이 벌어진 거지?'

저는 도움닫기를 하며 여러 번 몸을 부딪친 끝에 장지문을 뚫어냈습니다. 어둑어둑한 불빛 너머로 문 안쪽에 보인 것은 쓰러진 장롱이었습니다. 산 쪽에 면한 벽이 무너지면서 일본식 장롱과 서양식 장롱이 나란히 쓰러져 있었습니다.

"엄마!"

저는 장지문 틈새로 방에 뛰어들었습니다. 뒤쪽에서 작게 덜컹거리는 소리가 들렸지만 그런 걸 신경 쓸 겨를이 없었습니다.

"엄마, 어딨어?"

목소리를 높이자 "여기야…."라는 어머니의 힘없는 목소리가 서양식 장롱 밑에서 들렸습니다. 눈에 힘을 주고 자세히 살펴보니 일본식 장롱은 완전히 넘어졌지만 서양식 장롱은 그렇지 않았습니다.

일본식 장롱과 앞쪽 벽 사이의 좁은 틈새를 통해 방의 안쪽으로 들어서자 어둠에 익숙해진 눈에 서양식 장롱 밑에 엎드린 채 깔린 어머니의 머리가 보였습니다. 그 사이에 이불이 끼어 있긴 했지만 묵직한 장롱은 어머니의 등을 짓누르고 있었습니다. 그런데다 장롱 밑쪽은 무너진 벽과 진흙 같은 토사로 파묻혀 있었습니다.

몸이 떨리며 의미를 알 수 없는 비명이 몸속 깊은 곳에서 솟구쳐 나왔습니다.

저는 서양식 장롱 끝에 손을 대고 혼신의 힘을 담아 들어 올렸지만 꿈쩍도 하지 않았습니다.

"난 괜찮으니까 아이를…."

어머니가 엎드린 채 말했습니다. 장롱 밑을 들여다보자 안쪽에 이불을 뒤집어쓴 딸아이의 머리도 보였습니다.

"엄마, 도와줘!"

울먹이는 목소리가 들렸습니다. 한 명씩 구하려다간 남아 있는 쪽이 더 심하게 깔리게 될 상황입니다.

"조금만 기다려, 사람을 불러올게."

그렇게 말하며 거실로 나서는 제 눈에 불덩어리가 보였습니다. 거실 소파가 불타오르고 있었습니다. 불은 이미 커튼에도 옮겨붙었고, 멍하니 서 있는 제 눈앞에서 불길은 점점 커다란 덩어리가 되어갔습니다. 도움을 구하러 나간 사이에 집 전체를 삼켜버릴 기세였습니다. 집에는 소화기가 없었습니다. 그리고 이미 부엌에서 양동이로 물을 받아 끼얹는 정도로는 해결될 수준이 아니었습니다. 집 밖에서는 빗물이 계속 쏟아지는데, 집 안에는 불길이 거침없이 번져가고 있었습니다.

"이러다가 늦겠어, 빨리."

어머니도 연기 냄새를 맡고 집이 불타고 있다는 걸 알아차리셨겠지요. 짓눌린 몸으로 최대한의 목소리를 쥐어 짜내고 계셨습니다.

저는 장롱 방으로 돌아와 서양 장롱 밑에 두 손을 뻗어 어머니의 양팔을 잡았습니다.

"나 말고!"

어머니는 목소리를 높이며 말씀하셨습니다.

"왜? 어째서?"

"네가 구해야 할 사람은 내가 아니잖니."

"엄마는 나한테 가장 소중한 사람이야. 날 낳고 길러준 사람이잖아."

그 순간 제 머릿속에서 어머니와 보낸 시간이 주마등처럼 흘러갔습니다.

"바보처럼 굴지 마. 넌 이제 애가 아니야. 엄마란다."

"싫어, 난 엄마 딸이야."

저에게는 그저 어머니를 잃고 싶지 않은 마음뿐이었습니다.

저는 어머니의 팔을 있는 힘껏 잡아당겼습니다. 그러나 고작 10센티미터 정도 앞으로 빠져나왔을 뿐입니다. 겨드랑이 밑으로 손을 다시 집어넣고 더 강하게 잡아당기자 이번에는 15센티미터 정도 빠져나왔습니다.

"그만해. 그만하렴. 왜 엄마 말을 못 알아 듣니? 부모라면 당연히 자식부터 구해야지."

어머니는 장롱 밑에서 간신히 빠져나온 머리를 들어 저를 바라보며 말했습니다.

자식…. 불길에 놀라 냉정을 잃었던 저는 어머니의 눈을 보며 간신히 정신을 차리고, 그제야 딸아이의 존재를 떠올렸습니다. 그래, 이 밑에는 내 딸도 있어. 그런데도 저는 어머니에게서 손을 뗄 수는 없었습니다.

등 뒤로 뜨거운 기운이 느껴졌습니다. 타닥타닥거리는 소리도 들려왔습니다.

"싫어요, 싫어. 난 엄마를 구하고 싶어. 자식은 또 낳으면 되잖아."

제가 뭔가 잘못된 이야기를 적고 있는 걸까요?

두 사람을 다 구할 수 있다면 당연히 그랬을 겁니다.

한 명밖에 구하지 못하는 상황에서 저는 어찌해야 할지 몰라 주저했습니다.

'나를 낳아준 사람을 구할 것인가, 아니면 내가 낳은 사람을 구할 것인가?'

그리고 제가 얼마나 찢어지는 심정으로 결단을 내렸는지 누구도 상상하지 못할 겁니다.

미래가 창창한 쪽이 살아남아야 한다거나 어머니라면 당연히 자식을 선택해야 한다는 탁상공론은 딱 질색입니다. 그런 사람들이야 결국 어느 쪽도 선택하지 못한 채 도망칠 게 뻔할 겁니다.

눈물을 쏟으며 산발이 된 머리로 고개를 젓는 동안에도 불길은 집안 물건들을 차례차례 집어삼키더니, 이윽고 제가 뚫고 들어온 장지문까지 옮겨붙었습니다. 불 때문에 환해지면서 어머니의 얼굴이 선명하게 보였습니다. 그랬기에 더더욱 저는 어머니의 손을 놓을 수가 없었습니다.

"부탁이니까 엄마 말 들어. 난 내가 살아남는 것보다 내 생명이 미래로 이어지는 게 더 기쁘단다. 그러니까…."

어머니의 눈에서 눈물이 쏟아지며 뺨을 타고 흘렀습니다.

"싫어!"

어머니의 목소리를 가로막듯이 소리를 질렀습니다. 불길은 그런 제 목소리조차 집어삼키려는 듯이 맹렬한 소리를 내며 일본식 장롱까지 덮쳐왔습니다.

"널 낳아서, 엄마는 정말로 행복했어. 정말 고맙다. 네 사랑을 이번엔 이 아이에게 주렴. 애지중지 아끼면서, 모든 걸 바쳐서 키워주렴!"

어머니가 제게 남긴 마지막 말입니다.

아아, 신부님!

무아지경이었던 터라 그 뒤의 기억은 선명하지 않습니다. 열기와 연기로 가득한 가운데서 장롱 밑의 딸을 구해내고, 품에 안은 채 불속을 뚫고 밖으로 나왔던 게 아닐까 합니다.

어머니의 몸을 거기에 두고서요. 관에 넣어 꽃을 장식해 드리지도 못했습니다.

타도코로는 그로부터 잠시 뒤에 돌아왔던 것 같습니다. 제가 어머니를 구하려고 활활 타오르는 집 안으로 뛰어들려는 것처럼 보였는지, 기름냄새 나는 팔로 저를 뒤에서 붙잡았던 감촉을 기억합니다.

어머니의 목숨을 대신해서 딸이 살아남았다는 사실을 아는 사람은 저뿐입니다.

모든 걸 바쳐서…. 이제 답을 알아냈네요.

제가 딸아이를 애지중지하며 키웠던 건 그것이 어머니의 마지막 바람이었기 때문입니다.

그런 제 손으로 어찌 딸아이의 목숨을 빼앗을 수 있었겠어요?

딸의 독백

아름다운 가족의 그림은 불길에 휩싸여 타버렸다.

장미와 백합이 예쁘게 피었던 꿈같은 집의 소실은 외할머니와의 영원한 작별이기도 했다. 내게 유일하게 '무조건적인 사랑'을 준 사람과의 작별.

외할머니에게 받은 마지막 선물은 병아리 자수가 들어간 가방과 키티가 그려진 필통이다. 원래는 가방에 키티 모양 자수를 놓아주길 바랐지만, 어머니의 권유로 전부 병아리를 새겨달라고 외할머니에게 말한 탓이다. 그러자 외할머니는 가방과 함께 키티 필통을 선물해주었다. 그때는 마냥 기쁘기만 했지만, 지금은 문득 이런 생각이 든다.

외할머니는 내가 손수 만들어 주신 가방 대신 기성품 가방을 갖고 싶어 하는 걸로 착각한 게 아닐까? 만약 그랬다면 외할머니는 실망하지 않았을까? 그런 생각은 조금도 한 적이 없었는데…. 자수 솜씨가 뛰어난 외할머니가 세상에서 단 하나뿐인 가방을 만들어 주는 게 견딜 수 없이 기뻤는데….

하지만 이제 와서 후회해봐야 늦었다. 그런 불확실한 일로 고민하기보다 즐거웠던 기억을 떠올려본다.

종이접기, 그림그리기, 인형놀이. 함께 쇼핑 갔을 때는 계산을 잘한다며 칭찬해주고, 편지를 쓰면 글씨를 잘 쓴다고 칭찬해주었다. 머리를 부드럽게 쓰다듬어주던 따뜻한 손. 무색무취하던 추억의 세계에서도 이따금씩 색과 냄새가 돌아오는 것처럼 외할머니의 추억에서는 온도가 느껴진다.

머리를 쓰다듬고 손을 잡아주던 외할머니의 온도에 대한 기억은 잔뜩 남아 있지만, 내가 가장 좋아했던 건 외할머니의 이불 속으로 들어갈 때의 따뜻함이다. 평소엔 이불을 덮어도 좀처럼 잠이 오지 않는데, 외할머니의 이불로 들어가 따뜻함에 감싸이면 영혼이 훅 빠져나간 것처럼 잠의 세계로 빠져들었다.

외할머니는 언제나 살갑게 나를 맞아주었다. 겨울에 꽁꽁 언 발로 파고들면 "아이고, 차가워라. 지금 할머니가 따뜻하게 덥혀줄게."라며 내 발을 감싸 주었다. 아무래도 그것 때문에 나카타니 토오루가 좋아진 것 같다.

어째서 또 토오루의 이름이 나온 걸까? 그것 역시 온도에 관한 기억이기 때문일까?

암흑 속에서 되돌아보는 인생은 시간 순으로 진행되진 않는 것 같다.

고등학교 1학년 때의 일이다.

11월에 열린 야외 합숙은 원래 남녀가 다른 방으로 배정됐는데, 불과 몇 쌍에 불과한 닭살 커플과 대다수의 들뜬 아이들이 분위기를 주도한 덕분에 그 어느 쪽에도 속하지 않은 나까지 좁은 방갈로에서 남녀 혼숙을 하게 되었다.

나는 남자 셋, 여자 셋의 중간 자리였다. 누군가가 의도한 것은 아니었고, 원래 내 옆에서 자야 할 여자 세 명이 빠져나간 대신 나카타니 토오루를 포함한 남자 세 명이 들어온 것뿐이다.

토오루는 불쾌감을 주는 아이는 아니었지만 옆에 있으면 가슴이 두근거려서 잠들지 못할 존재도 아니었다. 같은 반이지만 이야기를 나눠본 적도 거의 없고 출신 중학교도 달라서 어떤 애인지도 잘 알지 못했다. 육상부라는 건 알지만 무슨 종목을 뛰는지도 모를 정도였으니까.

산속의 합숙소는 낮에는 따뜻했지만 밤에는 방갈로 안에서도 하얀 입김이 보일 만큼 쌀쌀했다. 원래대로라면 5월에 왔어야 했던 일정이 미뤄진 건 때아닌 유행병 때문이었다.

"이상한 짓 하면 애들한테 다 말할 거야."

"미쳤냐, 내가 그러게."

전등을 끈 뒤에 서로의 몸이 절대 닿지 않도록 중간의 남녀가 견제하면서 여섯 명이 동시에 잠자리에 들었다.

하지만 눅눅하고 무거운 이불 한 장으로는 추워서 잠이 오질 않았다. 나에게 불면증은 익숙했기에 멍하니 어린 시절의 기억을 떠올리며 이불을 말아 돌리듯 몸을 뒤척이는데, 오른발이 툭 하고 딱딱한 무언가에 부딪혔다. 옆의 이불에서 삐져나온 나카타니 토오루의 발이었다.

"미안."

바로 사과의 말이 나왔던 건 내 발이 나도 알 수 있을 만큼 꽁꽁 얼어 있었기 때문이다. 대답은 없었다. 깨우지 않아서 다행이라고 안심하면서 몸을 똑바로 누이며 눈을 감았다. 그때였다. 이불 속으로 두 개의 발이 들어온 것은.

'외할머니?'

순간적으로 외할머니의 발을 떠올렸지만 감촉은 전혀 달랐다. 울퉁불퉁하고 딱딱했다. 하지만 따뜻한 발끝이 내 양발을 휘감으며 감싸주었다.

놀라며 눈을 뜨고 발이 들어온 쪽을 보니 희미한 불빛 아래서 이쪽을 향한 토오루의 얼굴이 보였다. 눈을 감은 채 규칙적인 호흡을 반복하고 있었다. 어쩌면 잠꼬대인지도 모른다. 내 발이 덥혀지기 전에 토오루의 발이 식어버릴까 봐 미안해서 천천히 발을 빼려고 했다. 그런데 못 움직일 만큼 강하게 힘을 주었다.

어쩔 수 없이 그대로 눈을 감았더니 발끝에서부터 몸 전체가 따끈따끈해지며 새벽까지 한 번도 깨지 않고 숙면에 들 수 있었다. 악몽도 꾸지 않았다. 다른 아이들이 깨기 전에 슬며시 발을 뺐지만 더 이상 강하게 붙잡지는 않았다.

기분 좋게 자는 토오루의 옆얼굴을 바라보면서 안경을 쓰지 않은 모습이 좀 더 잘생겼다고 생각했다. 순간, 내가 미쳤나 싶어 황급히 이불을 뒤집어썼다.

'토오루가 일어나면 어떤 태도로 대해야 할까?

'사과해야 할까, 고맙다고 해야 할까, 아니면 모른 척하는 게 나을까?'

그런 고민을 진지하게 하는 사이에 원래 이 방에 같이 묵어야 할 친구들이 돌아왔다. 그리고 슬슬 선생님이 감독하러 돌아다닐 시간이라며 토오루와 다른 남자애들을 깨워서 밖으로 쫓아내 버렸다.

토오루와 사귀게 된 건 그로부터 2주 뒤였다. 먼저 말을 꺼낸 건 토오루였지만 그 애도 야외 합숙 전까지는 나를 전혀 의식하지 않았다고 한다. 방과 후에 영어연구부 동아리실 앞에서 남들 시선을 의식하며 음료를 마시는 나를 우연히 보고 조금 관심이 갔던 정도였단다. 그런데 숙소에 갑자기 들이닥친 여자애들한테 쫓겨나서 우연히 옆에서 나란히 자게 되었고, 문득 맞닿은 발이 너무 차가워서 어떻게든 해줘야 할 것 같아 불쑥 발을 뻗었다는 것이다. 그리고 그대로 계속 감싼 채로 누워 있다 보니 마치 자기 여자친구처럼 느껴졌다는 이야기였다.

사귀자는 말에 곧바로 고개를 끄덕인 건 토오루가 별생각 없이 취한 행동이 나의 가장 행복했던 기억과 우연히 일치했기 때문일까? 아니면 더 단순한 이유로, 나를 바라봐주는 사람을 원했기 때문일까?

“그럼 이제부턴 서로 이름으로 부르자.”

토오루가 제안했다. 사이가 꽤 좋은 여자애들도 나를 ‘타도코로 양’이라 부르는 걸 알고 쉽게 마음을 열 수 있도록 배려해준 거다. 그런 부분도 외할머니와 닮았는지도 모른다. 하지만 나는 그것을 거절했다. 아무도 부르지 않는 내 이름이 내 것처럼 느껴지지 않았기 때문이다.

대신 토오루는 나를 ‘삐스케’로 부르기로 했다. 옛날에 기르던 문조文鳥의 이름인데 왠지 모르게 나와 닮았다고 했다. 수컷 이름 같아서 불만스럽긴 했지만 거부하진 않았다.

“뭐야, 자기가 새 같이 생겼다는 걸 알고는 있었네.”

토오루는 필기구나 가방, 손수건의 병아리 그림을 보고는 내 생일에 병아리 그림이 달린 손거울을 선물해주었다. 귀여운 그림이 마음에 들어 어디서 샀냐고 물었더니 아크릴 물감으로 직접 그렸다는 대답이 돌아왔다. 토오루의 천진난만한 표정과 깃털 색의 섬세한 색감의 완성도가 너무 뛰어나 나도 중학교 때 미술부였다는 사실을 끝내 밝히지 못했다. 그 뒤로 그 애는 가끔 내 물건에 병아리 그림을 그려주었다. 그 거울은 지금도 내 주머니에 들어 있다.

꺼내 보고 싶지만 몸이 전혀 움직이지 않는다. 아마도 내 몸은 무척이나 차갑게 식어 있을 것이다.

토오루가 두 번째로 내 발을 덥혀주었을 때 외할머니와의 추억을 짧게 이야기했다. 초등학교에 들어가기 전에 돌아가셨다는 걸 먼저 말하고 병아리 자수를 놓아주신 일이나 이불 속으로 파고 들어갔던 이야기를 했다.

"인자하고 따뜻한 외할머니셨구나. 나도 뵐 수 있었으면 좋았을 텐데…."

자기가 내 외할머니와 닮았다고 하면 싫어할 줄 알았지만 토오루는 그렇게 대답해주었다. 그 말이 속으로는 뭐라 표현할 수 없을 만큼 기뻤다. 하지만 외할머니가 어떻게 돌아가셨는지는 털어놓지 못했다. 그 누구에게도 이야기해본 적이 없다. 행복이 끝나는 순간을 떠올리고 싶지 않아서 입을 열지 않았지만, 머릿속에서는 이미 세찬 빗소리가 울려 퍼지고 있었다.

소리, 그날의 기억과 함께 가장 먼저 떠오르는 것은 소리였다!

사랑하는 외할머니와의 작별은 어느 날 갑자기 찾아왔다.

내가 여섯 살 때, 초등학교에 들어가기 불과 반년 전의 일이었다.

당시 철공소에서 일하던 아빠는 밤샘 근무를 할 때가 많아서 아빠가 없는 날엔 외할머니가 우리 집에 자러 오곤 했다. 내가 외할머니에게 편지를 쓸 때면 엄마는 "또 우리 집에 놀러 오세요."라고 쓰도록 권했지만, 엄마가 아니었어도 나는 그렇게 썼을 것이다.

꿈같은 집에서 살 때의 아빠와 엄마는 싸우거나 말다툼을 한 적이 없다. 시를 암송하거나 노래를 부르는 모습이 아름답고 행복해 보였지만, 미소를 보여준 적도 거의 없다. 그런 두 사람이 할머니만 만나면 미소를 지었다.

아빠는 친밀한 사람만 알아볼 수 있을 만큼 희미한 미소를, 엄마는 외할머니의 별것 아닌 한 마디에 눈부신 미소를 짓곤 했다. 분명 나 역시 그랬을 거다. 그 이유는 외할머니가 항상 온화하고 부드러운 미소를 띠고 있었기 때문이라 생각한다.

꿈같은 집에서 살 때, 엄마는 내게 사람의 얼굴은 거울이라는 말을 자주 했다. 외할머니에게 들었던 말을 그대로 따라한 것 같지만, 그래서 외할머니가 있으면 다들 웃게 된다는 게 어린 마음에도 납득이 되었다. 상대가 웃으면 나도 웃게 되고, 상대가 성난 얼굴을 하면 나도 성난 얼굴이 된다.

그러나 타도코로 가문 사람들에 의해 이 법칙은 뒤집히고 말았다. 그 사람들은 이쪽이 웃으면 불쾌해하고, 이쪽이 피폐해져서 표정을 잃어갈수록 생기 넘치는 얼굴이 되었으니 말이다.

외할머니는 특별한 사람이었다.

아빠에게도, 나에게도, 그리고 그 누구보다 엄마에게도.

외할머니의 죽음은 당시 신문에도 보도되었다. 때아닌 태풍에 의한 산사태로 사망했기 때문이다. 그 태풍이 20년에 한 번 올까 말까 한 대형 태풍이었다는 건 기사를 통해 알았다. 그런 이야기에 위화감이 전혀 안 느껴질 만큼 기억 속의 비바람은 세차고 격렬했다.

그날 외할머니는 평소보다 이른 시간에 오기로 했다. 버스 정류장까지 외할머니를 마중 나가는 김에 장보기도 한다는 엄마를 따라가고 싶었다. 하지만 빗속을 걷다가 계단에서 넘어지기라도 하면 위험하다는 이유로 엄마는 그냥 집에서 기다리라고 했다.

외할머니를 오매불망 기다리며 창밖을 보고 있는데 검은 비구름이 작은 도시 전체를 조금씩 뒤덮어가는 것이 보였다. 저 구름이 우리 집까지 오기 전에 외할머니가 빨리 오기를 기도하는 심정으로 눈을 꾹 감았다. 바로 그때 외할머니가 보였기에 나는 현관까지 달려나가 품에 안겼다.

외할머니는 선물을 가져왔다. 병아리 가방과 키티 필통이었다. 그 날 받은 선물이 특별했던 것도 아닌데 가슴이 두근거릴 만큼 기뻐서 가방을 손에 들고 방안을 껑충껑충 뛰어다녔던 기억이 난다.

지금 생각해보면 그때 내 심장이 두근거렸던 건 밀려오는 검은 먹구름 때문이었던 것 같기도 하다. 혼자서 맞서는 건 두려워도, 사랑하는 사람과 함께하면 불안조차 설렘으로 바뀔 수 있다.

엄마와 외할머니가 사 온 양초와 통조림도 일상에서 벗어난 느낌이 들어 조금 흥분됐던 것 같다. 평소엔 저녁을 먹고 출근하던 아빠는 그날은 일찍 나가야겠다며 도시락에 가림막을 놓거나 밥 위에 매실장아찌를 올려놓는 등 엄마가 도시락 싸는 것을 도왔다. 엄마는 아빠를 일찍 배웅하고 조금 이른 저녁 식사를 한 뒤 조금 일찍 욕실에 들어갔다. 평소와 아주 약간 다를 뿐인데도 그 약간의 차이 덕분에 그날 일을 선명히 떠올릴 수가 있었다.

정전이 된 건 엄마가 목욕하고 나온 직후였다. 엄마는 우선 부엌, 다음으로 거실에 촛불을 밝혔다. 암흑 속에 밝혀진 오렌지색 불빛을 보며, 나는 별로 무섭지도 않았으면서 "무서워."라면서 외할머니의 팔에 매달렸다. "괜찮단다."라며 외할머니가 안아주실 거라는 걸 어린 마음에도 충분히 예상했던 것이리라.

그래서 그날은 처음부터 외할머니의 이불 속으로 파고들었다.

내 이불은 침실의 엄마 옆자리에 깔려 있었지만, 외할머니가 자러 오는 날이면 처음엔 내 이불에 누웠다가 틈을 봐서 좁은 장롱 방에 깔아둔 외할머니의 이불 속으로 숨어들곤 했다.

"내년부터는 너도 초등학생이니까 이젠 혼자 잘 줄도 알아야지."

집 밖에서 세찬 비바람 소리가 들려오고 계속 정전이 된 상태였는데도 엄마는 평소와 똑같이 나를 타일렀다. 하지만 나는 상관하지 않았다. 외할머니는 항상 나를 따뜻하게 두둔해주었으니까.

"초등학생이 되면 노력해보자꾸나."

책가방은 이미 한 달 전에 신상품이 나오자마자 선물 받았다.

아직 춥다고 말하기엔 이른 시기였지만 그날은 이불 속으로 파고들자마자 외할머니에게 달라붙었고, 외할머니가 내 발을 감싸주었기에 나는 이불 속에 파묻힌 듯한 모습으로 잠들었다.

새벽 무렵, 신문 기사에는 오전 5시경이라 적혀 있었다. 아직 깊이 잠들어 있던 내게는 한밤중이나 다름없는 시간이었다.

꿈속에서 '우르르릉! 쾅!' 하고 산이 울부짖는 듯한 소리가 나며 퍼뜩 눈이 떠졌다. 그 뒤에 '와르르르!' 하는 소리가 바로 근처에서 들리더니 바닥이 흔들렸고, 외할머니가 "밖으로…."라고 말하며 일어서려던 순간, 장롱 두 개가 연달아 우리 쪽으로 넘어졌다. 방문과 가까운 일본식 장롱은 쿵 하는 소리를 내며 엎어졌고 서양식 장롱은 중간에 멈추었다.

외할머니의 등이 장롱을 받아낸 것이다. 내 등은 장롱의 무게를 받아내진 않았지만, 외할머니와 장롱 사이의 틈새에서 이불을 뒤집어쓴 채로 꼼짝도 할 수 없는 상태였다.

"할머니, 괜찮아?"

물었지만 대답은 없었고 희미한 신음만이 들렸다.

"엄마!"

나는 필사적으로 엄마를 불렀다.

가까운 소리는 멈춰 있는데도 먼 쪽에서는 희미하게 '삐이이!' 하는 망가진 장난감에서나 날 법한 전자음이 들려왔다. 내 목소리가 그 소리에 가려지면 어떡하나 싶어 두렵고 불안했다.

잠시 뒤에 장지문에 몸을 부딪치는 소리가 들렸기에 엄마가 장롱방으로 온 것을 알았다. 장롱 안쪽으로 들어가 이불을 뒤집어쓰고 있던 나에게는 엄마의 기척밖에 느껴지지 않았고 말소리도 제대로 들리지 않았다. 하지만 엄마가 외할머니를 필사적으로 구하려 한다는 건 알 수 있었다.

엄마의 손이 뻗어오더니 외할머니의 팔을 붙잡고 강하게 잡아당겼다. 그러나 외할머니의 몸은 아주 조금밖에 움직이지 못했다.

'빨리, 빨리 할머니를 구해줘.'

기도하는 심정으로 기다리는데 문득 물건 타는 냄새가 났다. 화재였다. 그렇게 인식한 순간 몸이 떨리고 숨이 막히며 의식이 자꾸만 희미해져 갔다.

몽롱한 머릿속으로 엄마와 외할머니의 목소리가 들려왔다. 두 사람의 목소리는 점점 커졌지만 엄마, 딸 같은 몇몇 단어가 머릿속으로 희미하게 들어올 뿐 대화 내용은 잘 알 수 없었다.

'이야기만 하지 말고 빨리….'

그런 내 생각은 말이 되어 나오지 못한 채 머릿속에서만 맴돌다 사라졌다.

다음 순간, 엄마의 비명이 울려 퍼졌다.

외할머니는 그때 숨을 거둔 게 아닐까 생각한다.

'외할머니….'

얼마 후에 기름 냄새 나는 팔이 장롱 밑으로 뻗어와서 나를 잡아 당겼다. 방 안에 가득 찬 연기를 한꺼번에 들어 마신 탓에 의식을 완전히 잃어버린 나는 외할머니의 마지막 모습을 지켜보지 못했다.

외할머니의 사인은 '압사'인 줄로만 알았는데 할아버지와 할머니는 '분사焚死'라고 말했다. 정확히는 '타죽었다'라고 했다. 아빠와 엄마는 사인에 대해서는 전혀 이야기하지 않았다. 그뿐만 아니라 그날의 사건에 관해, 마치 꿈같은 집 자체가 깊이 봉인된 것처럼 두 사람의 입을 통해 언급되는 일은 없었다.

중학생 때 나는 꿈같은 집이 너무도 그리운 나머지 신문을 조사해본 적이 있다. 신문에는 "산사태 피해 직후 촛불이 가구로 옮겨붙어…."라고 태풍과 화재 피해에 관해 언급했지만 외할머니가 죽은 원인은 적혀 있지 않았다.

그것은 어머니에게 유일한 구원이 되었을지 모른다. 사고이긴 해도 양초에 불을 붙인 사람은 어머니였으니까. 그러니 이 일은 꺼내면 안 되는 사건이다. 나 역시 꿈같은 집의 추억을 가슴 깊은 곳에

봉인했다.

둘도 없이 소중한 사람의 죽음. 나에게 '무조건적인 사랑'을 주었던 사람.

"초등학생이 되면 노력해보자꾸나."

그것이 외할머니가 내게 남긴 마지막 말이다, 이 세상에서 유일하게 나를 사랑해주었던 사람과의 작별, 꿈같은 집을 잃게 된 경위인 줄로만 알고 있었다. 그때 차라리 내가 죽는 게 낫지 않았을까? 외할머니의 사인이 산사태나 화재였더라면 내 인생도 구원받을 수 있었으리라.

엄마가 날 죽이고 싶을 만큼 미워하지도 않았을 테니.

소중한 목숨을 내던질 만큼
그렇게 나를 사랑해줄 사람은 없을까
나를 위하여 누군가 바다에 빠져 죽으면
그때 나는 돌에서 해방되어
생명으로, 다시 생명으로 되살아날 것이다

나는 끓어오르는 피를 이렇게도 간절히 바란다
그러나 돌은 너무나도 조용하기만 하다.
나는 생명을 꿈꾼다. 산다는 것은 즐거운 것이다.
누군가 나를 되살려줄 만한
용기를 가진 이는 정녕 없단 말인가?

그러나 언젠가 내가
가장 귀중한 것을 내어주는
생명 속에서 내가 되살아난다면…
그때 나는 혼자 울게 되리라.
잃어버린 나의 돌을 그리워하며 울게 되리라.
내 피가 설령 포도주처럼 익는다 해도 무슨 소용인가?
그것만으론 나를 가장 사랑해주던 사람을
바닷속에서 다시 불러올 수도 없는 것을

-석상의 노래

제3장

탄식

모성에 관하여

“기왕이면 저녁이라도 먹으면서 이야기하자고.”

옆자리의 국어 선생님이 그렇게 말해서 나는 그를 ‘릿짱115’ 가게로 데려갔다.

“뭐야, 여기 타코야키 가게 아냐? 아무리 월급 전이라지만 뭘 이렇게 짜게 굴어? 그리고 난 아무리 네가 필요해서 불렀다고 해도 후배한테 얻어먹을 생각은 없다고.”

“겉보기로 판단하지 마시죠. 낮엔 간판에 적힌 대로 주부나 학생들에게 인기 만점인 타코야키 가게지만, 밤에는 유명한 술집으로 바뀌거든요. 타코야키 외 요리도 나오지만 이 냄새를 맡은 이상 안 먹을 수 없잖아요. 맥주와 잘 어울릴 겁니다.”

그렇게 말하며 먼저 가게 안으로 들어갔다. 철판 앞에서 송곳으로 타코야키를 뒤집던 릿짱이 “어서 오세요.” 하고 기운 넘치는 목소리로 맞이해주었다.

"어머, 오랜만에 왔네. 같이 온 분은?"

"직장 선배."

"안녕하세요, 처음 뵙겠습니다. 이것 참, 오타후쿠 소스가 잘 어울릴 것 같은…."

"마음속 소리를 입 밖에 내면 안 되죠. 예의가 아니잖아요."

나는 국어 교사를 타이르고 릿짱에게 사과하며 한쪽 손을 들었다. 릿짱은 그 정도는 애교라는 듯이 웃으며 카운터석의 가장 안쪽으로 안내해주었다. 우리는 생맥주와 우롱차, 그리고 소스 맛 타코야키와 간장 맛 타코야키를 한 그릇씩 주문했다.

"너, 술을 못 하던가?"

"금주 중이라서요. 저는 상관 말고 마음껏 드시죠."

"그럼 사양 안 할게."

이 가게는 릿짱이 혼자 운영하고 있다. 릿짱은 차가운 맥주잔에 맥주를 따르고 아이스 우롱차에 둥근 얼음을 띄웠다. 그것들을 완두콩 한 그릇과 함께 카운터에 내놓더니 "즐거운 시간 되세요."라며 다시 철판으로 향했다. 길가에 면한 창문을 통해 포장 음식을 주문하는 사람들도 줄을 서 있어서 꽤 바빠 보이는데도 요령이 좋다.

"그럼, 오늘 하루도 수고 많으셨습니다."

국어 교사와 형식적인 건배를 하고 완두콩을 집어먹었다.

"아침에 네가 그 신문 기사 내용을 물어본 뒤로, 하루 동안 나름대로 많은 생각을 해봤는데. 난 그 아이가 자살했다는 생각이 안 들어.

하지만 내가 그 아이를 가르친 건 재작년이었고 워낙 알아서 잘하는 애라 깊이 엮일 일도 없었으니까, 자살할 이유가 전혀 없었다고 단언하진 못하겠군. 아무리 생각해도 나로서는 모르겠어. 하지만 그보다 더 이해 안 되는 게 하나 있지."

"그게 뭐죠?"

"네가 왜 그 사건에 관심을 가지느냐는 거야. 교사로서 당연하다는 소리는 집어치우고."

"그건…."

"자, 기다리셨죠?"

릿짱이 한 손에 한 그릇씩 먹음직스러운 타코야키를 들고 와서 카운터 위로 툭 내려놓았다. 포장 손님에겐 일회용 플라스틱 용기에 싸서 주지만 밤에 가게에서 먹는 손님에게는 테두리가 붉게 칠해진 검은색의 길쭉한 도자기 그릇을 내주기 때문에 나름대로 운치가 있다. 여덟 개가 나란히 놓인 타코야키는 요새 주류인 대왕 사이즈가 아니라 옛날식의 중간 사이즈였다. 고추기름으로 마무리되어 표면이 노릇노릇한 타코야키는 한입에 먹을 수 있었다.

"일단 먹고 얘기하죠."

내 말이 끝나기도 전에 국어 선생님은 카운터에 세워둔 통에서 대꼬치 하나를 꺼내 카쓰오부시가 춤추는 소스 타코야키를 찔렀다.

사건에 관한 정보가 궁금하긴 하지만, 이 사람에게 내 개인적인 이야기를 해도 될는지는 천천히 먹으면서 생각해봐야겠다.

어머니의 고백

신부님, 어머니가 돌아가신 그날 이후로 제 인생은 180도 바뀌었습니다.

부모님을 모두 잃고 이 세상에 저 혼자 남게 된 겁니다. 이 넓은 세상에 저 혼자뿐이었지요. 세상은 한없이 넓고 아름답게만 보였는데, 태양을 잃은 제 주위로는 단지 암흑이 펼쳐져 있을 뿐이었습니다. 설령 발밑에 아름다운 꽃이 피어 있더라도 그것을 깨닫기는커녕 저도 모르는 사이 밟아 죽일지도 몰랐습니다.

"넌 해님 같은 아이란다."

어머니는 제게 그런 식으로 말해 주셨지만 어머니야말로 제 태양이었습니다. 어머니가 태양이라면 저는 달 같은 존재겠죠. 밤하늘을 밝게 비추는 달은 혼자서 빛을 내지는 못합니다. 태양의 빛을 받아 반짝이고 있을 뿐입니다. 태양을 잃은 달 따윈 발밑에 굴러다니는 돌멩이와 전혀 다를 게 없습니다.

암흑 속에 굴러다니는 돌멩이는 그저 자기한테 걸려 넘어지는 사람이 없기를 기도할 뿐입니다. 그런데도 저는 갈망했는지도 모릅니다. 인공적인 불빛이라도 좋으니 누군가가 나의 존재를 발견하고 한 번 더 부드러운 빛을 비춰주기를요.

타도코로와 딸아이가 있지 않느냐고 말하지 마세요. 이 두 사람은 같은 지붕 아래에서 생활한다는 의미에서는 제 가족이었을지도 모릅니다. 그러나 아버지나 어머니와는 전혀 다른 존재입니다. 저에게 가족이란 함께 기쁨을 공유하는 사람들을 의미합니다.

타도코로와 딸아이, 그리고 그 끔찍한 날 이후로 함께 살게 된 타도코로 가문 사람들은 제가 아무리 기쁨을 나눠주어도 그 100분의 1도 되돌려주지 않았습니다. 그런데도 저는 노력했습니다. 어린 시절부터 노력하지 않았던 적은 없었지만, 그 노력은 부모님의 사랑이 있었기에 가능했습니다. 당연히 칭찬받을 것을 전제로 한 어리광이 섞여 있었던 것입니다. 그리고 저는 결심했습니다.

'아무도 빛을 비춰주지 않는다면 돌멩이를 직접 갈고 닦으면 돼. 빛을 잃었다고 계속 울기만 하면 나를 낳아주신 부모님께 면목이 없잖아. 어머니처럼 스스로 빛을 낼 수 있는 사람이 되자.'

그렇게 해서 뼈를 깎는 심정으로 저 자신을 단련하여 만들어낸 빛이, 맙소사, 신부님….

바로 제 딸아이에 의해 가로막히고 말았습니다.

물론 저는 딸아이를 사랑했습니다. 제가 내는 빛으로 가장 먼저 그 아이를 비춰주고 싶었습니다. 다만 그 아이의 마음에는 그게 엄마일지라도 타인을 받아들이지 않는, 따뜻한 빛을 튕겨내 버리는 어둡고 커다란 벽이 존재했던 겁니다.

그걸 깨달은 건 태풍이 왔던 해로부터 4년 뒤, 딸아이의 열 번째 생일날 밤이었습니다.

그렇게나 작았던 갓난아기가 벌써 이렇게 컸나 생각하며 잠든 딸아이의 머리를 쓰다듬어주기 위해 손을 뻗었을 때였습니다. 머리카락 끝에 아주 살짝 닿은 순간, 그 아이는 제 손을 강하게 튕겨냈습니다. 마치 끔찍한 무언가를 뿌리치려는 것처럼요.

딸아이가 깬 것 같지는 않았습니다. 무의식중에 엄마의 손을 거부한 것이지요. 그때 제가 느낀 절망감을 이해하실지 모르겠습니다.

제 어머니는 제가 기억하는 가장 어린 시절부터, 아니, 분명 그 전부터 언제나 저를 부드럽게 쓰다듬어주셨습니다. 머리뿐만 아니라 몸의 곳곳을, 자식의 성장을 기뻐하고 아껴주듯이 따듯한 손으로 만져주셨던 거지요.

넘어져서 상처가 나도 어머니의 손으로 연고를 발라주면 아픔은 순식간에 누그러졌습니다. 학교에서 친구들과 싸우다 울면서 집에 돌아와도 어머니가 이마를 쓰다듬어주면 눈물이 뚝 그치며 내일 꼭 화해해야겠다는 용기가 생겼습니다.

시험에서 100점을 맞았을 때는 폴짝폴짝 뛰며 집으로 돌아왔습니다. 부엌에서 저녁을 준비하는 어머니에게 시험지를 펼쳐 보여드리면 어머니는 "열심히 노력했구나."라고 말씀하시며 젖은 손을 앞치마에 닦고는 방금 완성된 반찬을 한 입 맛보게 해주셨지요.

이렇게 노트에 적는 것만으로도 어머니가 만드신 고기감자 조림의 맛을 떠올릴 수 있습니다.

어머니는 조리용 젓가락으로 집은 감자를 후후 불어서 식힌 다음 크게 벌린 제 입 안으로 넣어주셨습니다. 혀 위에서 사르르 녹는, 양념이 잘 밴 감자를 천천히 씹고 있는데 어머니의 손이 뻗어오더니 "엄마는 참 기뻐."라며 머리를 쓰다듬어주셨지요. 감자를 꿀꺽 삼키고 득의양양한 얼굴로 "엄마를 위해서 노력했어."라고 대답하면 어머니는 기쁜 얼굴로 한 번 더 쓰다듬어주셨습니다.

목구멍을 통해 내려가는 감자는 따듯했고, 어머니의 손은 그것보다도 훨씬 따듯해서 제 마음을 안팎으로 덥혀주는 것 같았지요. 그런 기쁨을 딸아이에게도 나눠주고 싶었을 뿐인데….

다만 딸아이가 제 손길을 거부한 건 자업자득이었는지도 모릅니다. 제가 먼저 딸아이를 만지려 했던 건 그 사건 이후로 처음이었으니까요.

그 사건이 있을 때까지는 어머니가 제게 그러셨던 것처럼 아무 거리낌 없이 딸아이의 손을 잡고, 무릎에 앉히고, 작은 몸을 쓰다듬어주곤 했습니다.

읍내로 장을 보러 갈 때면, 언덕집에서 주차장까지 내려가는 길을 타도코로, 딸아이와 나란히 손을 잡고 걷는 게 좋았습니다. 타도코로는 쑥스러웠는지 차가 오면 위험할 수 있다며 혼자 손을 놓으려 했지만, 그곳은 산기슭의 시골길입니다. 차가 왔을 때 놓으면 되지 않냐고 제가 말하자 딸아이의 손을 놓는 대신 걷는 속도를 맞추면서 휘파람을 불었습니다.

슬며시 뒤로 고개를 돌려 세 사람의 그림자가 길게 뻗어 있는 것을 보면 마치 아버지, 어머니와 제가 걷고 있는 듯한 기분이 들어서 행복했습니다. 그랬는데, 그랬는데….

어느 순간부터 저는 딸아이를 만지기는커녕 그 아이가 저를 만지는 것도 피하게 되었습니다. 결코 딸아이에 대한 애정이 사라졌기 때문은 아닙니다. 딸아이가 특별한 건지 아니면 어린아이들은 다들 그런 건지 모르겠지만, 그 아이의 손은 한겨울에도 손난로처럼 따뜻했습니다.

그 아이의 손에서 전해져오는 따듯함은 저에게 어머니를 떠올리게 했고, 이제 두 번 다시 어머니가 제 머리를 쓰다듬어줄 수 없다는 생각이 저를 슬픔의 늪으로 점점 밀어 넣었습니다.

'나한테는 어머니가 없는데, 이 아이에겐 있다. 엄마! 하고 부르면 대답해주는 사람이 있다. 머리를 쓰다듬어주는 사람이 있다. 어째서 이 아이에겐 있고 나한테는 없는 걸까? 난 아무런 죄도 짓지 않았는데. 어째서 이 아이는 어머니를 잃은 내 마음 따윈 전혀 상관없다는 듯이 나한테 어리광을 부리는 걸까?'

딸아이에게 아무 잘못도 없다는 걸 알면서도 제 손을 잡는 걸 뿌리쳐버린 적도 있습니다. 그 잘못을 사과하는 의미도 담아서 잠들어 있는 그 아이의 머리를 쓰다듬어주려 했던 겁니다.

그런데 그 아이는 저를 거부했습니다.

신부님, 애정이란 직접 닿지 않으면 커질 수가 없는 걸까요? 마음만으로는 전해질 수 없는 걸까요? 그런데 저는 그렇게 생각하지 않습니다. 저는 어머니가 돌아가신 뒤로도 계속 그분의 사랑을 느끼고 있거든요.

제가 웃어른들을 공경하고 제 만족보다는 다른 사람의 기쁨을 우선시하는 건 바로 어머니께 받은 사랑으로 형성된 성격입니다.

시부모님을 잘 모시고 시누이들을 친자매처럼 돌보는 것. 말은 쉽지만, 막상 실천하려고 하면 결코 쉬운 일이 아닙니다. 부당한 일을 몇 번이나 당하며 전부 내던져버리고 싶었던 적도 있었고, 이젠 못해 먹겠다고 소리칠 뻔한 적도 있었습니다. 하지만 그럴수록 오히려 어머니의 애정이 느껴졌습니다.

"착하기도 하지, 역시 내 딸이야."라는 어머니의 목소리가 들려왔거든요.

꼭 그런 사람이 되어야만 한다는 어머니의 가르침을 저는 딸에게도 똑같이 가르쳤습니다. 머리 회전이 빠른 아이라 어린 나이에도 제 이야기를 잘 이해해주는 게 기특하기도 했습니다. 제 사랑을 있는 그대로 받아주고 있다고 생각했지요.

하지만 그 아이는 사실 아무것도 이해하지 못하고 있었습니다.

언덕집이 완전히 불타버려 우리는 타도코로의 친가에서 살게 되었습니다. 시어머니는 들어와 살라고 에둘러 이야기했던 것을 까맣게 잊어버린 것처럼 저희를 맞았습니다.

"난 남들보다 훨씬 예민한 성격이란다. 모처럼 딸들도 내보내고 맘 편히 살 수 있을 줄 알았는데, 이처럼 세 식구가 한꺼번에 쳐들어오니 숨이 막힐 지경이구나. 차라리 어디 아파트라도 빌려서 내가 나가 사는 게 낫겠어."

어머니를 잃은 제게는 '정 그러시면 저희가 다시 나갈게요.'라고 받아칠 만한 기력조차 남아 있지 않았습니다.

"절대 귀찮게 해드리진 않을 테니 제발 여기 계셔주세요."

그렇게 말하며 머리를 깊이 숙이는 게 고작이었지요.

타도코로의 친가는 2층 일본식 가옥입니다. 저희가 위층을 쓰게 되었습니다. 그런데 타도코로와 딸아이가 자기 집처럼 편하게 큰 소리로 TV를 보거나 레코드를 들을 때, 저는 발소리조차 나지 않도록 숨죽이며 생활해야 했습니다. 시어머니의 귀에는 제가 내는 소리만 들렸기 때문입니다.

제가 목욕하고 나오면 탈의실에 시어머니가 계셨습니다. 언제부터 거기서 듣고 계셨는지, 제가 목욕할 때 물을 낭비한다며 알몸인 채로 혼난 적이 수도 많았습니다. 욕실에 들어가는 순서는 제가 맨 마지막이었는데도 말이지요. 결국 물이 차갑게 식은 욕조 안에서 소리가 나지 않도록 깨작깨작 씻을 수밖에 없었습니다.

그 탓인지 이사를 온 지 얼마 안 되어 감기에 걸렸고, 아침 식사 뒷정리를 끝마치고 나서 잠깐 누워 있으려니까 시어머니가 2층 저희 방까지 올라오셨습니다.

"오갈 데 없는 너희 식구를 어쩔 수 없이 이 집에 살게 해줬는데,

이제 보니 내가 아주 상전을 모시고 사는구나?"

열이 난다고 해도 따뜻한 말 한마디 건네주시지 않았습니다. 오히려 "그까짓 감기 좀 걸렸다고 가만히 쉴 생각은 말거라. 그랬다간 평생 감기에 걸렸다고 할 게 아니냐. 나 때는 열이 40도까지 올라도 농사일하러 나가야 했어. 올해 추수가 끝난 것만으로도 감사히 생각하거라."라고 타박했습니다.

저는 그 말을 듣고 비틀거리며 일어나서 대빗자루를 들고 정원으로 나갔습니다.

잘 관리된 넓은 정원에는 계절마다 꽃을 피우는 나무들과 수양벚나무도 있었습니다. 단풍의 계절인데도 지난 태풍 때 모든 잎이 떨어져 내린 쓸쓸한 모습은 마치 저를 보는 것만 같았습니다.

저희 식구는 입고 있던 옷만 건진 채로 시댁에 왔습니다. 시어머니는 타도코로와 딸아이에게는 새 옷과 속옷을 사주셨지만, 저에게는 시집간 시누이인 노리코의 옷을 입으라고 주셨습니다. 덩치가 좋은 노리코의 옷은 저에게는 너무 커서 어깨 한쪽이 축 내려간 한심한 꼴이 되어버렸지요.

식사를 아무리 정성껏 만들어도 입맛에 안 맞는다며 젓가락을 탁 내려놓으셨고, 빨래를 하면 제 옷과 함께 빨면 어떡하느냐며 다시 해오라고 하십니다. 열이 나는 몸을 잠깐 눕히는 것조차 허락되지 않습니다.

'이런 생활이 계속될 바엔 차라리 엄마가 계신 곳으로 가는 게 낫겠어.'

그런 생각에 사로잡힌 채 정원 청소를 하며 나무들을 바라보는데, 목을 매달려면 어느 나무가 좋을지 진지하게 고민하기도 했습니다. 가능하다면 지금의 나를 닮은 수양벚나무가 좋겠지만, 하필 땅으로 축 늘어지며 휘어지는 가지라서 목을 매긴 어렵겠지. 그렇다면 저 밑에서 혀를 깨물어버릴까?

어머니의 사십구재가 끝나면 정말로 그럴 작정이었습니다. 그랬는데….

사십구재 날 아침, 평소처럼 대빗자루를 들고 정원에 나왔더니 수양벚나무 가지에 연분홍색 겹벚꽃이 딱 한 송이 피어 있었습니다. 12월에 벚꽃이 핀다는 이야기는 들어본 적이 없습니다. 이건 분명 제 어머니가 피우신 꽃일 겁니다.

'바보 같은 생각은 버리고 힘든 환경에서도 노력하다 보면 이 꽃처럼 예쁘게 피어날 수 있을 테니 힘을 내렴!'

저에게 그렇게 가르쳐주는 것만 같았습니다.

'시어머니가 못되게 구는 건 내가 그분에게 마음을 열지 않았기 때문이야. 내가 그분을 부모처럼 생각하지 않는다는 걸 들킨 거지. 시어머니가 뭘 바라시는지 고민하고 성심성의껏 대한다면 분명 나한테도 마음을 열어주실 거야.'

그렇게 생각하며 저는 조금씩 타도코로 집안의 사람이 되어가기로 했습니다.

일상생활부터 더욱 신경을 쓰고, 익숙지 않은 논일도 시부모님의 두 배는 열심히 움직이면서 3년하고 몇 개월이 지났을 무렵입니다.

시어머니는 여전히 독설을 퍼부으셨지만 좋은 일도 있었습니다.

저택 옆에 우리 식구가 살게 될 별채가 생긴 것이죠.

오사카의 여대에 다니던 막내 시누이 리츠코가 졸업하고 돌아오게 되면서 2층을 비워주는 대신 우리 식구가 옮겨가게 된 것입니다. 일본식 단층집이었지만 넓이와 구조가 언덕집과 매우 비슷했습니다. 욕실은 없었고 부엌에 작은 개수대 정도는 있었지요. 하지만 식사는 본채에서 다 함께 먹기로 했습니다.

무엇보다 저만의 공간이 생겼다는 것이 기뻤습니다.

별채를 짓자고 제안한 건 시어머니셨기에 이것만큼은 진심으로 감사했습니다. 제 노력을 인정해주셨다는 생각에 꽃봉오리를 잔뜩 틔워낸 수양벚나무를 어루만지며 어머니께 감사의 마음을 전했을 정도였지요.

시누이 리츠코가 집에 돌아온 것도 기쁘게 생각했습니다. 하지만 그것으로 제 일상생활이 바로 즐거워진 것은 아닙니다.

이게 과연 한 가족이 모인 식탁이 맞는 걸까? 그런 생각을 해본들 부질없는 일이었지만, 사흘에 한 번꼴로 한숨이 나왔던 것 같습니다. 다다미방 안에서 직사각형 밥상의 양 끝에 시아버지와 남편, 안쪽에 시어머니와 리츠코가 앉고 방문 쪽에 저와 딸아이가 앉는 것이 보통이었습니다.

식사 자리에서 시부모님은 절에 보내는 기부금이나 경작지 축소 정책에 관한 말다툼을 매일 같이 벌이셨습니다. 문득 제 의견을 물으셨을 때 바로 대답하지 못하면 시어머니는 악담을 퍼부었어요.

"이래서 4년제 대학을 못 나온 여자들은 머리가 나빠서 말이 안 통한다니까."

설마 내 학력이 무시당할 줄이야. 제 부모님은 저에게 4년제 대학에 가라고 권하셨지만, 여성에게 필요한 기본 교양을 익히는 데는 단기 대학으로 충분하다고 제가 판단한 겁니다. 게다가 당시에는 부모님과 4년 동안이나 떨어져 지낸다는 걸 상상조차 할 수 없었지요.

그런데 시어머니에게는 그게 무시할 만한 일이었던 겁니다. 리츠코가 졸업했다는 여대는 이름조차 못 들어본 곳인데 말이죠. 게다가 타도코로와 리츠코가 시부모님의 질문에 적절히 대답했느냐 하면 그것도 아닙니다. 논쟁을 벌이는 두 분을 완전히 무시한 채 밥을 먹기에 바빴습니다.

"사토시, 네 생각은 어떠냐?"

"리츠코, 네가 아버지한테 말 좀 해보렴."

시부모님이 그렇게 말씀하시는데도 타도코로는 귀마개라도 한 것처럼 무반응이고 리츠코는 그저 웃으며 반찬을 먹고 있을 뿐입니다. 그러니 자식들에겐 더 이상 아무것도 묻지 않고 저에게만 차례가 돌아오는 것이지요.

"당신 부모님이 물어보실 때 제대로 대답해드리면 안 돼?"

별채에서 타도코로에게 말했지만 "끝이 없어."라는 한 마디로 일축당했습니다.

"하지만 당신이 무시하면 나한테 순서가 돌아오잖아."

그렇게 반문했더니 "당신도 무시하면 되지."라며 귀찮다는 듯이 대꾸하더군요.

부모의 말을 무시하다니, 저로서는 상상할 수 없는 일입니다. 애초에 시어머니가 말씀하시는 걸 무시하기라도 했다간 또 무슨 소리를 듣게 될지….

저는 그때까지 상대방이 원하는 바를 자연스레 알아내는 재능이 있다고 자부해왔습니다. 실제로 시부모님이 절의 기부금이나 경작지 축소 정책의 물음에 적절한 대답을 했다고 생각합니다. 내심 시아버지의 의견에 공감할 때가 많았지만 시어머니 기분에 따라 집안 분위기가 안 좋아지기에 웬만하면 시어머니의 편을 들었지요.

그러면 당연히 시아버지의 심기가 좋지 않습니다. 하지만 어찌 된 일인지 시어머니도 별로 기뻐하는 눈치가 아니었습니다. 그리고….

"뭐, 너한테 물어본다고 뭘 알겠니."

푸념하듯 말하고는 "아아, 정말 맛없어서 못 먹겠네."라며 자리를 뜨셨습니다.

하지만 그건 제가 아직 시어머니라는 사람을 온전히 이해하지 못한 탓이라고 생각했습니다. 그리고 시어머니가 저를 제대로 봐주시지 않기 때문이라고도 생각했지요.

'나라는 사람의 본질을 알게 되면 시어머니도 분명 내게 마음을 열어주실 거야. 하지만 아직은 시부모님이 건강하셔서 가족들에게 의지하지 않아도 잘 살 수 있으니까 일부러 거리를 두시는 거겠지. 인생은 3년, 5년, 10년 정도로 짧지 않아. 수십 년 동안 계속 살아가야 한다는 걸 명심하면서 조금씩 토대를 쌓아 나가면 돼.'

저는 그런 식으로 생각했지만 딸아이는 그걸 전혀 이해하지 못했습니다.

시부모님이 논쟁을 벌이면 타도코로와 리츠코는 침묵했지요. 그 반면에 딸아이는 아직 초등학생인데도 어른들의 대화에 자주 끼어들었습니다.

"절의 기부금은 본당 입구에 세워진 돌의 맨 위에 이름을 새기고 싶으니까 얼마를 낼지 고민하는 거잖아. 바보 같아. 국가에서 논밭도 줄이라고 하고 아빠 회사도 점점 일거리가 줄고 있는데, 그런 데다 돈을 낭비할 상황이 아니잖아."

딸아이는 눈치 보지 않고 당당하게 말을 꺼냈어요. 결코 틀린 말은 아니었습니다. 오히려 저도 같은 의견이었으니까요.

타도코로가 근무하는 철공소는 당시에 한국의 2차 산업이 급성장하면서 조금씩 수주가 줄어들고 있었습니다. 밤샘 근무나 휴일 출근도 사라지고 잔업도 줄어들어서 일주일의 절반 정도는 정시에 퇴근했어요. 그에 따라 수입도 줄었고요.

하지만 자존심 강한 어른이 그런 말을 어린애한테 들으면, 아무리 옳은 소리라도 순순히 받아들이기 힘든 법이지요.

"어린애가 어디 어른들 말씀하시는데 끼어들어?"

결국, 딸아이는 시어머니한테 혼이 납니다. 그런다고 기가 죽을 딸아이가 아닙니다.

"그러면 어린애 앞에서 이야기 안 하면 되지."

딸아이는 태연한 얼굴로 대답하더군요. 이런 당찬 성격은 분명 시어머니에게서 물려받았을 겁니다. 딸아이에겐 친할머니를 공경하는 마음이 없고 시어머니에겐 손녀딸을 귀여워하는 마음이 없으니 생판 남인 것처럼 충돌하곤 합니다. 한 번 불이 붙어버리면 딸아이는 쉽게 감정을 가라앉히지 못했습니다.

"절에 수백만 엔이나 기부할 돈이 있으면 엄마한테 월급이나 주세요. 매일같이 온종일 농사일에 집안일까지 하는데. 백수처럼 빈둥거리는 릿짱한테는 매달 용돈 주시잖아."

그것도 사실이었습니다. 예전엔 사람을 고용해서 농사를 지었지만, 우리 식구가 들어온 뒤로는 가족들끼리만 일했으니까요.

"할아버지, 할머니, 엄마의 세 식구 농업(1960년대의 일본에서 젊은 남자는 외지에 나가 일하고 노인 부부와 주부가 농사를 짓던 데서 비롯된 말)이란 말도 있잖니. 세상 사람들은 다들 이런 식으로 자기 논밭을 자기 손으로 지켜왔다. 그런데 지주였던 우리 집안이 모범을 보이지 않는다면 부끄러운 일이야. 새아가도 빨리 그런 마음가짐을 새겨야 한다. 언제까지고 온실 속 화초처럼 살아가려고 하면 우리한테 짐만 될 뿐이야."

사람을 고용할 만큼 수입이 좋지 않다는 걸 솔직히 인정하고 같이 농사를 짓자고 하셨다면 기분 좋게 일했을 텐데. 자존심 강한 사람들은 꼭 그런 식으로밖에 말하지 못합니다.

리츠코는 본가에 돌아온 직후 부모님 연줄로 소개받은 채소 집하장에서 일했습니다. 하지만 싫은 소리를 하는 동료가 있다며 한 달도 채 되지 않아 그만두었습니다. 그리고 온종일 집에서 수예품 같은 걸 만들면서 지내기 시작했지요.

"나도 그만두게 할 참이었다. 일하러 갈 때마다 손이 엉망이 되어 갔잖니. 농협 과장님이 간곡히 부탁하길래 보내줬더니만, 시집도 안 간 처녀한테 무슨 그런 일을 시킨다니?"

시어머니가 핏대를 세워가며 화낼 만큼 열악한 일은 아닙니다. 채소를 망에 넣거나 팩으로 포장하기만 하면 되는 간단한 작업이지요. 리츠코의 손보다는 제 손이야말로 몇 배나 엉망이었지만 시어머니는 그런 건 전혀 신경 쓰지 않으셨겠죠.

당연한 일일 겁니다. 시어머니의 손은 그보다 훨씬 엉망이고 울퉁불퉁했으니까요. 며느리는 자신과 똑같이 일하는 게 당연해도 딸은 자신처럼 고생시키기 싫은 겁니다. 부모님의 마음은 다 똑같은 거지요. 만약 어머니가 살아계셔서 제 손을 보셨다면 틀림없이 슬퍼하셨을 테니까요.

하지만 제 어머니는 벚나무가 되셨습니다. 밤에 잠들기 전에 거칠어진 손을 보면 괴로울 때도 있었지만, 이 손이 수양벚나무의 가지라고 생각하면 어머니가 항상 부드럽게 감싸주시는 것처럼 느껴졌습니다. '넌 정말 열심히 노력하고 있단다.'라고 하시면서요.

어머니의 울타리 안에 있는 시누이가 부럽긴 했지만, 시어머니는 머리가 나쁜 분은 아닙니다. 아무 일도 하지 않는 리츠코보다 제가 몇 배나 헌신했다는 걸 언젠가 깨달으시고 저에게도 동등하거나 아니면 그 이상의 애정을 쏟아주실 거라 믿었습니다.

어머니는 자식을 지키는 존재니까요.

그런데도 딸아이는 부모의 뒤에 숨기는커녕 직접 앞에 나서서 불에 기름을 붓는 아이였던 겁니다. 자기는 아무런 힘도 없으면서요.

"불만이 있다면 이 집에서 나가거라."

시어머니가 딸아이의 입을 막기 위해 꺼낸 한마디였습니다. 그리고 딸아이가 입을 다물자 시어머니는 저를 향해 말씀하셨지요.

"벌써 잊었나 본데, 너희가 먼저 여기서 살게 해달라고 부탁한 게다. 별채까지 만들어줬는데 월급을 달라니, 뻔뻔한 것도 정도가 있지. 설마 너희가 우리를 모시고 산다고 생각하는 건 아니겠지? 나나 네 시아버지나 너희 없어도 곤란할 것 하나 없다. 리츠코도 이렇게 돌아와 줬고. 나가고 싶으면 언제든지 나가도 돼. 아니, 오히려 그래 줬으면 좋겠구나."

지금까지의 제 노력은 이렇게 해서 딸아이의 성장과 함께 무너져 내렸습니다. 거기다 딸아이는 엄청난 짓까지 저지르고 말았지요.

온종일 방에 틀어박혀 인형 같은 걸 만들던 리츠코는 일을 그만둔 지 세 달쯤 되는 무렵부터 이따금씩 외출하기 시작했어요. 아직 젊은 나이니까 동네 친구들과 어울리는 줄로만 알았습니다. 그런데 여름방학 전 열리는 합창발표회 때 딸아이가 입을 옷을 사러 옆 고장의 백화점으로 쇼핑 갔을 때 리츠코가 남자와 함께 있는 모습을 목격했습니다.

리츠코도 이제 스물두 살이니 사귀는 사람이 있어도 이상할 건 없었지만 제 눈에는 아무래도 어색한 한 쌍으로 보였습니다.

리츠코는 오사카에서 4년을 살았는데도 촌티가 벗겨지지 않았지요. 몸매도 통통하고 주먹코가 달린 오타후쿠(둥근 얼굴에 턱과 광대뼈가 튀어나온 추녀의 가면)처럼 생겼기에 예쁜 옷을 입어도 어울리지 않는다는 걸 본인도 잘 알고 있었습니다. 그 대신 어린 시절부터 다도와 꽃꽂이, 거문고 등을 배워서인지 기품 있는 분위기를 풍길 때도 있었습니다.

하지만 함께 있던 남자는 리츠코와는 완전히 정반대의 타입이었습니다. 늘씬한 몸매에 턱이 뾰족한 꽃미남의 얼굴, 화려한 셔츠에 찢어진 청바지까지. 그런 겉모습뿐만 아니라 입가에 힘이 풀린 경박한 표정이나 구부정한 자세로 주머니에 손을 찔러 넣은 채 걷는 모습까지 리츠코와는 전혀 어울리지 않았지요. 그런데 리츠코가 그 남자에게 비싸 보이는 손목시계를 선물하고 있었습니다.

아무래도 건전한 관계 같지는 않았습니다. 몸을 숨긴 채 멀리서 지켜보면서도 제 가슴에는 자꾸만 불안한 느낌이 감돌았습니다. 하지만 친언니도 아닌 제가 두 사람에게 다가가서 무슨 사이냐고 추궁할 수는 없었지요. 일단 리츠코에게 들키지 않도록 도망치듯 돌아왔습니다.

그 바람에 딸아이의 양말도 사야 하는 걸 깜빡해버렸고, 모처럼 옷깃에 커다란 주름 장식이 달린 블라우스를 샀는데도 발에는 밋밋한 양말을 신길 수밖에 없었지요. 발표회 합창을 들으면서도 담임 선생님이나 다른 학부모들 눈에 제가 딸아이를 제대로 챙기지 못하는 한심한 엄마로 보일까 봐 가슴을 졸일 수밖에 없었습니다.

시계를 살 때 리츠코가 돈을 내는 것만 보고 덜컥 의심했던 건데, 차분히 생각해보면 생일 선물이었던 건지도 모릅니다. 냉정하게 판단하지 못한 제 자신이 한심하게 느껴졌지요.

하지만 그 뒤로도 일주일에 한 번꼴로 리츠코가 그 남자와 함께 있는 모습을 집 근처에서 밤늦은 시간에 목격하곤 했습니다. 남자는 오사카 번호판이 달린 검은색의 길쭉한 튜닝카를 논두렁길에 세워두었고 조수석에는 리츠코가 앉아 있었습니다.

첫 번째는 학부모회 모임에서 돌아오는 길에 우연히 발견했고, 그 뒤로는 밤에 몰래 리츠코가 집을 나가면 조용히 뒤를 밟았습니다. 결코 호기심 때문은 아닙니다. 왠지 모르게 불길한 예감이 들어서였습니다. 하지만 타도코로와 시부모님에게는 말하지 않았습니다.

제 예감은 그대로 적중했습니다.

9월에 들어선 어느 비 내리는 오후, 리츠코가 별채로 찾아왔습니다. 좀처럼 없는 혼자만의 시간을 즐기며 방석 커버에 자수를 놓던 참이었습니다. 리츠코를 방으로 들이고 커피를 끓여주었습니다. 연애 상담을 받게 된다고 생각하니 불안감과는 별개로 살짝 설레는 마음도 들었나 봅니다. 타도코로가 위스키 안주로 먹는 초콜릿을 접시에 하트 모양으로 담아 테이블 한가운데에 놓았습니다. 그런데 리츠코의 용건은 초콜릿을 집어 먹으며 할 만한 풋풋한 이야기가 아니었습니다.

"새언니, 돈 좀 빌려줄 수 있어?"

놀랍게도 그런 소리를 꺼내는 겁니다. 돈이라면 저보단 리츠코가 훨씬 많이 갖고 있을 텐데 말이지요. 제 수중에는 타도코로의 적은 월급에서 가족 여섯 식구의 생활비를 제외하면 남는 돈이 거의 없었습니다. 방석 커버조차 가장 저렴한 흰색 민무늬 천을 사서 만든 다음 직접 자수를 놓을 정도였으니까요. 그래도 새 옷이나 가방 같은 걸 사려는데 조금 부족한 정도라면 빌려줄 수도 있을 것 같아, 저는 리츠코에게 얼마나 필요하냐고 물어보았습니다.

"백만 엔, 어떻게 안 될까? 친정집을 처분한 돈이 있잖아."

제 귀를 의심했습니다. 어머니가 돌아가시며 남긴 집을 시부모님이 파는 게 어떠냐고 권하신 건 사실입니다. 하지만 부모님과의 추억으로 가득한 집을 쉽게 처분하는 건 마음에 걸렸습니다. 그런 와중에 같이 회화 교실을 다녔던 히토미 씨가 집세를 낼 테니 자기가 들어와 살면 안 되겠냐고 제안했던 겁니다.

히토미 씨 오빠가 결혼하면서 본가에 함께 살게 되어 자신이 나가 살기로 했다고 합니다. 관청에 근무하면서 자유로운 생활을 즐기는 것이 얼마나 부럽던지요. 하지만 서른다섯 살을 넘기고도 독신이라는 점은 안타까웠지요.

어머니의 집에 대해선 타도코로는 별 관심 없다는 듯이 "당신 집이니 마음대로 하면 되지."라고 말했을 뿐입니다. 그래서 가재도구는 처분했지만, 어머니가 직접 만든 정원은 그대로 놔두면서 잘 관리하겠다는 약속을 받고 히토미 씨의 제안을 승낙했습니다. 리츠코는 그런 경위를 잘 몰랐던 것이었어요.

히토미 씨에게 달마다 2만 엔의 집세를 받고는 있지만 그건 딸아이의 옷이나 자잘한 생활용품을 사느라 다 써버렸고 수중에는 거의 남지 않았습니다. 설령 집을 팔고 목돈을 갖고 있었더라도 백만 엔이라는 큰돈을 쉽게 빌려줄 수는 없는 일입니다.

저는 그 돈을 어디에 쓰려는 거냐고 리츠코에게 물었습니다. 그러자 리츠코는 지금 결혼까지 생각하는 애인이 있는데, 결혼을 허락받으려면 그 남자 아버지의 빚을 대신 탕감해줘야 할 것 같다고 말했습니다.

그 남자의 이름은 쿠로이와 카츠토시. 오사카에서 대학을 다닐 때 리츠코가 자주 가던 영화관의 점원이었고 서로 친해져서 좋은 친구로 지냈다고 합니다. 그런데 쿠로이와는 리츠코가 고향으로 돌아간 뒤에야 그녀가 자신에게 특별한 존재였다는 걸 깨달았고, 지금은 주말마다 만나러 와준다는 겁니다.

리츠코는 사랑이 어떻고 연애가 어떻고 하는 말만 되풀이하며 쿠로이와의 마음에 보답하고 싶다고 호소했습니다. 하지만 저는 단순히 돈을 목적으로 이용당하는 게 아닌가 하는 생각이 들었습니다.

"너무 큰 돈이니까 오빠랑 상의해볼게."

그러자 리츠코는 "오빠한테는 절대 말하지 마. 못 들은 걸로 해." 라며 기분이 상한 듯이 별채에서 나가버렸습니다.

그날 밤, 리츠코는 저녁 식사 뒤에 집을 빠져나갔습니다. 본인은 몰래 나갔다고 생각했겠지만 저는 바로 알아챘습니다. 사실 시어머니도 리츠코가 요새 이상하다는 걸 느끼고 있었으니까요. 부엌에서 설거지를 하는데 시어머니가 오더니 리츠코가 어디에 갔는지 아냐고 물으셨습니다. 그날 낮에 리츠코가 별채에 왔던 사실까지 아시는 것 같았습니다.

저는 시어머니께 리츠코와 나누었던 이야기를 전부 털어놓았습니다. 딸의 심각한 고민을 해결할 수 있는 사람은 어머니뿐입니다. 리츠코는 사실 자기 어머니와 상담하고 싶었지만, 성미가 불같은 시어머니에게 어떻게 말을 꺼내야 할지 몰라 저를 통해 간접적으로 전달하고자 했던 건지도 모릅니다.

진지한 얼굴로 이야기를 듣던 시어머니는 백만 엔이라는 금액이 나온 순간 달걀을 통째로 삼킨 것처럼 입을 쩍 벌린 채 말이 안 나온다는 듯이 숨만 토해냈습니다.

“아마 저 앞의 논두렁길에 있을 텐데, 같이 가보실래요?”

그렇게 묻자 입을 벌린 채 고개를 크게 끄덕이셨고 둘이 함께 집을 나섰습니다.

제 예상대로 리츠코는 평소와 똑같은 곳에 세워둔 쿠로이와의 승용차 조수석에 앉아 있었습니다. 지난번 같은 알콩달콩한 분위기는 전혀 없었고, 쿠로이와는 심각한 얼굴로 차창 밖을 쏘아보고 리츠코는 당장이라도 울 것 같은 얼굴로 고개를 숙이고 있었습니다.

시어머니가 자동차로 달려가 조수석 창문을 두들기자 리츠코는 잔뜩 긴장했습니다. 그런데 “돈 문제라면 이 엄마가 도와주마.”라고 말하자 얼굴이 확 밝아졌습니다. 집에 들어가서 이야기하자고 제안했기에 쿠로이와도 싱글거리며 차에서 내렸습니다.

‘설마 백만 엔을 넘겨주려고?’

저는 황당해하며 세 사람을 따라갔습니다. 하지만 시어머니는 그 정도로 딸바보는 아니었습니다.

본채 거실로 쿠로이와를 안내하고는 저에게 타도코로를 불러오라고 하셨지요. 시아버지도 앉으시고 모두가 마실 차를 내왔더니 시어머니가 자리를 비켜달라고 하셔서 저는 어쩔 수 없이 별채로 돌아왔습니다. 가족들끼리만 이야기하고 싶다는 의미였을까요?

딸아이는 본채의 심상치 않은 분위기를 감지했는지 무슨 일이냐고 제게 물었어요. 하지만 어린아이에게 이야기할 만한 내용은 아니었습니다. 손님이 오셨다고만 말해주고 딸아이의 관심이 자연스레 옮겨가도록 한 달 뒤에 있을 딸아이의 생일파티에 관한 이야기를 꺼냈습니다.

"할머니가 안 계신 날에 할 순 없을까?"

딸아이는 입을 비죽 내밀며 그렇게 말했습니다.

작년 생일파티 때 딸아이는 학교 친구들을 세 명 초대했는데 그중 한 명이 별로 소문이 좋지 않은 집의 아이였습니다. 파티가 끝난 다음 시어머니는 타도코로 가문의 아이가 저런 집안의 자식과 어울리면 안 된다고 엄하게 타이르셨지요. 물론 얌전히 물러설 딸아이가 아니지만, 다음에 또 데려오면 그 자리에서 쫓아내겠다는 말에 더는 그 아이를 집에 초대하지 못했습니다.

"너도 걔한테 단단히 일러놓거라."

시어머니는 제게 그리 말씀하셨지만, 이것만큼은 따를 수가 없었습니다.

딸아이가 말을 처음 깨우쳤을 때부터 "가엾은 사람이 있으면 우리가 먼저 친절하게 대해주자."라고 가르친 일인데 이제 와서 어떻게 말을 바꿀 수 있을까요? 딸아이가 문제아와 어울린다면 저도 멀리하라고 단호하게 말했을 겁니다. 하지만 문제가 있는 건 그 아이의 부모일 뿐, 그 아이 본인은 오히려 좋지 않은 환경에서도 예의 바르고 착하게 자라서 감탄이 나올 만한 아이였습니다.

딸아이가 집에 데려오는 친구 중에서 간식을 내어줄 때 고맙다는 인사를 하거나 현관에서 올라오기 전에 신발을 정리하는 것도 그 아이뿐이었으니까요.

만약 제 어머니가 살아계셨다면 그런 아이와 사이좋게 지내는 딸아이를 칭찬해주셨을 겁니다. 젊은 남자와 야반도주하고 아버지는 도박 중독에 빠져 빚에 허덕이는 가엾은 그 아이에게도, 민무늬 손수건을 두 개 준비해서 딸아이와 똑같은 자수를 놓아 선물한 저에게도 똑같이 칭찬해주셨겠지요.

그리고 그 언덕집에서 생일파티를 하고 그 자리에 어머니도 계셨더라면, 라디오 체조에서 상으로 받은 연필을 선물로 가져온 그 아이에게 "선물 같은 건 필요 없단다. 네가 이렇게 축하하러 와준 게 선물이잖니."라며 연필을 돌려준 저를 흐뭇하게 바라보셨겠지요. 또 어머니는 아이의 접시에 가장 큰 케이크 조각을 올려놓아 주시지 않았을까요?

타도코로 저택으로 이사 온 뒤로 시어머니와 닮은 구석만 보이던 딸아이가 유일하게 어머니와 제 핏줄임을 느끼게 해준 행동을 어떻게 꾸중할 수 있을까요?

"영화표를 두 장 사서 생일파티 날에 리츠코 고모랑 할머니한테 드리는 게 어떨까?"

"그거 좋다, 엄마. 굿 아이디어야!"

딸아이는 손뼉을 치며 기뻐했지만 한 달 뒤에 리츠코는 이 집에 없었습니다. 생일파티도 취소하게 되었지만 결국 딸아이의 자업자득이었지요.

본채에서 나눈 이야기는 타도코로에게서 들을 수 있었습니다.

"쿠로이와라는 남자는 입으로는 리츠코를 사랑한다고 했지만 돈이 목적인 게 뻔히 보여. 아버지가 진 빚을 갚아야 한다면서 뻔뻔하게 돈을 요구하는 주제에 아버지가 무슨 일을 하시냐고 물으니 대답할 때마다 다른 직업을 이야기하더군. 그걸 지적당해 상황이 곤궁해지니까 자신은 원래 부모에게 버림받은 몸이고 빚을 지게 된 진짜 이유는 병에 걸린 남동생 때문이라며 눈물로 호소했지. 그런데 무슨 병이냐고 물어보니 또 대답하지 못했어. 아주 악질적인 사기꾼이야."

그리고 이제 두 번 다시 리츠코에게 접근하지 말라고 경고하고 각서까지 쓰게 한 뒤 내쫓았다고 합니다.

각서를 제안한 건 타도코로였고, 시어머니는 "역시 무슨 일이 있을 때 의지가 되는 건 아들뿐이야. 사토시는 머리도 좋고 언변도 뛰어나다니까."라며 기쁘게 말씀하셨습니다.

얼마나 훌륭히 대처했는지 그 자리에서 직접 확인하지 못한 게 아쉽게 느껴졌을 정도였지요.

리츠코는 그런 처사에 납득하지 못하겠다며 식사도 거르고 방에 틀어박혀 울고만 있었습니다. 그런 리츠코가 염려가 되기도 하고 혹 가출을 할까 싶어서 우리는 24시간 내내 누군가가 집에서 리츠코를 지켜보기로 했습니다.

대부분은 시어머니가 일을 나가지 않고 집에 남으셨지만, 시아버지는 추수 때까지 이럴 수는 없다며 불평하셨고 저도 같은 의견이었습니다.

그런데 처음엔 마음을 걸어 잠근 것처럼 보였던 리츠코가 보름쯤 지나자 쿠로이와를 완전히 잊어버린 것처럼 밝아졌고, 취미인 수예 제작도 다시 시작했기에 우리도 안심하고 있었습니다. 하지만 그건 리츠코의 작전이었습니다.

벼를 베기 딱 좋은 일요일이었습니다. 타도코로도 콤바인 작업으로 논에 나와야 했기에 집에는 리츠코와 딸아이만 남게 되었지요. 시어머니는 논일을 나가기 전에 딸아이에게 고모를 잘 지켜보라고 일러두었습니다.

딸아이는 교환조건을 내세워서 생일파티 때 원하는 친구를 불러와도 된다는 약속을 시어머니에게서 받아냈습니다. 화장실도 가지 않고 리츠코 고모를 잘 지켜볼 거라는 딸아이의 야무진 모습이 감탄스러울 정도였지요,

하지만 저녁에 일을 끝내고 다 함께 집에 돌아오니 리츠코의 모습

은 어디에도 없었습니다.

“릿짱이 수예점에 가서 인형용 솜을 사다 달랬어. 집 밖으로는 절대 나가지 않겠다고 약속했는데 돌아왔더니 집에 없었어.”

딸아이는 울면서 그렇게 말했습니다. 리츠코의 방에는 딸아이의 말처럼 한쪽 다리에만 솜이 비어 있는 인형이 놓여 있었습니다. 자세히 보니 딸아이와 비슷하게 생긴 인형이었는데 생일 선물로 만들어주기로 리츠코가 약속했다고 합니다.

“지금껏 그렇게 잘난 척을 하더니. 어휴, 쓸모없는 것!”

시어머니는 딸아이를 혼내다가 갑자기 주저앉아 “리츠코, 리츠코!” 하고 이름을 부르며, 리츠코가 만든 장미 자수 쿠션을 끌어안고 울기 시작했습니다. 장미라는 걸 알 수 있는 그림이긴 해도 제 발끝에도 못 미치는 조악한 자수 솜씨였습니다. 매일 수예만 한다면서 고작 이 정도 실력이라는 게 어이가 없더군요. 미완성이라는 걸 감안하더라도 형편없는 솜씨였습니다.

‘얘는 정말 이런 인형을 갖고 싶어서 솜을 사러 갔던 거야? 가엾은 친구를 생일파티에 초대할 기회를 날리면서까지 이 인형을 원했던 거야? 배려심이 고작 이 정도였던 거야?’

리츠코가 집을 나간 것보다도 저는 딸아이의 모습에 크게 실망했습니다.

급기야 시어머니는 몸져누우셨습니다. 보다 못한 타도코로가 시어머니를 모시고 오사카에 다녀오기로 했습니다. 리츠코가 가출한 지 2주가 지났을 때였습니다.

리츠코를 찾기 위해 학생 시절에 살았던 아파트 주변의 영화관을 돌아본다고 했지만, 타도코로도 복잡한 도시에서 찾아낼 수 있을 거란 생각은 하지 않았던 것 같습니다. 9할 정도는 시어머니의 마음을 달래기 위한 여정이었죠.

토요일 아침에 차를 타고 나가서 오사카에서 하룻밤 자고 일요일 저녁에 돌아온 두 사람의 얼굴은 피곤해 보였습니다. 예상했던 대로 리츠코의 모습은 보이지 않았지요. 그런데 타도코로는 나직이 말했습니다.

"리츠코와 만났어."

저는 깜짝 놀랐습니다. 그리고 만났는데도 데려오지 않은 걸 보면 걱정할 만한 상태는 아닐 거라는 생각이 들었습니다.

"잘됐네. 어떻게 지내?"

저는 웃으며 물었습니다.

"타코야키를 팔고 있었어. 자기가 죽었다고 생각해달라더군."

타도코로가 그렇게 말하자 시어머니는 얼굴을 감싸며 울음을 터뜨렸습니다. 관광명소로 유명한 공원의 입구 앞 작은 노점에서 쿠로이와가 타코야키를 만들면 리츠코가 옆에서 팔고 있었다고 합니다. "거기 두 분, 타코야키 사가세요."라고 말을 건 상대가 공원 옆 주차장으로 향하던 타도코로와 시어머니였다니, 참으로 공교로운 일도 다 있습니다.

"리츠코, 리츠코, 불쌍한 우리 리츠코…."

시어머니는 그렇게 중얼거리며 침실에 틀어박혀서 계속 울기만 하셨습니다.

이제 딸아이의 생일파티 같은 건 꿈도 못 꾸게 되었습니다. 딸아이도 그건 알고 있었던 것 같습니다. 생일 선물로 새 필통을 사주긴 했지만 평소와 똑같은 하루를 보냈지요. 타도코로와 시아버지는 생일이라는 것도 모르는 눈치였습니다.

하지만 열 살 생일은 상징적인 날이잖아요. 케이크 정도는 별채에서 몰래 준비해도 좋았을 것 같습니다. 그런 반성의 마음도 담아서 딸아이의 방에 들어가 잠든 아이를 쓰다듬어주려고 손을 뻗었던 겁니다. 그랬더니―.

신부님, 제가 잘못된 행동을 했던 걸까요?

게다가 저를 거부하는 건 딸아이만이 아니었습니다.

겨울이 찾아오고 저택 거실의 난로를 켜자 시어머니는 불을 쬐며 "리츠코는 지금쯤 따뜻하게 지내고 있을까."라며 코를 훌쩍이셨습니다. 그뿐만이 아닙니다. 맛있는 국물 요리를 내어드리자 닭고기 경단을 우물거리며 "리츠코는 밥이라도 잘 챙겨 먹고 있으려나."라며 눈물을 보이셨습니다.

"괜찮을 거예요."

저는 최대한의 위로를 담아 말씀드렸던 건데….

"허, 지금 누구 때문에 이 지경이 됐는데 그래?"

거칠게 말하며 증오스럽게 노려보는 눈빛을, 옆에서 밥을 먹던 딸아이가 아닌 제게로 쏘아보냈습니다. 그 뒤로 봄이 오고 여름이 와도, 1년이 지나고 2년이 지나도 똑같은 상태가 계속됐습니다.

그게 어째서 저 때문인 걸까요?

딸의 죄를 대신 뒤집어쓰는 게 어머니의 역할이라고 하신다면 기꺼이 받아들이겠습니다.

그 아이의 죄는 제 죄―.

그렇다면 어머니가 돌아가신 것도 제 죄인 걸까요?

딸의 독백

'부모에게 사랑받지 못하는 아이가 과연 타인에게 사랑받을 수 있을까?'

나에게 손을 내밀어주는 사람 따윈 없다. 그걸 깨닫는 데 몇 년이 걸렸더라? 아니, 상당히 이른 시점부터 깨달았을 것이다. 단지 그게 당연한 일이라 믿었기에 그리 고통스럽지 않았을 뿐이다.

밥을 굶었던 적은 없다. 매일 밤 목욕을 하고 부드럽고 따뜻한 이불을 덮으며 잠을 잤다. 급식비를 밀렸던 적도 없다. 합창발표회 날에는 옷깃에 커다란 주름 장식이 달린 블라우스를 입고 갔고 운동회 때는 특별히 활약할 것도 아니면서 새 운동화를 신었다.

그걸 부모의 사랑이라고 한다면 나는 사랑받은 편에 속한다. 예쁜 옷이나 어머니의 자수가 놓인 손수건을 같은 반 여자애들이 부러워하는 걸 보면 나는 복 받은 사람이라고 느끼기도 했다. 나는 사랑받고 있는 것이다.

하지만 나카타니 토오루는 내게 그런 건 사랑이라 부를 수 없다고 말했다. 체면을 차리는 것일 뿐이라고 말이다.

토오루와 사귀기 시작하고 몇 달이 지났을 때, 학교 시험이 끝나고 둘이 갔던 영화관에서 나는 정말 푹 잠들어버렸다. 그렇게까지 지루한 내용은 아니었을 텐데도 전날 밤을 새운 탓인지 완전히 곯아떨어진 것이다. 그때 토오루는 내 머리카락을 만지려고 했다. 옆머리가 얼굴을 절반 넘게 가리고 있어서 숨을 쉬기 힘들어 보였다고 한다.

토오루의 손가락 끝이 뺨에 가볍게 닿은 순간, 내 한쪽 손은 있는 힘껏 토오루의 손을 쳐냈고 그 충격으로 눈이 떠졌다. 바로 눈앞에 어안이 벙벙해진 토오루의 얼굴이 보였지만, 마침 깜깜했기에 그 표정은 못 본 체했다. 우연히 손이 맞닿았나 보다고, 서로 조용히 사과한 다음 스크린을 바라보았다. 그리고 영화가 끝나자 손을 잡고 밖으로 나왔다.

결코 불쾌했던 건 아니었다. 애초에 내 발을 덥혀준 것을 계기로 시작된 사이인데 날 만지는 게 싫을 리가 없다.

그런데도 어째서 손을 튕겨내 버렸던 걸까?

"무의식중에 놀란 게 아닐까?"라고 토오루가 말했다. 나도 분명 그럴 거라고 생각했다.

나는 다른 사람을 만지는 것, 그리고 다른 사람이 나를 만지는 것에 익숙지 않다.

떠올려보면 언덕 위 꿈같은 집에서의 생활이 끝난 뒤로 엄마가 나를 만져준 기억이 거의 없다.

주먹으로 거듭 때렸던 때를 제외하면.

내가 먼저 엄마를 만졌던 적도 한 손에 꼽을 만큼이다. 그마저 성가신 취급을 당하며 가슴이 찢어지는 말을 들은 이후로는 한 번도 만진 적이 없다. 그때 무슨 말을 들었더라?

"만지지 마. 네 손은 미적지근하고 끈적거려서 기분 나쁘니까."

그래서 나는 다른 사람도 만지면 안 된다고 생각했다.

포크댄스나 단체체조를 할 때도 상대방을 만지는 게 미안한 느낌이 들어서 안절부절못했다. 학교에는 그렇게 친밀한 사이가 아닌데도 화장실을 같이 가거나 교실을 이동할 때 자꾸 손을 잡으려 하는 여자애들이 있는데, 그 아이들이 왜 내 손을 만지고 싶어 하는지 전혀 이해할 수 없었다.

솔직히 부럽다는 느낌은 조금 있었다. 먼저 남의 손을 잡고 만지려 하는 아이는 부모가, 선생님이, 그리고 친구들이 자신을 거부할 거란 생각은 못 하는 것이니까. 누가 갑자기 만진다고 무의식중에 손으로 쳐내지도 않을 것이다.

이제 와서 드는 생각은, 엄마는 절대 나를 미워했던 게 아니라는 것이다.

해야 할 일이나 마음을 심란하게 하는 사건이 너무 많아서 마음의 여유가 없었던 탓이다. 분명 그랬을 뿐이다.

왜냐하면 지금은 어두워서 잘 보이지 않지만, 지금 손에 느껴지는 이 감촉은 틀림없이 엄마의 손일 테니까. 몇 년 동안 만져본 적이 없는데도 나는 알 수 있다.

작으면서 울퉁불퉁한 따뜻한 손.

태풍이 오던 날 밤에 화재로 집을 잃은 우리는 아빠의 본가에서 살게 되었다.

언덕 위에 있던 작은 서양식 단층집과는 대조적으로 넓은 논밭 한가운데에 세워진 크고 오래된 일본식 이층집이었다. 꽤 멋진 정원도 있었는데 꿈같은 집처럼 예쁜 꽃이 피어 있는 대신 소나무와 매화나무, 수양벚나무와 동백나무, 체리나무와 금귤나무 등 사계절의 변화를 느낄 수 있는 나무들이 잘 관리되어 있었다.

이삿짐을 들이던 날, 트럭에서 내리자 금계꽃 향이 났다. 달콤하고 마음이 편해지는 향일 텐데도 쌀쌀한 공기와 함께 왠지 모르게 쓸쓸한 기분이 들었던 것을 기억한다.

아빠와 할머니, 할아버지는 이 집을 '저택'이라 불렀다. 우리가 가져온 이삿짐은 저택 2층으로 옮겨졌고, 골풀 냄새를 풍기는 싱싱한 다다미가 깔린 12첩짜리 방에는 내가 쓸 새 책상과 책가방이 준비되어 있었다. 항상 미간을 찡그리는 할머니, 할아버지를 그동안 줄곧 어려워했지만, 같이 살다 보면 친해질 수 있을 거라고 조금 기대했었다.

그러나 같이 살수록 어린 마음에 불만만 쌓여갈 뿐이었다.

우선 엄마를 마구 부려 먹는 것이 그랬다. 그때까지 농사일 같은 건 전혀 안 해본 엄마에게 마치 하인처럼 밭에서 온종일 일을 시켰다. 또한 저녁 반찬 숫자가 적다느니 입맛에 안 맞는다느니 하며 다시 만들게 했다. 그런데 애써 만들어 온 음식을 한 입만 먹고 전부 남기는 건 어린 마음에도 도저히 용서 못 할 행위였다.

그뿐만 아니라 수십만 엔이나 하는 족자나 항아리를 충동적으로 구매하거나 절에 수백만 엔을 기부하면서도 엄마에겐 월급 한 푼 주지 않았다. 생활비 역시 전부 아빠의 월급으로 충당하는 것도 이해가 가지 않았다.

이웃 주민이 "아드님 가족이 집에 들어와서 좋으시겠어요."라고 말하면 할머니는 눈썹을 찡그리며 "우리가 오라고 한 것도 아니에요. 자기들끼리 살기 힘드니까 우리 재산을 탐내고 돌아온 거죠."라고 대답했다. 부엌에서 엄마가 듣고 있다는 걸 다 알면서도 말이다. 그때 나는 분노가 치밀었다.

가장 큰 불만은 그런 할머니에게 아빠가 아무 말도 못 했다는 점이다. 꿈같은 집에 살던 시절부터 그다지 수다스러운 사람은 아니었지만, 저택으로 이사 온 뒤로는 조개처럼 입을 다물어버려서 아빠의 목소리가 어땠는지 까먹을 정도였다.

이 집에 엄마 편은 아무도 없었다. 아니, 외할머니가 하늘나라로 간 지금, 이 세상에 엄마 편은 아무도 없다.

"초등학생이 되면 노력해보자꾸나."

엄마가 부당한 일을 당한다고 느낄 때마다 귓가에서 외할머니의 말이 들려오는 듯했다.

'외할머니를 대신해서 내가 엄마 편이 되어주자. 어머니를 지켜주자!'

나는 그런 마음으로 혼자 할머니에게 맞섰다. 할아버지도 잔소리가 많은 사람이고 할머니와 늘 언쟁을 벌였지만, 어머니에게 심한 말은 하지 않았다. 할머니는 그것도 마음에 들지 않아서 엄마를 더욱 모질게 대했다.

이사 온 직후에는 할머니가 말은 심하게 하면서도 그렇게까지 부당한 일은 시키진 않았다. 그런데 어느 날 할아버지가 고모의 헌 옷만 입던 엄마에게 여성용 스웨터를 사다 준 후로 괴롭힘으로밖에 볼 수 없는 행동이 시작되었다.

그 옷은 백화점에서 파는 고급품도 아니었다. 할아버지는 근처 상점가의 옷 가게에서 쇼핑하는 걸 좋아했고, 자기 옷을 사는 김에 반값 세일 딱지가 붙은, 결코 안목이 좋다고 하기 힘든 2천 엔짜리 여성용 스웨터를 가져왔을 뿐이다. 참 유치한 질투였다.

할머니가 화를 내는 원인은 대부분 초등학생에게도 유치하게 느껴지는 것들이라 반격하는 게 어렵지는 않았다. 다만 할머니는 불리해질 때마다 이 집에서 나가라고 말했고, 그것만큼은 내가 받아칠 말이 없었다. 내가 성인이었다면 기다렸다는 듯이 엄마를 모시고 나가 살 수 있었을 텐데. 나 자신의 무력함을 통감했다.

저택 2층에서는 아빠, 엄마, 나까지 세 명이 내 천川자 모양으로 나란히 이불을 깔고 잤다.

무력함을 통감한 날 밤에는 잠결에 문득 엄마의 "왜, 왜 그랬어."

라는 울먹이는 목소리와 함께 등과 옆구리에 강한 주먹이 날아들었다. 너무 아파서 소리 내어 울고 싶었지만 '이건 할머니 탓이다, 그리고 할머니한테서 엄마를 지키지 못한 내 탓이다, 내가 잘못한 거다.' 라고 생각하며 이를 악물고 자는 척을 했다.

한번은 어둠 속에서 눈물을 꾹 참고 있는데 코를 골며 자고 있던 아빠가 보였다. 너무 얄미웠다. 저택은 아빠가 나고 자란 집이고 할머니는 아빠의 어머니인데도 이 사람들은 다 알면서 아무것도 하지 않는다.

아빠는 집에 있는 시간 대부분을 담배를 피우며 보냈는데, 한 갑을 다 피우면 계단 밑 수납장에 할머니가 할아버지용으로 채워 넣은 담배를 꺼내러 간다. 아무리 자기 집이라지만 좀도둑이 따로 없다.

내 눈앞에 있는 아빠는 꿈같은 집에 살던 그 아빠와 다른 사람이었다. 꿈같은 집의 소실은 외할머니와의 작별일 뿐 아니라 아빠와의 작별이기도 했다.

역시 엄마에겐 나밖에 없다. 마구 욱신거리는 등과 옆구리에 반창고를 붙이듯이, 나는 이 말을 몇 번이고 머릿속에서 되뇌었다. 하지만 그런 밤이 몇 년이나 이어진 건 아니다.

저택 옆에 우리가 생활할 별채를 새로 지은 건 초등학교 4학년 때였다.

작은 일본식 단층집으로 식사와 목욕은 저택에서 해결해야 했지만 구조나 크기에서 어딘지 모르게 꿈같은 집을 떠올리게 하는 분위기가 있었다. 여기라면 즐겁게 생활할 수 있지 않을까 싶어 오랜만에 집에서도 들뜬 기분이 되었다.

별채에는 할머니나 할아버지가 출입하는 일은 거의 없었고, 엄마도 맘 편히 쉴 장소가 생겨서인지 노동량이 줄어든 게 아닌데도 꿈같은 집에서 살 때처럼 손수건이나 급식 주머니 등에 자수를 놓아주었다. 다다미 네 첩 반 크기의 내 방도 생겨서 자다가 엄마의 울먹이는 소리를 듣거나 주먹으로 맞는 일도 없어졌다.

별채가 만들어진 건 대학을 졸업한 리츠코 고모가 돌아왔기 때문이었다.

"이제부터 같이 살게 됐으니까 릿짱이라고 부르렴."

리츠코 고모가 엄마에게 "새언니, 그래도 되지?"라고 확인했기에 나는 리츠코 고모를 '릿짱'이라 불렀다. 릿짱의 초대로 나는 2층에 있는 고모 방에 자주 놀러 갔다.

릿짱은 돌아온 직후엔 어딘가로 일하러 나가는 것 같았지만, 얼마 지나지 않아 온종일 집에만 박혀 있었다. 수예를 좋아한 릿짱은 내게 펠트로 마스코트 인형을 만들어 주기도 했다. 내가 기뻐하며 그걸 엄마에게 보여주자 엄마는 "그런 식으로 아무거나 받아오면 어떡하니."라며 나를 타이르고, 이렇게 좋은 물건은 받을 수 없다며 전부 릿짱에게 돌려줘 버렸다.

엄마는 내가 다른 사람에게서 물건을 받는 것을 싫어했다.

릿짱은 내 고모이고 같은 집에 사니까 가족이었다. 그래서 외할머니에게 병아리 가방을 받았던 것과 똑같은 일이라 생각했지만, 엄마에겐 그렇지 않았던 것 같다. 얼마 전까지 우리가 살았던 본채에서도 부엌과 식사를 하는 거실, 욕실 외에는 들어가면 안 된다는 주의를 받았다. 또한 2층에 올라가는 건 다른 사람의 집에 멋대로 들어가는 거나 마찬가지라며 혼나기도 했다.

나는 그렇게까지 저택을 좋아하지 않았기 때문에 엄마의 말을 따르는 게 어려울 건 없었다. 차라리 식사도 따로 하면 좋을 거라는 생각도 했다.

할머니와 할아버지는 모두 목소리가 컸다. 식사 중에는 항상 무언가에 대해 불평을 했지만 두 사람의 의견이 일치할 때는 없었다. 그때마다 누구 말이 맞느냐고 늘 엄마에게 물어보았다. 옆에 앉은 아빠는 모른 척하며 밥만 먹었고 내가 엄마 편을 드는 건 별채가 생긴 뒤로도 바뀌지 않았다. 새롭게 같이 식사하게 된 릿짱은 반찬을 먹으며 싱글거릴 뿐이었다.

나는 할머니와 아무리 심하게 싸우더라도 목욕을 끝내고 별채로 돌아오기 전에는 공손히 양손을 모으고 "안녕히 주무세요." 하며 고개를 숙이는 게 습관이었다. 엄마가 외할머니를 대할 때와 똑같이 하라고 말했기 때문이다. 하지만 외할머니처럼 "너도 잘 자렴."이라는 따뜻한 대답은 돌아오지 않았다. TV 소리가 안 들린다며 할아버지가 귀찮아할 때는 가끔 있었다.

별채로 돌아와 아빠와 한마디도 나누지 않은 채 TV를 보고 있으면 식사 정리를 마친 엄마는 목욕을 짧게 했다. 그런데 화장수를 바르거나 팩을 하는 등의 피부관리에는 목욕의 3배 정도의 시간을 들였다. 화장대 앞에 앉은 엄마의 뒤에서 거울에 비친 엄마의 얼굴을 보며 학교에서 있었던 일을 이야기하는 것도 매일 밤의 습관이었다.

"엄마, 오늘은 있지—."

꿈같은 집에 살던 시절엔 화장대 앞에서 엄마와 이야기를 나누다 보면 갑자기 엄마가 내 쪽을 돌아보면서 "핸드크림 발라줄까?"라고 말했다. 그리고 분홍색 크림을 내 손에 문지르면서 다정하게 내 이야기를 들어주었다. 그때마다 나는 인공적인 복숭아 냄새를 맡으며 그날 있었던 일을 엄마에게 정신없이 이야기하곤 했다.

저택의 별채에서도 엄마는 얼굴 관리가 끝나면 복숭아 향이 나는 핸드크림을 꺼냈다. 하지만 "발라줄까?" 하며 내 쪽을 돌아보지는 않았다. 내가 먼저 발라달라고 손을 내민 적도 없다. 남이 주는 걸 냉큼 받는 아이가 되지 말라는 건, 먼저 무언가를 조르지 말라는 뜻이기도 하다. 어린 마음에 그건 분명 엄마에게도 똑같이 적용된다고 생각했다.

아니, 어쩌면 거절당하는 게 두려웠던 건지도 모른다.

학교에서의 생활은 매일같이 단조로워서 딱히 이야기할 거리가 많지 않았다. 이따금씩 재미있는 일이 있으면 나도 모르게 정신없이 이야기하게 된다. 그러면 엄마는 처음엔 "어, 그랬니."라고 거울 너머로 부드럽게 웃어주었다. 하지만 그 미소가 기뻐서 두서없는 이야기를 이어가려 하면 갑자기 싸늘한 표정이 되며 "이제 됐잖니. 저쪽에 가 있으렴." 하고 나를 거울에 비치지 않는 곳으로 쫓아냈다.

그럴 때는 또 실수했다는 생각에 풀이 죽지만 마코에 관해 말할 때만큼은 이야기가 아무리 길어져도 날 밀어내지 않았다. 오히려 칭찬까지 받을 수 있었다.

마코는 같은 동네에 사는데 3학년 때 같은 반이 되면서 친해졌다. 공부도 운동도 소질이 없고 조금 멍한 구석이 있는 마코는 반 아이들에게 자주 놀림을 받았다. 그때마다 나는 마코 편이 되어주었다.

바보나 둔탱이 같은 말은 참아주었지만 '야반도주'라고 욕하는 건 용서할 수 없었다. 마코의 어머니가 젊은 배관공 남자와 야반도주했다는 소문은 이 동네 사람이라면 모두 알았다. 하지만 그걸 마코를 놀리는 말로 사용하는 건 인간적으로 비열한 행위였다.

"남의 부모님을 욕해도 될 만큼 네 부모님은 그렇게 대단하신가 보지?"

아직 저학년인 어린아이가 동급생들한테 어떻게 그런 말을 했는지 모르겠다. 남녀 가릴 것 없이 잔뜩 들떠서 마코를 놀리던 아이들은 거의 입을 다물어버렸다. 자기 부모는 이런 부분이 대단하다고 대답하는 아이는 한 명도 없었다. 그러면 그쯤에서 멈추면 될 텐데 나는 반드시 끝장을 보려 했다.

"다들 들어봐. 지금부터 ○○가 자기 어머니 자랑을 한대. 얼마나 대단한 분인지 들어보자."

가까이 있는 아이들을 그런 식으로 지목한 것이다. 궁지에 몰린 아이들은 대부분 울음을 터뜨리거나 젖은 눈가를 소매로 쓱 닦고는 "바보!"라고 외친 후 도망가 버렸다. 하지만 나는 전혀 분하지 않았다. 내가 그 아이보다는 바보가 아니라는 걸 잘 알기 때문이다.

"마코, 또 나쁜 말을 하는 애가 있으면 언제든지 나한테 말해."

그렇게 말하면 마코는 코를 훌쩍이며 헤헤 하고 웃었다. 그런 일련의 이야기를 어머니에게 들려주면 어머니는 나를 돌아보면서 싱긋 웃으며 말한다.

"착하기도 하지. 역시 엄마 딸이야. 외할머니가 살아계셨으면 엄청 기뻐하셨을 거야. 앞으로도 마코나 가엾은 아이가 보이면 네가 꼭 도와주렴."

핸드크림을 더 이상 발라주지 않게 되었다고는 해도 어머니가 내게 쌀쌀맞아진 건 아니었다. 어머니의 가르침을 실천하면 이런 식으로 반드시 칭찬해주었으니까.

나는 아홉 살 생일파티 때 마코를 초대했고, 마코를 싫어하는 할머니와도 전면전을 벌였다. 그리고 당연히 열 살 생일파티 때도 초대할 작정이었다.

나는 같이 살기 시작한 뒤로 릿짱 고모가 마코와 많이 닮았다는 걸 발견했다. 일 년에 두 번 명절 때만 발랄한 인상을 받았다. 하지만 집에 돌아온 릿짱은 날이 갈수록 살이 뒤룩뒤룩 찌고 초점 없는 흐리멍덩한 눈을 한 조금 가엾은 인상으로 바뀌어 갔다.

무엇보다도 식사 중에 언쟁을 벌이는 조부모님을 싱글거리며 바라보는 모습은 마코의 웃는 얼굴과 똑 닮았다.

'집에서 빈둥거리기만 하는데 어째서 용돈을 받는 걸까? 논일을 돕지 않을 거면 하다못해 저녁 식사 준비 정도는 해도 되잖아. 나도 매일 빨랫감을 모아오거나 목욕 준비를 하고 있는데.'

그런 식으로 릿짱에 대한 불만이 있긴 했지만, 할머니에게 하는 것처럼 직접적으로 따지지는 않았다. 릿짱이 엄마를 나쁘게 말한 적이 없었고, 내 마음속에서는 어느샌가 친절히 대해줘야 하는 사람으로 분류되었기 때문이다.

다만 릿짱은 온종일 집에서 하고 싶은 일을 했기 때문에 마코처럼 내 도움이 필요한 상황에 빠지지는 않을 것 같았다.

그런데 어느 날 릿짱 문제로 가족회의가 열렸다. 밤늦게 할머니와 함께 릿짱과 낯선 남자가 저택에 들어온 것이다. 구부정한 자세로 경박하게 걷는 빼빼 마른 남자였다.

어머니도 뒤따라 함께 들어왔다. 무슨 일이 생겼나 싶어 흥미진진했지만 나는 본채로 갈 수 없었다.

별채에서 엄마에게 사정을 물어보아도 릿짱 얘기는 해주지 않고 생일파티로 화제를 돌렸다. 아빠가 없는 별채에서 엄마와 단둘이. 나는 그게 너무 기뻐서 1분 1초라도 엄마와 길고 즐거운 대화를 나누기 위해 마코의 이름을 꺼냈다. 할머니를 따돌릴 작전이 엄마의 입에서 나왔을 때의 흥분감은 지금도 잊을 수 없다.

하지만 그만 가서 자라는 엄마의 말에 내 방으로 돌아왔고, 잠시 뒤에 본채에서 돌아온 아빠의 목소리가 들려왔다.

"정말 뻔뻔하기 그지없는 인간이야."

그런 서두와 함께 TV 채널을 영화가 나오는 곳에 맞추고 본채에서 있었던 일을 설명하는 아빠의 목소리가 들렸다. 그때 영화 장면의 격렬한 총격전 소리 때문에 아빠의 목소리는 단편적으로만 들려왔다.

'남자는 릿짱을 좋아한다. 오사카에서 만나러 왔다. 두 번 다시 오지 말라고 쫓아냈다. 부모님이 안 계시고, 남동생은 병에….'

아빠의 목소리는 노골적으로 남자를 경멸하고 있었다. 필요할 때는 아무 말도 안 하면서 이럴 때만 신나서 이야기하다니. 할머니의 말투와 똑같기도 했고, 그보다도 학교에서 마코를 놀리는 아이들과 다를 게 없는 비열한 뉘앙스가 느껴졌다. 내가 이런 사람의 딸이라는 게 수치스러운 기분이 들었다. 그런 식으로 애인을 쫓겨 보낸 릿짱이 가엾기도 했다.

엄마는 이야기를 들으면서 무슨 생각을 하고 있을까? 더 열심히 귀를 기울이자 간신히 끝난 아빠의 목소리 뒤로 엄마의 조심스러운 목소리가 들려왔다.

"그래도 시누이가 너무 불쌍해."

역시 릿짱은 불쌍한 사람이다. 엄마와 내 생각이 똑같다는 게 무척이나 기뻤다.

그래서 나는 릿짱을 도와주었다.

릿짱은 내가 자기 편이라는 걸 알아챘는지 꽤 이른 시점부터 도망치는 걸 도와달라고 포섭해왔다.

"이따가 칼피스 타서 가져다줘."

엄마는 내가 릿짱의 방에 놀러 가는 걸 금지했지만, 할머니 앞에서 릿짱이 내게 심부름을 시키면 거절할 수 없게 되어 있었다.

전에 컵라면에 물을 부어서 자기 방에 가져와달라고 내게 부탁했을 때, 자기가 하면 되지 않냐고 대답했다가 어른한테 그게 무슨 말버릇이냐고 할머니에게 호되게 혼났기 때문이다. 하지만 이런 때가 아니면 여름 선물로 받은 칼피스를 마실 기회가 없었기에 나는 기꺼이 칼피스 두 잔을 타서 릿짱의 방으로 올라갔다.

릿짱은 초등학생인 나에게 자기가 쿠로이와 씨라는 남자를 얼마나 사랑하는지 절절히 이야기했다. 그리고 오해한 채로 가버린 쿠로이와 씨에게 직접 만나 사과하고 싶으니 이 집에서 빠져나갈 수 있게 도와달라고 내게 머리를 숙였다.

"원래는 새언니한테 부탁할 생각이었어. 새언니는 내 편이니까. 하지만 새언니의 도움으로 내가 빠져나갔다는 걸 엄마한테 들키면 새언니한테 또 못되게 구실 거잖아. 엄마라면 새언니를 이 집에서 쫓아낼지도 몰라."

할머니가 엄마를 못살게 구는 장면을 어렵지 않게 상상할 수 있었다. 지금 생각해보면 릿짱은 절대 아둔하고 불쌍한 사람이 아니었다. 하지만 그걸 전혀 눈치챌 수 없을 만큼, 집에서 쫓겨나는 엄마의 모습은 상상만으로도 내 머릿속을 마구 헤집어놓았다.

"하지만 아무리 엄마라도 자기 핏줄인 손녀, 그것도 어린아이를 쫓아내진 못할 거야. 그러니까 제발 부탁할게!"

"할머니가 나보고 감시하라고 하진 않을 것 같은데."

“널 믿게 하면 되지. 성공했을 때의 조건을 내세워서 잘 지키겠다고 하면 될 거야.”

“알았어. 하지만 릿짱, 빨리 돌아와야 해.”

“사흘 정도면 돌아올 거야.”

릿짱은 결행 날짜를 벼 베기 날로 정했다. 할머니는 내게 감시를 맡기는 것을 영 불안해했다. 나는 릿짱의 말을 되새겨 잘 감시할 테니 마코를 생일파티에 초대하게 해달라는 조건을 내걸었다. 그랬더니 죽을 각오로 지키라는 엄포를 놓으며 받아들였다.

가족 모두가 논으로 나간 뒤에 릿짱의 방에 갔더니 고모는 벌써 외출복으로 갈아입고 작은 트렁크에 짐까지 싸놓고 기다리고 있었다. 테이블 위에는 만들다 만 인형이 놓여 있었다. 나와 똑같은 머리 모양을 한 못생긴 인형이었다.

“잘 들어. 이 인형은 네 생일 선물이야. 하지만 한쪽 다리에 채워 넣을 솜이 부족해. 그러니까 지금부터 수예점에 가서 그걸 사다 줘. 나는 그 사이에 집에서 빠져나갈 테니까. 할머니가 혼내면 전에 릿짱 심부름을 거절했다고 할머니가 혼내지 않았냐고 해. 그러면 새언니한테 불똥이 튀진 않을 거야.”

릿짱은 내 손에 3백 엔을 쥐어주었다. 거짓말을 해야 한다니 온몸에서 땀이 배어 나왔다. 하지만 나는 땀과 함께 동전을 단단히 쥐고 릿짱에게 작별 인사도 하지 않고 저택을 뛰어나왔다. 금방 돌아올 줄 알았기에 인사말 같은 건 생각지도 않았다. 그런데 릿짱은 사흘이 지나도, 일주일이 지나도 돌아오지 않았다.

할머니는 내게 "이 쓸모없는 것!"이라고 소리치긴 했지만 더 이상 혼내지는 않았다. 그저 방에 틀어박혀서 울기만 했고, 2주 뒤에는 아빠와 함께 오사카까지 릿짱을 데리러 갔다. 릿짱은 오사카에서 타코야키를 팔고 있다고 했다.

할머니는 릿짱이 가엾다고 울었지만 좋아하는 사람과 함께 있으면 즐거울 것 같았다. 나도 엄마와 함께 타코야키를 구워 팔고 있는 모습을 상상해보았다. 쌀쌀한 바람이 부는 하늘 아래서 내가 "아, 추워!"라고 말하면 엄마는 방금 완성된 타코야키 한 개를 이쑤시개에 꽂아 내게 내밀 거다. 나는 후후 불면서 그것을 먹는다. 그러면 몸도 마음도 따뜻해진다.

생각만으로도 무척이나 행복한 상상이었다.

릿짱도 분명 행복할 것이다. 그리고 엄마가 비난받을 일도 없다. 내가 엄마를 지켜냈다는 만족감이 차올랐다.

할머니와의 약속을 깬 탓에 생일파티는 물 건너갔지만, 처음부터 각오한 일이었기에 낙담하진 않았다. 설령 내가 파티에 초대했더라도 마코는 오지 않았을 것이다. 생일 전날, 학교에 갔더니 마코가 내게 와서 이렇게 말했다.

"오늘부터 난 다른 애랑 놀래."

슬프지는 않았다. 건방지게 느껴졌을 뿐이다. 그것보다는 이제 엄마와 오래 대화할 이야깃거리가 사라졌다는 게 슬퍼서 화장실에서 잠깐 눈물을 흘렸다.

주름 장식이 달린 블라우스도, 새로운 운동화도 필요 없다. 자수를 놓아주지 않아도 된다.

내 단 한 가지 바람은 엄마가 날 상냥하게 어루만져주는 것이었다. '열심히 노력했구나.' 하고 머리를 쓰다듬어주길 바랐다. 그런 사랑을 받고 싶었다.

'그러니까 엄마, 이 손을 놓지 말아줘!'

내 마음아, 너는 누구를 향해 탄식하려는가?
모두에게 외면당한 마음아
네 앞에 놓인 길은 이해 불가능한 사람들 틈을 뚫고
발버둥 치며 나아간다
하지만 그것도 아마 공허하기만 하리니
왜냐하면 너의 길은 미래로만 향하고 있음이다
이미 사라져버린 미래로만

전에 너는 탄식했었는가?
그것은 대체 뭐였단 말인가?
그것은 환희의 나무에서 떨어진 한 개의 과실,
아직 여물지 않은 과실이로다
하지만 지금 환희의 나무는 쓰러진다.
나의 완만하게 뻗어 오른 환희의 나무가 폭풍 속에서
지금 쓰러진다
내 눈에 보이지 않는 풍경 속의 가장 아름다운 나무가.
눈에 보이지 않는 천사들에게
나를 이해시키던 그 한 그루의 나무가

-탄식

제4장

오오,
눈물로 가득한
사람아

모성에 관하여

소스 맛과 간장 맛의 두 종류 타코야키로 허기를 달랬을 때 릿짱이 무슨 요리를 주문할 것인지 물었다. 남자 알바생이 출근하자 타코야키 만드는 건 알바에게 맡기기로 한 것 같았다. 내가 처음 보는 무뚝뚝한 알바생이 철판 앞에서 묵묵히 타코야키를 뒤집고 있었다.

릿짱에게 우리가 먹을 음식을 알아서 만들어달라고 부탁한 뒤 국어 선생님이 마실 맥주를 추가로 주문했다.

"선생님의 어머니는 어떤 분이셨죠?"

"우리 어머니? 사건 이야기하던 거 아니었어?"

"그렇긴 한데, 그냥 물어보고 싶어서요."

사실 사건과 전혀 상관없는 이야기도 아니었다.

"옛날 시골에 흔히 있을 법한 우악스러운 어머니였지. 어렸을 때 꿀밤을 얼마나 맞았는지 몰라."

국어 선생님은 정수리를 한쪽 손으로 문지르며 말했다. 얼굴을 찡그리고는 있지만 그때를 그리워하는 표정이 엿보였다.

"많이 아프셨나요?"

"당연하지. 평소에 장난을 칠 땐 그냥 꿀밤으로 맞았지만, 남들한테 폐가 되는 짓을 하면 손가락 마디를 세워서 때리는데 장난이 아니었다고. 눈에서 불꽃이 확 튀었지."

"꽤 아팠겠네요."

"뭐야, 너. 부모님한테 안 맞아봤어? 네가 그렇게 요즘 세대였던가?"

"그렇지는 않지만요."

내가 어떤 방식의 꿀밤을 맞았는지는 정확히 기억나지 않는다.

"자, 많이 기다리셨죠."

릿짱이 삼겹살 숙주볶음을 내려놓았다.

릿짱의 대표 메뉴지만 처음 데려온 손님도 있으니까 좀 그럴듯한 걸로 만들어도 좋았을 텐데.

"어, 이건 우리 집 간판 메뉴인데."

국어 선생님은 기뻐하며 젓가락을 집었다.

"이런 요리가요? 사모님이 요리 잘한다고 하지 않으셨어요?"

"이런 요리라 미안하게 됐네."

릿짱이 카운터 안쪽에서 볼멘소리를 했다.

"그래, 인마. 만든 사람 앞에서 그러면 안 되지. 고기도 이렇게 잔뜩 들어 있잖아. 우리 집은 이거의 절반 크기의 고기가 최소한의 성의로 들어가 있을 뿐이었어. 그런데 우리 엄마는 고기 많이 먹으라면서 당신 그릇에 있던 고기를 내 그릇에 얹어주시곤 했지."

"아아, 어린 시절 말씀이셨군요."

"네가 먼저 물어봤잖아."

"그러네요. 고기를 많이 먹으라고 했다면…. 선생님은 외동이셨어요?"

"아니, 누나하고 여동생이 한 명씩 있는데."

"차별한다고 뭐라 하진 않았나요?"

"여동생이 가끔 불평하긴 했는데, 남자는 많이 먹고 강해져야 한다면서 우리 엄마는 나한테만 주셨어."

강해졌는지는 둘째치고 일단 많이 먹고 자란 건 확실해 보인다.

"하지만 옷 같은 건 누나랑 여동생을 훨씬 많이 사주셨지. 엄마도 같은 여자면서 당신 옷은 거의 안 사고 자식들 것만 사주셨으니까. 뭐, 부모란 게 보통 그렇잖아. 나도 딸아이가 다니는 학원이 하나 더 늘어나서, 다음 달부터는 용돈 5천 엔 삭감이야. 뭐, 피아노를 배우고 싶다는데 어쩌겠어."

국어 선생님은 크게 한숨을 쉬며 숙주볶음을 먹었지만 그렇게까지 비장한 표정은 아니었다. 이래 보여도 부모는 부모인 것이다. 역시 사건에 관해 물어봐야겠다.

"뛰어내렸다는 아이한테 형제는 있었나요?"

"글쎄. 그런 건 확인해 봐야 알 수 있을 텐데. 그렇지, 너 아직 내 질문에 대답하지 않았잖아?"

"무슨 질문이었죠?"

"왜 그 사건에 관심을 가지냐고."

"아아, 그건…."

나는 남은 숙주볶음을 앞접시에 전부 덜었다. 국어 선생님이 이미 8할 정도는 먹어 치운 탓에 두 입 정도 먹으니 끝이었다. '같이 먹는 사람 것도 좀 남겨라.' 하고 마음속으로 투덜거렸다. 내가 자기 엄마도 아니고.

그래도 삭감당한 용돈으로 밥값을 낼 각오로 같이 와주지 않았든가. 이야기나 계속 해야겠다.

"그 어머니의 증언에서 마음에 걸리는 부분이 있었거든요."

정확히는 단 한마디가—.

어머니의 고백

잠든 딸아이가 제 손을 쳐낸 일로 어머니로서의 자신감을 잃어갈 때, 문득 자식이 한 명 더 있었다면 어땠을까 하는 생각이 들었습니다. 그랬다면 한 아이에게 거절당했다고 이 정도로 가슴이 아프지는 않았을지도 모르니까요.

언덕집에 살던 무렵부터 타도코로는 아이를 한 명 더 갖고 싶어 했습니다. 형제가 없으면 외로울 거라며 딸아이를 위하는 척 말했지만, 타도코로 본인이 아들을 갖고 싶어 한다는 건 설득하는 내내 티가 났습니다.

"여자아이는 언젠가 시집가면 집을 떠나야 하잖아. 그런데 형제가 아무도 없으면 좋아하는 남자가 생겨도 조건이 안 맞아서 어쩔 수 없이 포기해야 할지도 몰라. 부모나 집안에 걱정할 일이 생기더라도 형제가 있으면 든든하지. 우리보단 아이들이 더 오래 살아야 하잖

아. 형제야말로 인생의 가장 큰 협력자라고."

타도코로가 여동생인 노리코와 리츠코를 떠올리며 하는 말 같지는 않았습니다.

그 말이 틀리지는 않았지만, 저는 제 경험상 형제가 없다는 게 그 정도로 불리하다는 생각은 들지 않았습니다. 제게 형제가 있었다면, 그게 오빠든 언니든 남동생이든 여동생이든 간에 부모의 애정은 그 인원수만큼 분산되었겠지요. 제게 한 명의 형제가 있어서 부모님께 받을 애정이 절반으로 줄어들어도 나머지 절반의 사랑을 그 형제가 채워줄 수는 없습니다.

서로 힘을 합치기는커녕 부모님의 사랑을 얻기 위해 경쟁하다가 크게 싸울지도 모르지요. 저는 외동으로 태어난 덕분에 부모님의 사랑을 한 몸에 받을 수 있었습니다. 타도코로는 부모님의 사랑을 독점할 수 있다는 게 얼마나 행복한 일인지 몰라서 그러는 거겠죠.

그렇게 생각하니 딸아이도 이대로 충분히 행복할 것 같았습니다.

저는 모든 것을 털어놓는 어머니에게도 타도코로가 아들을 원한다는 사실은 말하지 않았습니다. 만약 어머니가 타도코로의 입장에서 생각해보다가 자식은 많을수록 행복할 수도 있다거나 남자는 아들을 원하게 마련이라는 생각이 들기라도 한다면, 당신이 살아온 삶을 부정당하는 기분이 들 테니까요.

제게 미안해하시거나 후회하시지 않길 바랐습니다.

어머니가 돌아가시고 시댁에 들어와서 살게 된 뒤로도 타도코로는 문득 생각난 것처럼 아이가 한 명 더 있으면 좋겠다고 말하곤 했지요. 저로선 당치도 않은 요구였습니다. 집안일에 농사일까지, 온종일 쉴 새 없이 죽도록 일하고 있는데 아이를 또 낳고 기를 여유가 어디 있었겠어요.

무엇보다도 아이의 탄생을 가장 기뻐해주실 어머니가 이제 안 계셨고요. 시어머니는 같은 어머니의 입장인데도 제가 임신했다고 쉬게 해주실 분은 아니었습니다.

리츠코가 가출한 뒤로 시어머니는 현기증이 난다느니 머리가 아프다느니 하며 논에 나가지 않고 침실에 자주 틀어박혔습니다. 이듬해에는 시아버지까지 간암으로 허망하게 돌아가셨습니다. 시어머니는 전혀 슬퍼하는 기색 없이 장례식 날까지도 시아버지의 흉을 볼 정도였지요. 하지만 말다툼할 상대가 사라지면서 혈기가 급격히 약해진 것도 사실입니다.

다행히 논의 일부를 주택지로 매각하긴 했지만, 저 혼자 농사짓기에는 1분 1초도 쉴 틈이 없을 만큼 넓게 남아 있었습니다.

그렇다고 피임을 했던 건 아닙니다. 이미 한 명을 낳았으니 불임은 아니지만 둘째가 좀처럼 생기지 않는 사람이 많다는 이야기를 TV에서 본 적이 있었지요. 저도 그런 체질일 거라고 생각했습니다.

'하느님은 아이를 간절히 갖고 싶어 하는 사람에게도 좀처럼 내려주시지 않을 때가 있는데, 바라지도 않는 사람에게 주실 리가 없다. 타도코로가 갖고 싶어 하더라도 임신할 일은 없을 것이다.'

그런 식으로도 생각했습니다. 하지만 그런 식으로 '없음'으로 단정 지을수록 꼭 생겨나는 법이지요.

신부님, 처음부터 '없음'일 때는 아무것도 느끼지 못하는데, '있음'이 '없음'으로 바뀌면 어째서 깊은 구렁텅이로 떨어지는 기분이 드는 걸까요?

만약 제가 어머니의 사랑을 받지 못했다면, 어머니가 돌아가셨을 때도 제 영혼이 깎여나가는 기분을 느끼지는 않았을까요? 형제가 한 명이라도 있었다면 슬픔도 반으로 줄어들었을까요? 만약 자식이 한 명도 없었다면, 저는 아무것도 잃지 않을 수 있었을까요?

두 번째 임신을 알게 된 건 그 태풍이 왔던 해로부터 6년 후, 서른일곱 살의 가을이었습니다. 이른 아침에 전기밥솥에서 피어오르는 증기 냄새에 토할 것 같았어요. 순간 설마 하는 생각이 들었습니다. 마침 그날은 어머니의 기일과 같은 날이었고, 어쩌면 같은 시각이었는지도 모릅니다.

병원에서 확인받은 뒤 저녁 식사 자리에서 모두에게 공개하자 시어머니는 노골적으로 얼굴을 찡그리며 말씀하셨습니다.

"그 나이 먹고 아직도 그런 망측한 짓을 하는 게냐. 아이를 더 갖고 싶었으면 산 위의 집에서 놀면서 살 때 낳아뒀어야지."

"맞아, 새언니. 더 이상 엄마 좀 고생시키지 마."

옆에서 시어머니를 거든 사람은 노리코입니다. 노리코는 7년 전에 결혼하면서 타도코로 저택을 떠났습니다. 그녀가 시집간 모리사키 가문은 옆 고장의 명문가였습니다. 노리코의 시아버지는 변호사, 두 시동생은 의사와 은행원이라는 훌륭한 명함을 갖고 있었습니다.

장남인 노리코의 남편만 '굿 스마일 기획'이라는 정체 모를 회사를 경영했습니다.

결혼하고 3년 뒤에 남자아이가 태어났고 모리사키 가문에서 즐겁게 사는 줄로만 알았는데, 지난 반년 전쯤부터 매일 같이 타도코로 저택을 찾아오기 시작했습니다.

아침 일찍부터 네 살짜리 아들 히데키를 데리고 와서, 시어머니와 함께 TV나 보다가 점심과 저녁을 먹고 돌아가지요. 노리코의 친정이니 언제든 돌아와서 어떻게 지내든 자유일지도 모릅니다. 하지만 저로서는 식비 때문에라도 노리코의 방문이 달갑지는 않았습니다.

노리코는 리츠코가 가출하고 시아버지가 돌아가신 일로 크게 상심한 어머니가 걱정된다는 핑계를 댔지만, 진짜 이유는 따로 있었습니다. 바로 조카 히데키였지요.

"변호사니 의사니 하며 그쪽 집안사람들이 그동안 실컷 유세를 떨어댔지만, 넌 그런 훌륭한 집안의 장손이 될 아들을 낳아준 거다. 이제부터는 아무것도 눈치 볼 것 없이, 네가 그 집안을 좌지우지한다고 생각해라."

히데키가 처음 태어났을 때 시어머니는 노리코에게 그런 말을 했습니다. 실제로 모리사키 가문의 시부모님은 꽤 기뻐하면서 어린 손자의 양육을 자처하셨기에 노리코는 히데키를 시부모님께 맡겨놓고 영화나 연극 관람을 다니거나 쇼핑을 하며 마음껏 놀러 다닌 모양입니다. 그런데 시간이 그렇게나 남아도는데도 농번기에 친정을 도와주러 온 적은 한 번도 없었습니다.

제가 노리코의 가족과 만나는 건 일 년에 두 번의 명절 정도였지요. 이리저리 뛰어다니게 된 히데키가 선반 위의 물건을 닥치는 대로 떨어뜨리는 걸 보고 남자아이는 키우기 힘들겠다고 생각했을 뿐 특별히 신경을 쓸 일은 없었습니다.

"히데키는 기운이 넘치는구나. 남자애는 역시 이래야지."

히데키가 냄새만 맡아도 좋아하는 비엔나 튀김을 양손으로 잡고 먹는 걸 보면서 시어머니는 기쁘게 웃었습니다.

"히데키는 행동거지가 대범하니까 장차 큰 사람이 될 거라고, 얘 할아버지랑 할머니도 기대가 크다니까."

노리코는 히데키에게 지지 않을 만큼 열심히 튀김을 먹어대며 자랑스럽게 말했습니다.

그런데 히데키는 성장하면서 행동이 난폭해지고, 언어 발달이 늦는 대신 성미만 급해져서 끼익끼익 하고 원숭이 같은 괴성을 질러댔습니다. 그러자 모리사키 가문의 사람들은 점차 괴물이라도 보는 듯한 시선을 히데키에게 보내기 시작했습니다.

"시어머니가 히데키는 지능 발달이 늦는 것 같으니 병원에 가서 진찰을 받아보래. 자기들 집안엔 그런 장애가 있는 사람이 없는데, 우리 집안은 어떠냐고 묻더라니까."

노리코가 시어머니에게 울면서 호소하는 것을 부엌문 너머로 들은 적이 있습니다.

"아니, 뭐 그런 경우 없는 사람들이 다 있다니? 애가 좀 극성맞을 수도 있지. 그런 사람들이랑 같이 있게 하는 건 히데키한테 못 할 짓이야. 이 엄마가 돌봐줄 테니 여기로 데려와라."

평소에 울적해하던 사람답지 않게 시어머니의 목소리에는 활기가 넘쳤습니다. 화를 낼수록 기운이 나는 사람인 거겠죠. 다만 그런 활기도 잠깐입니다. 다음 날, 노리코가 히데키를 데리고 오자 반나절도 지나지 않아 현기증이 난다느니 머리에 피가 쏠린다느니 하며 침실에 틀어박혀 버렸지요.

노리코 역시 머리가 아프다느니 혈압이 오른다느니 하는 구실로 히데키를 별채에 있던 저에게로 데려왔습니다. 비가 내린 덕분에 모처럼 집에서 쉴 수 있는 날이었는데 말이죠.

"새언니, 부탁 좀 할게. 난 이제 정말 머리가 이상해질 것 같아."

두 손을 모으며 고개를 숙이는데 매몰차게 거절할 수 없었습니다. 저를 필요로 해주는 거니 도와주고 싶은 마음도 들었고요. 그렇게 해서 히데키를 맡게 되었는데 걱정했던 것만큼 난폭한 행동을 하거나 괴성을 지르지도 않았습니다.

히데키는 그림책을 가지고 저한테 왔습니다. 녀석은 제 무릎 위에 앉더니 "외숙모, 이거 읽어줘." 하고 눈을 반짝이며 저를 올려보았습니다. 무릎이고 허리고 할 것 없이 농사일에 시달리느라 잔뜩 뭉쳐 있었고, 손끝으로 가볍게 누르기만 해도 아프다는 소리가 절로 나올 정도였지요. 그런데 무릎 위로 눌리는 무게는 아프기보다 안심되는 느낌을 주었습니다.

저녁 식사 준비를 하는 동안에도 히데키는 부엌 의자에 앉아 기분 좋게 노래는 불렀습니다. 그런 모습을 본 노리코는 깜짝 놀라면서도 감동스럽다는 듯이 저에게 말했습니다.

"대단하다, 새언니. 히데키가 이렇게 얌전히 있는 게 얼마 만인지 모르겠어. 역시 아이들도 아는 거야. 새언니가 천사처럼 착한 사람이라는걸."

"넌 상대방이 듣고 싶어 하는 말을 바로바로 해주니까. 히데키도 아직 말이 서툴다 보니 네가 자기 마음을 잘 알아줘서 기쁜 걸 거야."

시어머니도 이런 얘기를 하지 뭡니까. 타도코로 가문 사람들의 입에서 설마 이런 칭찬이 나올 줄 상상도 못 했습니다.

'이 사람들이 내 존재를 철저히 부정하려고만 드는 건 아니다. 히데키를 통해 나의 좋은 본질을 발견해준 것이다. 내가 어머니께 물려받은 것들을 드디어 인정받은 것이다. 어쩌면 지금까지 그걸 몰라주었던 건 딸아이 때문이 아닐까? 딸아이가 시어머니에게 말대답 같은 건 하지 않고 언제나 상냥한 미소를 짓는 아이였다면 시어머니가 나를 보는 시선도 달라지지 않았을까? 그랬다면 리츠코가 집을 나간 원인이 내가 딸아이를 부추겼기 때문이라고 오해받을 일도 없지 않았을까?'

두서없이 이런 생각이 난 것이지요. 그래서 해서는 안 될 말을 해버렸습니다.

"나라도 괜찮다면 언제든지 봐줄게요."

왜 그런 말을 했는지 무척이나 후회됩니다.

사양할 줄 모르는 노리코는 매일 히데키를 저에게 데려오기 시작했습니다. 차마 논일하는 데까지 데려오진 못했지만, 농사일을 끝마치고 집에 돌아오면 기다렸다는 듯이 히데키가 뛰어오곤 했습니다. 옷을 갈아입고 저녁 준비를 시작할 때까지의 짧은 휴식조차 빼앗기고 만 셈이죠.

히데키는 제가 자기 요구에 응해줄 때는 기분이 좋다가도, 잠깐만 기다리라는 식으로 제가 무언가를 요구하면 성질을 부렸습니다. 노리코는 저녁 식사 준비를 도와준 적이 한 번도 없습니다. 원래 딸아이가 돕긴 했지만, 히데키는 딸아이가 있으면 심기가 불편해져서 음식이 담긴 접시를 뒤엎어버리곤 해서 별채에 남아 있어야 했지요.

딸아이도 리츠코가 가출한 사건 이후로는 시어머니께 말대답을 하지 않았습니다. 노리코와 히데키에게도 무언가를 따지고 든 적은 없었지만, 예민한 히데키는 딸아이가 마음을 열 만한 상대가 아니라는 걸 느꼈던 거겠죠.

저는 딸아이에게 했던 것 이상의 정성을 들여 히데키를 돌봐주었습니다.

그런데도 노리코는 제 임신을 환영해주지 않았습니다.

"고모, 그게 무슨…."

"그렇게 말하면 안 되지. 우리 집안의 장손이 생기는 건데. 아니면 설마 히데키한테 우리 집안의 대를 잇게 하려는 거였어? 뭐, 다음 대에 타도코로 가문이 끝장나도 괜찮다면 그래도 되겠지만."

딸아이의 말을 가로막으며 타도코로가 쏘아붙였습니다. 타도코로가 저를 위해 부모님이나 여동생과 대립한 건 이때가 유일합니다.

그만큼 제 임신을 기뻐해 준 거겠지요.

"너무해, 오빠. 엄마, 뭐라고 말 좀 해봐."

노리코가 시어머니에게 도움을 청했지만 시어머니는 잠시 동안 입을 다물고 계셨습니다.

"히데키는 모리사키 가문의 아이이다. 타도코로 가문의 대를 잇기는 커녕 우리 집안사람도 아니지. 이제부터는 중요한 시기다. 나도 이제 농사일을 하러 나가야겠구나. 아아, 이 나이에 이게 무슨 고생인지…."

말투는 쌀쌀맞았지만 저는 기뻐서 가슴이 터질 것만 같았습니다.

이럴 줄 알았다면 좀 더 빨리 둘째를 가질 걸 그랬나 봅니다.

여자아이면 어떡하느냐는 불안감은 없었습니다. 남자아이라면 타도코로가 좋아할 테고 시어머니도 타도코로 가문의 장손을 낳은 며느리로 저를 더욱 인정해주시겠지요. 하지만 설령 여자아이더라도 저에게 행복을 가져다주는 아이일 거라는 예감이 들었습니다. 이번에야말로 내 마음을 잘 헤아려주는 아이가 태어나지 않을까? 우리 엄마처럼….

'오늘이 그 끔찍했던 날과 같은 날짜라는 게 단순한 우연일 리 없어. 사이가 친밀한 부모와 자식은 환생할 때도 가까운 인연으로 태어난다고 했잖아. 이번에는 엄마가 내 딸로 태어나주시는 게 아닐까?'

저는 배 속의 아이가 분명 여자아이일 거라 확신했습니다. 그리고 몰래 이름도 정해주었지요. 어머니의 이름에서 한 글자를 따서 짓는 것도 좋겠지만 벚꽃을 의미하는 '사쿠라'라고 짓는 게 어떨까? 목숨을 끊으려는 나를 막아주었던, 어머니의 혼이 깃든 수양벚나무….

'여름에 태어나는 아이의 이름으로는 이상하다고 반대할 테지만, 사쿠라는 평범한 봄꽃이 아니야. 사람들을 불러 모으고 행복을 나눠주는, 모두에게 사랑받는 꽃이잖아.'

배에 손을 갖다 대며 "사쿠라!" 하고 부르면 어머니를 잃으면서 생겨났던 마음속 공백에서 희미한 온기를 느낄 수 있었습니다. 사쿠라가 그 공백을 다시금 채워준 거겠지요.

임신 초기의 불안정한 시기에도 저는 온종일 누워 있을 수 없었습니다. 하지만 추수도 8할 정도는 끝난 데다 시어머니도 도와주셔서 간신히 버텨낼 수 있었습니다. 그 사이 노리코는 타도코로 저택에 오는 게 뜸해졌고요.

그런데 논일이 마무리되고 시어머니가 집에 계시게 되자 또 히데키를 데리고 찾아오기 시작했습니다. 저에게 히데키를 맡겨두고 시어머니와 둘이서 외출할 때도 자주 있었지요. 시어머니는 노리코가 사주었다며 가방이나 옷을 기쁘게 자랑했습니다. 그것들도 전부 노리코의 남편이 번 돈으로 산 걸 텐데, 거기까진 생각이 미치지도 않으시겠죠.

노리코는 히데키를 앞으로 어떻게 키울 것이냐는 문제로 모리사키 가문 사람들, 특히 시어머니와의 골이 깊어지는 눈치였습니다. 저녁을 먹을 때마다 항상 모리사키 집안의 악담을 그 자리에서 전부 토해낼 기세로 떠들어댔습니다. 시어머니도 열심히 거들었고요.

히데키가 전부 듣고 있었는데도요.

"그 집안사람들은 히데키가 극성맞은 걸 어떻게든 우리 집안 탓으로 몰아가려고 하더라고. 아니, 우리 오빠가 좋은 대학을 나왔으면서 그에 걸맞은 일을 하지 못하는 게 첫 직장에서 문제를 일으켰기 때문이라는 소문을 어디서 들었나 봐. 근데 그게 구체적으로 무슨 내막인지 묻더라니까?"

악담은 전부 흘려들으려 했지만 이 말에는 저도 귀가 솔깃해졌습니다. 타도코로의 직업에 관한 건 결혼 전부터 궁금했던 부분이었으니까요. 결혼 뒤에 에둘러 물어보았으나 "정의를 위해서 싸웠고 자유를 쟁취했어."라고만 들었을 뿐이었지요. 학생 운동에 참여한 경력 때문일 거라 넘겨짚고 깊이 추궁하진 않았습니다.

"정말 경우 없는 인간들이군. 그 일로 사토시에게 고마워하는 사람이 얼마나 많은 줄 알고. 사사키 양은 우리 집 쪽으로 다리도 못 뻗고 잔다고 말할 정도잖니. 그렇게 궁금하면 내가 직접 모리사키 가문에 가서 설명해주겠다고 해라."

시어머니는 자세한 내막을 알고 있는 것 같았습니다.

"관둬, 엄마. 그 사람들은 오빠뿐만 아니라 리츠코까지 걸고넘어지고 있으니까. 괜히 갔다가 엄마 쓰러지실라."

"리츠코까지? 대체 뭐라고 하던?"

"야쿠자 같은 남자를 따라 가출한 걸 보면 머리가 조금 모자란 거 아니냐고…."

노리코의 말이 끝나기도 전에 시어머니는 양손으로 식탁을 있는 힘껏 내리쳤습니다. 국그릇이 뒤집혔고, 그에 호응하듯이 히데키가 괴성을 지르며 접시를 팔로 쳐냈습니다.

"허, 이런 원숭이 같은 비명은 시어머니랑 똑같구나."

"맞아. 정말 그래."

자기들과 판박이라는 걸 왜 모르는 건지 신기했습니다. 하지만 그런 말을 했다간 불난 집에 기름을 붓는 격이겠지요.

히데키가 난동을 부리기 시작하면 저로서도 말릴 수가 없어 한동안 가만 놔둘 수밖에 없습니다. 한번은 딸아이가 히데키의 양팔을 붙잡은 적이 있었는데, 그걸 풀어내려고 몸을 비틀며 울어대자 노리코가 난폭한 짓을 하지 말라며 화를 낸 적이 있었습니다.

타도코로는 자기 그릇을 비우자마자 재빨리 별채로 도망가 버렸고, 딸아이는 고모가 갈 때까진 숨어 있겠다는 듯이 아직 반찬이 남은 그릇을 치우며 부엌에 틀어박혔습니다. 그리고 저는 히데키를 진정시키기 위해 밖으로 데리고 나와 같이 산책했습니다.

사쿠라를 위해서라도 빨리 휴식을 취하고 싶었지만, 히데키가 제 손을 꽉 잡자 지금은 이 아이에게 제가 꼭 필요하다는 생각이 들었습니다. 부모가 있는데도 사랑받지 못하다니, 이렇게 가엾은 아이가 또 있을까요.

"외숙모, 내가 좋아?"

산책하다 보면 히데키는 항상 이런 질문을 합니다.

"좋아하지."

"몇 번째로?"

히데키는 그렇게 묻더니 숨을 죽인 채 제 눈을 바라보며 대답을 기다렸습니다.

"당연히 첫 번째야."

그런 대답을 듣고 나서야 참았던 숨을 토해내며 기쁘게 웃습니다. 저에게 히데키가 가장 소중할 리는 없습니다. 하지만 언제 어디서나 진실만을 이야기해야 하는 건 아니지요. 나의 감정보다는 상대가 바라는 것을 우선해야 한다는 어머니의 가르침을 실천한 것뿐입니다.

그럼으로써 배 속에 있는 사쿠라도 자애로운 마음을 가진 아이로 자라날 거라 믿었습니다.

안정기까지 일주일 정도가 남았을 무렵, 가벼운 하혈이 있어서 병원에 갔더니 의사 선생님은 절대 안정을 취하라고 말씀하셨습니다. 그렇다면 입원을 시켜주시면 될 텐데, 일단 집에서 누워 있으면 된다며 저를 돌려보냈습니다.

시어머니에게 이야기했더니 "정말 성가시다니까."라고 투덜대면서도 하혈이 가라앉을 때까지 별채에서 누워 있으라고 해주셨습니다. 다행히 다음 날이 토요일이어서 집안일은 딸아이가 대신해주었습니다. 타도코로 저택에 온 뒤 처음으로 온종일 누워 있을 수 있었지요. 하지만 딸아이가 걱정이었습니다.

'빨래는 잘 널어놓았을까? 식사 준비는 전에도 해봤지만 괜찮으려나? 시어머니를 또 화나게 만들진 않았겠지?'

이불 속에서 그런 걱정을 하고 있는데 타도코로가 별채로 점심 식사를 가져왔습니다. 제가 평소에 만들지 않는 볶음밥과 숙주볶음이었습니다. 옆에서 함께 먹어주려는 건지 쟁반에는 2인분이 놓여 있었습니다. 볶음밥은 밥공기를 사용해 덜었는지 평평한 접시 위에 예쁜 반구半球 모양으로 담겨 있었습니다.

"그 아이가 숙주볶음을 어디서 배웠지?"

"이건 내가 만든 거야."

타도코로는 조금 쑥스러운 듯이 말하고는 이불 옆에 작은 밥상을 펴고 그릇을 올려놓았습니다.

"타도코로 식당, 오랜만이네."

어머니를 잃은 상실감과 이 집에서의 바쁜 일상 탓에 언덕집에서 타도코로가 가끔 점심을 만들어주던 기억을 까맣게 잊고 있었지요.

"우리 딸은?"

"다른 가족들이랑…."

아무래도 딸아이는 자기 역할을 훌륭히 완수해준 것 같았습니다. 예전에도 농번기 때의 주말 점심은 딸아이에게 맡길 때가 있었는데, 동생이 태어난 뒤에도 저를 열심히 도와줄 거라 생각하니 새삼 듬직하게 느껴졌습니다.

볶음밥은 기름기가 적어서 느끼하지 않았고, 숙주볶음도 담백한 맛에 아삭한 식감이 좋았습니다. 몸이 무겁고 나른했는데도 맛있게 먹을 수 있었지요. 이런 기분이 저를 통해 사쿠라에게 전해지는 듯했습니다.

'병원에 간 이후로 하혈도 멎었어. 사쿠라를 위해 모두가 힘써주고 있어. 이 아이가 태어나면 이 집도 좀 더 따뜻해지고 나도 마음 편히 살 수 있게 되겠지.'

그렇게 믿었습니다. 그리고 잠시 뒤에는 딸아이가 데운 우유를 컵에 담아 별채로 돌아왔습니다.

"이거라도 마시고 영양 보충해요."

이런 배려까지 할 수 있게 되었다니….

"고마워. 엄마는 정말로 기뻐. 이렇게 의젓한 언니가 있어서 아기도 행복하겠다."

그렇게 칭찬하는데도 딸아이는 심각한 얼굴로 입을 꾹 다물고 있었습니다. 뭐가 불만인가 싶어 딸아이를 훑어봤지요. 설거지를 하느라 딸아이의 손이 새빨갛게 변해 있었고 손끝 피부가 벗겨진 데다 바싹 말라버린 손등에는 하얀 각질까지 붙어 있었습니다.

"화장대 서랍에서 크림 좀 가져다줄래? 분홍색 뚜껑이 달린 걸로."

그렇게 부탁하자 딸아이는 무뚝뚝한 얼굴 그대로 일어서더니 핸드크림 병을 가져왔습니다. 뚜껑을 여니 복숭아 냄새가 번졌습니다. 어머니가 애용하던 제품이었고 저도 좋아하는 냄새입니다.

"손 내밀어 볼래?"

"응?"

딸아이는 놀란 것처럼 눈을 크게 뜨더니 유령처럼 천천히 손을 내밀었습니다. 그 손을 잡으려 하니 약간의 망설임이 느껴졌습니다. 손이 닿았을 때 그날 밤처럼 뿌리치면 어쩌나 싶었지요.

조심스레 손을 잡자 딸아이는 어깨를 움찔거리면서도 가만히 있었기에 마음이 놓였습니다. 분홍색 크림을 손끝에 듬뿍 발라서 딸아이의 건조한 손에 꼼꼼히 발라주었습니다.

"저녁마다 설거지를 해주는데 손이 상한 걸 엄마가 몰라줘서 미안해. 앞으로는 꼭 말해주렴. 친구들이 네 손을 잡으면 걱정할 테고, 그런 손으로 어루만지면 아기도 놀랄 거야. 그렇지, 용돈을 줄 테니까 네가 쓸 크림도 사 오렴. 튜브형 용기로 된 건 학교에도 가져갈 수 있잖니?"

크림을 발라주며 이렇게 말하자 딸아이는 아무 말 없이 고개를 끄덕이더니, 그대로 고개를 숙인 채 자기 무릎을 물끄러미 보고 있었습니다.

"우와, 너무 기뻐. 엄마, 고마워! 어떤 걸로 살까?"

저였다면 크게 기뻐하면서 그렇게 말했을 텐데요.

탄력과 윤기가 돌아온 손에 천 엔짜리 지폐를 쥐어주자 딸아이는 "다녀오겠습니다."라고만 말하며 밖으로 나갔습니다. 싹싹하진 않아도 자기 할 말은 시원시원하게 말하는 아이라고 생각했는데, 어느새 이렇게 무감정한 성격이 되어버린 걸까요? 저는 언제나 제 어머니가 바라는 아이가 되려고 노력해왔는데, 어째서 딸아이는 제 마음을 헤아려주지 않는 걸까요?

그런 불만이 살짝 고개를 들었지만 사쿠라가 태어나면 저 아이도 조금은 바뀔 거라 생각했습니다. 사쿠라는 분명 벚꽃처럼 주위 사람들의 기분을 밝게 만들어주는 아이가 될 테니까요.

하지만 사쿠라의 목숨은 그로부터 몇 시간 뒤에 허망하게 사라지고 말았습니다.

노리코가 울부짖는 히데키를 별채로 데려온 건 별채에서 혼자 저녁으로 돈가스를 먹을 때였습니다. 현관에 나가봤더니 노리코는 히데키의 팔을 붙잡은 채 제게 다가왔지요.

"새언니, 제발 부탁이야. 집 주변을 한 바퀴 돌아주기만 해도 되니까, 얘랑 산책 좀 해줘."

그때 그 뒤에서 딸아이가 뛰어 들어왔습니다.

"그만해. 의사 선생님이 엄마는 누워 있어야 한다고 했다니까! 고모는 그것도 몰라?"

"뭐야 넌, 어른들 말씀하시는데. 애초에 네가 아까 낮에 히데키를 데리고 나간 뒤부터 칭얼대기 시작했잖아."

노리코가 딸아이에게 말했습니다. 그러는 사이 히데키가 신발을 벗고 들어오려 했습니다.

"그만해! 이 바보야!"

딸아이가 뒤에서 히데키의 머리를 때렸습니다. 제 눈을 의심했습니다. 히데키는 "으아악!" 하는 소리를 지르며 신발을 한 쪽만 신은 채로 제게 뛰어오더니 더욱 큰 소리로 울었습니다.

"야, 뭐해, 너 지금!"

노리코가 얼굴을 붉히며 딸아이를 혼냈지만, 딸아이는 눈을 사납게 뜨고 노리코를 노려보며 되받아쳤습니다.

"닥쳐, 이 바보 부모. 이럴 때까지 우리 집에 기어들어 오는 게 제정신이야? 걸신들린 것처럼 처먹고, 낮잠 자다 일어나서 또 처먹고. 대체 돼지하고 다를 게 뭐야? 오늘 먹이는 이미 다 줬으니까 이 바보 데리고 빨리 가버려!"

이번엔 제 귀를 의심했습니다. 제 몸을 걱정해준다는 걸 모를 리는 없습니다. 하지만 그걸 감안하더라도 딸아이의 입에서 나오는 말들은 마음이 새까맣게 물들어버릴 것처럼 더러웠습니다.

어째서 이런 아이가 되어버린 걸까요? 어린아이에게 손을 대고 어른들한테 거침없이 막말을 해대다니. 딸아이한테서 더 심한 말이 나오기 전에 어떻게든 막아야겠다고 생각했습니다.

"알았어. 하혈도 가라앉은 것 같아서 잠깐 기분전환을 하려던 참이야. 히데키, 외숙모랑 같이 산책 가자."

저는 그렇게 말하며 파자마 위에 긴 코트를 걸친 뒤 히데키의 손을 잡고 밖으로 나갔습니다.

집 근처를 5분 정도 걷다가 돌아갈 생각이었습니다. 히데키도 잠깐 걸었더니 울음을 그쳤기에 잠깐 밤바람을 쐬며 진정시키면 될 문제였다고 생각했습니다. 방금 딸아이가 보였던, 눈을 가리고 싶어지는 행동과 귀를 막고 싶어지는 말들. 그걸 전부 잊게 해줄 만큼 밤하늘의 별이 아름다웠고 저는 히데키에게 '반짝반짝 작은 별'을 불러주었습니다.

노래가 끝나자 히데키는 걸음을 멈추었습니다.

"외숙모, 내가 좋아?"

늘 해오던 질문이었습니다.

"좋아하지."

"몇 번째로?"

"당연히 첫 번째로."

평소에 그 대답을 들으면 만족하던 히데키는 어두운 표정을 지었습니다.

"거짓말. 사실은 아기가 첫 번째잖아. 누나가 그랬는걸."

저녁 식사 자리에서 임신을 공개할 때 히데키도 함께 있었지만 그게 무슨 의미인지 제가 알려준 적은 없었습니다. 노리코가 당연히 가르칠 거라 여겼는데 딸아이를 통해 처음으로 아기의 존재를 알게 됐다는 말투였습니다.

저는 이때 어떻게 대답해야 좋았을까요? 아기가 아닌 히데키를 가장 좋아한다고 대답해주어야 했을지도 모릅니다. 하지만 아기에 대해 이미 알게 된 히데키는 거짓말을 금세 꿰뚫어 보고, 믿었던 제게 배신당한 일로 마음의 상처를 입을지도 모릅니다. 그래서 솔직한 마음을 털어놓기로 했습니다.

"그래, 외숙모의 배 속에는 아기가 있어. 아직 작지만 건강하게 태어나기 위해 열심히 힘내고 있지. 그러니까 지금 외숙모한테는 이 아이가 가장 소중해. 하지만 히데키도 소중해. 나중에 아기가 태어나면 잘 대해주렴."

"싫어!"

히데키는 그렇게 소리치며 저를 있는 힘껏 밀쳐내고 어두운 밤길을 달려가 버렸습니다. 뒤쫓아갈 수는 없었습니다. 엉덩방아를 찧은 순간, 아랫배의 격심한 통증과 함께 가랑이 사이에서 뜨듯하고 찐득한 액체가 흘러나왔기 때문입니다.

그것이 사쿠라였는지, 아니면 사쿠라를 감싸고 있던 양수였는지는 모르겠습니다.

병원 침대에서 다시 눈을 떴을 때, 제 배 속에는 이미 사쿠라가 없었으니까요. 아무래도 상관없는 일입니다. 머리맡에 서 있던 타도코로와 딸아이는 그저 눈물만 흘릴 뿐이었습니다. 가장 괴로운 사람은 저였는데 저보다도 먼저 울고 있었지요.

그 탓인지 제 눈에서는 한 방울의 눈물도 나오지 않았습니다.

사쿠라를 잃은 저에게는 두 번 다시 봄이 찾아오지 않았습니다.

어째서 사쿠라를 잃어야 했던 걸까요? 히데키 때문일까요? 저는 히데키가 저를 밀쳐냈다는 사실을 밝히지 않을 작정이었지만, 마침 근처를 지나다 구급차를 불러준 분이 모든 것을 목격했고 제가 잠든 사이에 가족들에게 전부 밝혔다고 합니다.

'히데키가 상처받았으면 어떡하지? 노리코가 죄책감을 느끼면 어떡하지?' 하지만 그런 걱정을 할 가치도 없는 사람들이었습니다.

"외숙모한테 미안하다고 해!"

"싫어!"

노리코와 히데키의 우스꽝스러운 대화가 병원 침대 옆에서 한 번 펼쳐졌을 뿐이지요.

하지만 제가 퇴원한 뒤로 이 모자가 타도코로 저택을 찾아오는 일은 없었습니다. 저에 대한 죄책감 때문은 아닙니다. 히데키가 화상을 입었기 때문입니다.

엉망진창이 된 몸으로 퇴원해 집으로 돌아온 제게, 시어머니는 위로의 말을 건네기는커녕 불처럼 화를 내며 따지셨습니다.

딸아이가 튀김 기름으로 히데키에게 화상을 입혔다는 이야기였습니다.

"그 아이는 네가 유산한 걸 히데키 탓으로 여기고 복수를 한 거야. 정말이지 무서운 애다."

그럴 아이가 아니라고 두둔할 수 없었습니다.

다행히 화상은 손등에 물집이 잡힌 정도였다는데 히데키는 뜨거워서인지 아파서인지 상당한 충격을 받은 것 같았습니다. 이제 할머니 집에는 안 가겠다고 단호히 말했다네요. 다음 날, 평소처럼 노리코가 히데키를 차에 태우려 하니 울고불고 난리가 났고, 결국 발작까지 일으켜서 포기했다고 합니다.

그로부터 두 달 뒤에 노리코의 남편이 오사카로 나가게 되어 노리코와 히데키도 함께 이사를 갔습니다. 그동안 운영하던 회사를 접고 오사카에 사는 친구와 새로운 회사를 세운다고 했지만 어떤 일을 하는 회사인지는 역시 모릅니다.

"어차피 금세 실패하고 돌아오겠지."

타도코로가 별 관심 없다는 듯이 말하자 시어머니는 "가엾은 노리코…."라며 또 침실에 틀어박히셨습니다. 대체 어디가 가엾다는 걸까요? 애초에 노리코는 시부모와 사이가 안 좋았을 뿐 남편과는 별 문제가 없었기에 멀리 떨어져서 살게 된 걸 좋아하고 있을 텐데요.

오사카 같은 큰 도시라면 히데키 같은 아이도 받아주는 유치원이 있을 겁니다.

폭풍이 물러가고 예전의 생활로 돌아갔는데도 그때는 없던 상실감이 저를 뒤덮었습니다.

나의 소중한 사쿠라.

딸아이가 히데키에게 아기에 대해 조금만 늦게 말했다면 좋았을 거란 생각도 했습니다. 안정기에 접어들 때까지 기다려주기만 했더라면….

아니, 애초에 히데키에게는 그런 말을 해줄 필요도 없었습니다. 그 모자는 타도코로 가문 사람도 아니니까요.

하지만 신부님. 저는 절대 딸아이를 원망하지는 않습니다. 사쿠라를 잃으면서 제 자식은 세상에 오직 한 명밖에 남지 않았으니까요.

어머니의 핏줄을 미래로 이어줄 그 아이가 어찌 소중하지 않을 수 있을까요?

딸의 독백

따뜻한 손의 기억을 회상할 때는 외할머니, 엄마, 그리고 토오루의 울퉁불퉁한 감촉부터 떠오르지만, 유일하게 말랑말랑하고 부드러운 손도 있었다. 그 손에서는 항상 버터 향이 났고 나에게 행복한 기분이 들게 해주었다. 꿈같은 집에서 엄마가 구워주던 핫케이크보다도 진하고 달콤한 버터 향이다.

바로 토오루의 두 살 아래 여동생인 하루나의 손이다.

수제 쿠키 같은 건 보통 여자가 남자에게 주는 게 보통일 텐데, 어느 날 점심시간에 토오루가 귀여운 고양이 모양의 종이봉투를 내게 내밀었다. 봉투에서는 버터 향이 피어올랐고, 안을 열어보니 벚꽃 모양의 쿠키가 들어 있었다. 누가 만든 거냐고 묻기도 전에 "내 여동생이 만든 거야."라고 토오루가 빠르게 말했다.

그걸 왜 나에게 주는 건지 알 수 없었다. 모처럼 오빠에게 만들어준 건데, 다른 여자에게 줘버린다면 여동생의 마음이 어떨까 하는 생각도 들었다. 하지만 외동인 나로서는 전혀 상상이 안 됐다. 문득 종이봉투의 접힌 부분을 보니 연필로 "앞으로도 오빠를 잘 부탁드려요."라고 적혀 있었다. 어떤 마음으로 쓴 건지 더욱 알 수 없었다.

다만 무척 사이가 좋은 남매라는 생각은 들었다.

"요새 쿠키 만드는데 재미가 붙었는지 저녁마다 잔뜩 만들거든. 하나 받아줘."

그 말을 듣고 쿠키 하나를 먹어보니 달콤함과 밀가루 맛, 그리고 끈적한 식감이 섞인 무척 그리운 맛이 났다. 이것과 아주 비슷한 쿠키 위로 카레가 얹어 나왔던 기억이 있다.

"조금 애매하지? 맛없으면 버려도 돼."

"아니, 난 이런 맛 좋아해. 고맙다고 전해줘."

토오루는 그 말을 그대로 여동생에게 전해주었고, 그 뒤로는 사흘에 한 번꼴로 쿠키를 받게 되었다. 그리고 마침내 방금 만든 쿠키를 먹어달라며 집으로 초대까지 받았다. 토오루는 내 첫 방문이 여동생의 초대 때문이라는 게 마음에 안 드는 눈치였지만, 나는 무척이나 기대되었다.

토오루의 집은 왠지 언덕집과 비슷할 것 같다는 예감이 들었기 때문이다. 하지만 버스를 타고 도착한 곳은 언덕은커녕 해안과 인접한 평지였고, 고즈넉한 풍경도 아니었다. 그런데도 이상하게 그리운 기분이 들었다.

버스를 탈 때부터 그런 느낌이 시작되더니 정류장에 도착해서 마중 나온 토오루를 따라 걸어갈수록 그런 감정은 점점 커졌다. 그리고 토오루의 집 앞에서 주변을 빙 둘러보았을 때 비로소 생각이 났다. 외할머니가 살던 집이 이 근처였다는 것을.

꿈같은 집에서 살 무렵에 엄마와 똑같은 옷을 입고 버스를 타고 외할머니댁에 갔었다. 버스 좌석에 나란히 앉아 외할머니에게 어떤 이야기를 할지 의논하는 사이 바다가 보이기 시작했다. 정류장에서 내린 다음 엄마가 케이크를 사 가자고 해서 나는 손뼉을 치며 기뻐했다.

"정류장에서 너희 집의 반대 방향으로 가다가 첫 번째 모퉁이를 돌면 케이크 가게가 있지 않아?"

토우루는 그걸 어떻게 아느냐며 놀라는 모습에 역시 내 기억이 맞았다는 걸 확신했다. 외할머니댁이 이 근처였다고 하자 "한번 가 볼래?"라고 물었지만, 아직 마음의 준비가 되지 않았기에 다음 기회에 가겠다고 했다.

토오루의 집에서는 동생 하루나가 물방울무늬 앞치마를 두른 채로 우리를 맞아주었다. 그러고 보면 나는 앞치마를 둘러본 적이 없다. 토오루의 부모님은 오늘 친척 집에서 자고 온다고 했단다. 토오루가 여동생에게 "그런데 넌 왜 친척 집에 안 따라갔냐?"라고 하자, 내가 있는데도 하루나는 투덜댔다.

"나까지 집에 없으면 무슨 짓을 하려고?"

지지 않고 받아치는 하루나는 봄을 연상시키는 이름처럼, 벚꽃 모양의 쿠키처럼 분홍색의 하늘하늘한 분위기를 온몸에서 발산하는 여자아이였다. 많이 사랑받고 자란 느낌이 들었다.

이쪽으로 와보라며 부드러운 손으로 내 손을 잡아끄는데, 같은 반 여자아이들처럼 성가신 느낌은 들지 않았다. 오래전에도 내 손을 잡아준 적이 있는 것 같은, 코끝이 조금 찡해지는 감촉이었다.

하루나는 처음엔 의욕이 넘쳐서 자기 혼자 만들겠다고 했다. 그러자 토오루가 "그러면 우린 방에 있을 테니까 완성되면 불러줘."라고 말하자 다 같이 만들자고 제안했다. 학교의 요리 실습 때를 제외하면 과자를 만들어보는 건 처음이었다.

하지만 어려운 작업은 아니었다. 밀가루와 버터, 달걀, 설탕을 섞고 반죽한 뒤 평평하게 펴기만 하면 됐으니까.

"좀 더 귀여운 모양으로 만들고 싶은데, 우리 집엔 이거밖에 없거든."

하루나는 두 종류의 꽃 모양 틀을 꺼냈다. 찜 요리를 만들 때 자주 쓰이는 플라스틱 틀이었다.

"언니는 이거로 해요."

하루나는 벚꽃 모양을 좋아하는지 나에게는 다른 쪽을 건넸다.

"나도 벚꽃 좋아하는데."

"어, 매화가 아니라?"

둘이서 그런 대화를 나누며 밀가루 반죽을 틀로 찍어내고 있을 때, 혼자 소외된 토오루는 대꼬치 하나를 꺼내오더니 멋진 손재주로 반죽을 병아리 모양으로 오려냈다. 자세히 보면 눈과 날개 형상까지 묘사되어 있었다.

귀엽다며 하루나가 감탄했고 다음엔 고양이를 만들어달라고 요청했다. "그러지 뭐."라며 고양이 모양을 오려내는 토오루를 보며 형제자매가 있는 사람은 참 좋겠다는 생각이 들었다.

'만약 내가 외동이 아니었어도 지금처럼 엄마의 애정을 갈구했을까? 내 쪽을 바라봐주길 간절히 바랐을까? 내가 엄마를 지켜줘야 한다고 굳게 맹세하게 되었을까?'

엄마에게는 나 말고도 소중한 존재가 있으니까 내게 주어지는 사랑은 이 정도로 충분하다고 납득했을지도 모른다. 그리고 충족되지 못한 부분을 형제끼리 채워주며 즐겁게 살아갔을지도 모른다.

"언니, 숙제 도와줘. 언니, 나랑 놀아줘. 언니, 맛있는 거 만들어줘."

그런 식으로 날 필요로 해주는 동생이 있었다면. 만약 그 아이가 무사히 태어났더라면—.

초등학교 6학년 가을 어느 날, 그때의 태풍으로부터 딱 6년이 흐른 뒤였다. 엄마는 본채에서 저녁을 먹다가 가족들에게 임신 사실을 알렸다.

나처럼 외동인 아이는 반에서 세 명 정도였고 대부분은 형제자매가 있었다. 그런데도 나는 내게 동생이 생긴다는 생각을 해본 적이 없었다. 가끔 아빠가 동생을 갖고 싶지 않냐고 물어볼 때는 있었지만, 그것조차 엄마가 낳는 게 아니라 다른 데서 데려오겠다는 말처럼 들렸다. 그때마다 필요 없다고 무뚝뚝하게 대답했을 뿐이다.

꿈같은 집이 사라진 뒤로는 그런 질문 자체를 거부하기도 했다.

난 분명 두려웠던 것이리라. 동생이 생기면 내가 더 이상 필요 없어질지 모른다는 것을. 더구나 노리코 고모가 아들 히데키와 매일 우리 집에 오면서부터는 나보다 어린아이는 성가신 존재로만 느껴졌다.

히데키는 네 살이 되어 유치원에 다닐 나이였는데도 노리코 고모는 매일 아침 등원시키듯이 차를 타고 우리 집에 찾아왔다. 히데키는 그해 4월에 유치원에 들어갔지만 5분도 자리에 앉아 있지 못했다. 또 사소한 일로 난폭해져서 물건을 부수거나 다른 아이들을 다치게 한 탓에 한 달 만에 그만두고 말았다.

노리코 고모는 릿짱의 가출과 할아버지의 죽음이 겹치면서 정신적으로 쇠약해진 할머니를 위로한다는 명분을 내세우며 우리 집을 제집처럼 드나들었다. 하지만 그게 허울에 불과하다는 건 금방 알 수 있었다.

고모는 옆 고장의 좋은 집안에 시집갔는데, 히데키 문제로 시댁 식구들에게 심한 질책을 받으면서부터 머리에 피가 쏠리거나 두통이 계속되어 요양 차원으로 친정에 왔던 것이다. 할머니가 부끄러운 기색도 없이 큰 소리로 떠들어댔던 걸 보면 확실하다.

"모리사키 가문 놈들은 어쩜 그렇게 몰인정할 수 있다니? 우리 노리코를 사람 취급도 안 해주고 말이야."

할머니는 정말 가엾다는 듯이 말했다. 살이 뒤룩뒤룩 찌고 손에는 습진 하나 없이 새빨간 매니큐어까지 바른 노리코 고모가 그런 대접을 받고 있다는 게 믿기지 않았다. 일 년에 두 번의 명절에만 인사하러 오는 고모부도 얌전하고 착해 보이는 사람이었다.

'당신이야말로 우리 엄마를 노예처럼 부려 먹고 있잖아!'라는 말이 목구멍까지 올라왔지만 릿짱 사건 이후 내가 거슬리는 행동을 할 때마다 엄마에게 몇 배의 보복이 가해진다는 걸 알게 된 뒤부터는 할 말이 있어도 꾹 참아내곤 했다.

이 무렵부터 아빠가 집에서 침묵하는 이유를 조금은 알게 되었지만, 침묵만으로 모든 게 해결된다고 생각지 않았다.

주말에 가족 모두가 논일을 나갈 때는 엄마가 점심에 먹을 도시락을 만들었다. 아빠와 내가 남을 때는 둘이서 라면 같은 걸 만들어서 먹었지만, 할머니가 방에 틀어박히게 되고 나서는 내가 집에 남아서 점심 식사를 준비해야 했다.

"네가 만들 줄 아는 거면 되니까 부탁 좀 할게."

엄마가 부탁한 일인 만큼 처음엔 의욕이 넘쳤다. 오므라이스와 볶음밥을 만들어놓으면 할머니와 아빠도 맛있다는 말은 없어도 불평 없이 먹어주었다. 그런데 노리코 고모가 오게 된 뒤부터 할머니는 식단에 관한 성가신 요구를 하기 시작했다.

"노리코는 시댁에서 먹고 싶은 것도 마음대로 못 먹게 하잖니. 그 아이는 튀김류를 좋아하니까 다음부터 그런 쪽으로 만들거라."

모리사키 가문 사람들은 히데키의 비만을 우려해서 노리코 고모에게 그런 메뉴를 못 만들게 했던 게 아닌가 생각한다. 히데키는 살이 통통하게 쪄서 나이를 말해주지 않으면 초등학교 3학년 정도로 보였다. 아마 나보다도 몸무게가 많이 나갔을 거다. 할머니에게 고모가 직접 좋아하는 음식을 만들면 되지 않느냐고 조심스럽게 반문해보았다.

"멍청한 소리 말거라. 시집간 딸은 이미 이 집 사람이 아니다. 손님이지. 그런데 어떻게 부엌에 서게 하겠니? 게다가 그 애는 병까지 앓고 있는데, 넌 어쩜 멀쩡한 얼굴로 그런 매정한 소리를 하는 게냐? 너처럼 무서운 애는 처음 본다."

"너처럼 무서운 애는 처음 본다."

이 말은 릿짱이 가출한 뒤로 할머니가 내게 자주 하던 말이다. 하지만 진짜 무서운 사람은 릿짱이다. 바보인 척하면서 날 이용했으니까.

결국 난 채소튀김과 닭튀김을 만들었다. 노리코 고모는 그걸 당연하다는 듯이 먹었고, 히데키를 위해 비엔나 튀김도 만들어놓으라고 거만한 지시까지 내렸다.

식사를 마치면 거실에서 뒹굴며 TV를 보고, 엄마가 만든 저녁을 먹은 뒤에 집으로 돌아갔다. 히데키가 옆에 있으면 푹 쉴 수 없으니까 나한테 떠맡기며 슈퍼라도 다녀오라고 300엔을 건네줄 때도 있었다. 어쩔 수 없이 같이 슈퍼에 가면 히데키는 300엔으로 살 수 없는 만큼의 과자를 골랐다. 내가 안 된다고 하면 슈퍼 바닥에 드러누워서 울고불고 몸부림을 쳤다. 나도 가만히 있을 수 없어 머리를 한 대 때리면 칭얼대면서도 단념하고 잘 따라왔다.

히데키는 누구에게도 혼나본 적이 없는 것이다. 집에 돌아간 히데키가 칭얼대는 걸 보고 노리코 고모는 나를 탓했다.

"너한텐 친동생이나 마찬가지잖아. 왜 착하게 못 대해주니?"

착하게 대할 수가 없다. 그럴 의무도 없었고. 사실은 얼굴도 보기 싫을 만큼 미웠으니까.

히데키는 엄마를 너무 좋아해 찰싹 달라붙어 어리광을 피웠다. 엄마의 손을 잡고 무릎 위에 앉으면 엄마는 머리를 쓰다듬어주곤 했다. 저녁에는 같이 산책을 나갔다. 히데키는 엄마가 자신을 사랑한다고 굳게 믿었다. 나는 그것도 괘씸했다.

이런 원숭이보다 못한 짐승 같은 게 어리다는 이유만으로 피 한 방울 안 섞인 엄마에게 사랑받고 있었다.

'하물며 같은 핏줄인 아이가 태어난다면!'

그래서 엄마의 입에서 '아기'라는 말이 나왔을 때는 심장이 죄어드는 기분이었다. 그런데 할머니와 노리코 고모가 엄마에게 싫은 소리를 하자 발끈할 수밖에 없었다.

'어째서 함께 기뻐해 주지 않는단 말인가?'

나는 문득 깨달았다. 이건 엄마에게는 무척이나 기쁜 일이라는 걸. 그렇다면 나 역시 기뻐해야 한다. 내가 지켜줘야만 한다. 엄마와 아기를.

하지만 그때 반박하고 나선 건 아빠였다. 노리코 고모의 억울해하는 얼굴을 보고 마음속에서 만세를 불렀을 정도다. 그때만큼 아빠가 듬직하게 느껴진 적은 없었다. 그때의 아빠는 틀림없이 우리 가족을 지켜주고 있었다. 피우는 담배 개수도 줄어들었다. 그 사실을 내가 지적하자 할머니가 담배를 사다 놓지 않기 때문이라고 무뚝뚝하게 대답했다. 하지만 나는 안다. 아기와 엄마를 위하는 마음이라는 것을.

엄마의 임신을 계기로 다시 보게 된 건 아빠뿐만이 아니었다. 할머니가 다시 논일을 나가기 시작했다.

아버지가 말한 '장손'이라는 말에 마음이 움직인 것이다. 내가 남자로 태어났다면 이 집에서 나의 위치가 조금은 달라졌을지도 모르겠다. 하지만 자기도 여자면서 여자를 차별하는 사람이 정상적인 인간이라는 생각은 안 들었다. 그런 사람의 편애를 받는 건 오히려 사양하고 싶었다. 게다가 이 집 밖에서는 그 정도로 남녀가 불평등한 것도 아니었다.

하지만 엄마가 조금이라도 편하게 지낼 수 있다는 건 기뻤다.

"네가 언니이니 조금만 도와줘."

엄마는 나에게 그렇게 말했다. 언니라고? 아마도 엄마가 나를 가장 필요로 하고 나라는 존재에게 마음을 활짝 열어주었던 건 그때가 아닐까 싶다.

나는 주말 점심뿐 아니라 저녁 만드는 것까지 도왔다. 설거지와 욕실 청소, 빨래까지 하게 되었다.

그런 가운데서 가장 큰 불만은 노리코 고모가 여전히 히데키를 데리고 찾아온다는 점이었다. 어머니가 입덧으로 고생하는데 히데키를 산책시켜달라고 하거나 저녁 메뉴로 튀김류를 만들어달라고 하는 모습은 보기만 해도 화가 솟구쳤다.

하지만 전혀 불평하지 않고 견뎌냈다. 엄마를 위해서. 그리고 아기를 위해서.

그날 역시 마찬가지였다.

임신 중에는 계속 안정을 취해야 하는 줄 알았지만, 안정기에 접어들면 예전처럼 생활해도 된다는 걸 엄마가 가르쳐주었다. 누워 있는 것보다 오히려 무리하지 않는 선에서 집안일이나 바깥일을 하고 걷기나 체조 같은 운동을 해주는 게 산모와 아기에게 모두 좋다고 한다.

그 안정기까지 불과 일주일 정도 남았을 때, 엄마는 의사로부터 절대 안정을 취하라는 말을 들었다. 때마침 그날은 주말이었기에 내가 모든 집안일을 떠맡기로 했다.

"언니만 믿을게!"

어머니는 별채 침실에서 이불 위에 누운 채로 내게 말했다.

'언니만 믿는다.'라는 기대에 부응해서 어머니를 기쁘게 해주자고 마음먹으며 본채로 건너갔다. 역시 그날도 노리코 고모는 히데키를 데리고 와 있었다. 고모는 거실의 코타츠(일본에서 쓰이는 일본식 난방기구. 나무로 만든 탁자에 이불이나 담요 등을 덮는다. 상 아래에는 화로나 난로가 있다)에 누워 할머니와 함께 TV를 보고 있었다.

히데키는 "외숙모한테 갈래."라고 계속 칭얼댔지만, 노리코 고모는 "외숙모는 병에 걸려서 안 돼. 너까지 옮아."라며 적당히 둘러대고는 과자를 잔뜩 주며 붙잡아두고 있었다.

점심 식사로 일단 볶음밥을 만들고 있는데 부엌문으로 아빠가 들어왔다.

"혼자 힘들지?"

아버지는 냉장고 안을 뒤지기 시작하더니 숙주나물과 돼지고기를 꺼내 잘게 썰었다. 다음엔 프라이팬을 꺼내 참기름으로 재빨리 볶아내고 소금, 후추와 우스터 소스를 적당히 뿌리니 끝이었다. 완성까지 5분도 채 걸리지 않았다.

"먹어 볼래?"

아빠가 조리용 젓가락으로 숙주나물과 돼지고기를 집어 입 앞에 내밀자 나는 그걸 한입에 먹었다.

"맛있다!"

그러고 보니 아빠가 요리하던 꿈같은 집에서 즐거웠던 식사 시간이 떠올랐다.

"내가 만들었다는 걸 들키면 네가 할머니한테 혼날 테니까, 나는 얼른 빠져줄게. 별채에 가서 엄마랑 먹을게."

아빠는 작은 목소리로 말하더니 숙주볶음 2인분을 접시에 담아 볶음밥 접시와 함께 쟁반에 올리더니 조용히 밖으로 나갔다. 언젠가 몰래 영양 드링크를 마시게 해줄 때와 똑같은 말투였다. 나는 아빠의 그런 점을 좋아했다. 하지만….

식탁에 놓인 볶음밥과 숙주볶음을 본 노리코 고모는 불만스럽게 투덜댔다.

"이게 다야? 메인 요리는?"

"숙주볶음."

"뭐? 얘가 장난하나 지금. 엄마, 이리 좀 와봐!"

목소리를 듣고 온 할머니는 숙주볶음을 보더니 이마에 핏대를 세워가며 화를 냈다.

"뭐냐 이건. 우리가 자기 한 사람 때문에 얼마나 희생하고 있는데, 고작 이런 음식이나 만들라고 시키다니. 내가 가서 한 소리 해주지 않으면 버릇만 더 나빠지겠어!"

할머니는 엄마가 시켜서 만들었다고 생각하는 것 같았다.

"잠깐만. 이건 내가 마음대로 만든 거야. 대충 만들어서 죄송해요. 지금부터 하나 더 만들게."

나는 부엌으로 돌아가서 닭튀김을 만들었다. 완성된 요리를 식탁으로 가져갔더니 노리코 고모와 할머니는 그렇게나 불평하던 숙주볶음을 깨끗이 먹어 치운 뒤였다. 내 그릇에 놓인 숙주볶음은 차갑게 식어버렸고, 전자레인지로 데웠더니 숙주나물의 수분이 완전히 빠져나가 아빠가 입에 넣어줄 때의 맛과 식감은 전혀 남아 있지 않았다.

먹고 남은 식기를 정리한 뒤, 숙주볶음으로는 엄마에게 영양소가 부족할 거란 생각에 우유를 데워 별채로 가져갔다. 엄마가 앉아 있는 이불 옆 테이블에 컵을 내려놓고, 나도 거기에 앉았다.

"고마워. 엄마는 정말로 기뻐. 이렇게 의젓한 언니가 있어서 아기도 행복하겠다."

어머니가 따뜻한 말을 건네준 게 너무 기뻐서 울컥했다. 할머니와 노리코 고모한테는 무슨 말을 듣든 상관없었다. 하지만 여기서 울어버리면 본채에서 안 좋은 일을 겪은 줄 알고 엄마가 걱정할까 봐 이를 악물며 눈물이 나오는 걸 참아냈다.

'엄마는 푹 쉬면서 건강한 아기를 낳아줘.'

원래는 이렇게 말하고 싶었지만 말하다가 중간에 울어버릴 것만 같아 결국 한마디도 꺼내지 못했다. 입을 다물어버린 내게 엄마는 핸드크림을 가져오라고 했다. 엄마가 바르려는 건 줄 알았는데, 손을 내밀어 보라는 말에 나는 귀를 의심했다.

이게 대체 무슨 일일까? 구걸하는 것처럼 보이지 않도록 손등을 위로 향한 채 양손을 내밀었다. 엄마는 크림을 손에 듬뿍 짜더니 내 손을 감싸듯 쥐며 부드럽게 발라주었다.

"저녁마다 설거지를 해주는데, 손이 상한 걸 엄마가 몰라줘서 미안해. 앞으로는 꼭 말해주렴. 친구들이 네 손을 잡으면 거칠어서 걱정할 테고, 그런 손으로 어루만지면 아기도 놀랄 거야."

엄마는 갈라진 손가락 끝에도 정성껏 하나하나 크림을 발라주었다. 복숭아꽃 향을 맡으면서도, 눈꺼풀 바로 밑까지 차오른 눈물이 흘러내리지 않도록 필사적으로 참았다. 오랫동안 바라왔던 일이 갑자기 이뤄진 기쁨이 8할, 엄마의 손이 내가 알던 매끄럽고 부드러운 감촉이 아니라 나뭇가지처럼 울퉁불퉁한 것에 대한 슬픔이 2할인 그런 눈물이었다.

이대로 시간이 멈춰버리면 좋을 텐데. 하지만 이제부터는 이런 시간이 조금씩 돌아오게 될지도 모른다. 하지만 그런 기대는 채 반나절도 이어지지 못했다.

엄마는 내게 핸드크림을 살 용돈을 주었다.

'복숭아꽃 향을 살까? 아니, 그건 엄마가 발라주실 테니까 다른 향으로 사는 게 나을지도 몰라. 포도? 오렌지? 잠깐, 잠깐. 선생님이 향이 나는 립밤이나 핸드크림은 학교에 가져오면 안 된다고 했었지.'

그런 생각을 하며 별채에서 나오는데 히데키가 다가오며 물었다.

"어디 가?"

"슈퍼. 아, 아니…."

약국이라고 말하지 않은 걸 후회했지만 이미 늦었다. 히데키는 자기도 따라가겠다고 나섰고, 별채 앞에서 소란을 일으키고 싶지 않았기에 어쩔 수 없이 데려가 주기로 했다. 하지만 히데키는 평소보다는 얌전했다. 그렇게 좋아하는 외숙모가 아프다는 말에 히데키도 나름 걱정되는 모양이었다.

물방울무늬 튜브에 담긴 무취 핸드크림을 사고, 남은 돈으로 히데키에게도 과자를 사준 뒤 집으로 향했다. 히데키가 내 손을 잡는 걸 억지로 떼어냈더니, 내 점퍼 소매를 잡으며 터벅터벅 따라왔다.

"외숙모, 어디가 아파? 머리? 배? 열이 나? 언제 나아? 내일?"

불안한 얼굴로 묻는 히데키를 보니 이 아이도 엄마를 진심으로 걱정한다는 게 느껴졌다. 오히려 히데키에게 심술궂게 굴었던 것이 조금 후회되었다.

"외숙모는 병에 걸린 게 아니라 배 속에 아기가 있어. 너도 알지?

아기가 건강히 태어날 수 있도록 푹 쉬고 있는 거야."

"아기, 아기…. 외숙모는 아기 좋아해?"

"그야 좋아하지."

"몇 번째로?"

"당연히 첫 번째지."

첫 번째라고 소리 내서 말하는데 조금 씁쓸한 기분이 들었지만, 동생이 있는 사람은 다들 이런 감정을 경험할 거라고 생각했다. 히데키는 내 말의 의미를 열심히 해석하는 건지, 눈썹을 찡그리다가 눈을 깜빡거리기도 하고 입을 우물거리는 등 표정을 계속 바꾸어대는 게 우스꽝스럽게 보였다.

"그러니까 이제부터 너무 외숙모, 외숙모 하면서 매달리면 안 돼. 알았어?"

히데키는 우스꽝스러운 얼굴 그대로 말없이 고개를 끄덕였다. 이 아이는 시간이 걸리긴 해도 눈높이를 맞추고 기다려주기만 하면 내 말을 잘 알아듣는 건지도 모른다. 나는 그렇게 믿으며 히데키의 손을 잡고 집으로 돌아왔다. 그런데….

히데키는 내 말을 전혀 이해하지 못하고 있었다.

잠깐 낮잠을 자고 일어난 히데키는 갑자기 울기 시작했다. 옆에서 달래는 노리코 고모의 머리카락을 잡아당기고, 얼굴을 할퀴고, 할머니의 옆구리를 걷어차고, 덤으로 벽에 걸린 족자까지 찢어버리는 등 난리도 아니었다.

"너 대체 히데키한테 뭐라고 한 거야?"

노리코 고모는 부엌까지 쳐들어와서 저녁 식사를 준비하던 내게 따졌지만, 짐작 가는 일은 전혀 없었다. 내가 데리고 있을 때는 평소보다 얌전했으니까. 나 때문이 아니라고 단호하게 답변하는 사이에 히데키의 난동도 진정되었다.

하지만 얌전히 있는 건 고작 10분에서 20분 정도였다. 조용히 TV를 보다가도 갑자기 날카로운 비명을 지르며 발버둥을 치거나, 식사 도중에 유리잔을 뒤집어엎고 식탁에 놓인 반찬에 침을 뱉는 등 야생 원숭이가 난리를 피우는 것만 같았다.

"외숙모, 외숙모, 외숙모!"

원래는 이게 평소의 히데키였는지도 모른다. 지금까지는 유치원을 그만둬야 할 만큼 심각하다는 생각을 못 했다. 좋아하는 외숙모 덕분에 증세가 상당히 억제되고 있었던 셈이다. 노리코 고모가 히데키를 매일 여기로 데려오는 심정이 조금은 이해가 갔다. 하지만 오늘만큼은 절대로 안 됐다.

머리를 한 대 후려갈기고 큰 소리로 혼내면 진정될 것 같은데, 노리코 고모와 할머니는 지금의 현실을 부정하고 싶다는 듯 시선을 피하며 방치할 뿐이었다.

히데키는 엄마에게 가고 싶어 했다.

"오늘은 안 된다고 몇 번이나 말했잖니."

노리코 고모가 그렇게 달래는 소리를 듣고 안심하면서 설거지하고 있는데, 현관의 미닫이문이 열리는 소리가 났다.

"야, 정말, 히데키! 가지 말라니까!"

노리코 고모의 목소리였다. 하지만 히데키를 강하게 말리려는 의지가 전혀 느껴지지 않는 말투다. 나는 설거지를 팽개치고 황급히 그 둘을 뒤쫓았다. 아니나 다를까, 두 사람은 이미 별채 안으로 들어갔고 노리코 고모가 엄마에게 히데키를 산책시켜달라고 부탁하는 중이었다.

엄마가 거절 못 한다는 걸 알고 이러는 게 너무나 화가 났다. 절대 이대로 놔둘 수는 없었다.

"그만해! 이 바보야!"

신발을 벗으려는 히데키의 머리를 뒤에서 세게 후려갈겼다. 하지만 히데키는 슈퍼에서처럼 얌전해지기는커녕 한쪽 신발을 신은 채로 현관 위로 올라가서 엄마에게 울며 매달렸다. 노리코 고모가 나를 혼냈지만, 내가 잘못한 건 아무것도 없다.

이런 멍청한 어른과 조금이라도 피가 섞였다는 게 수치스러웠다. 하지만 피가 섞였으니까 할 수 있는 말이라 생각하며 나는 노리코 고모를 똑바로 노려보았다.

"닥쳐, 이 바보 부모. 이럴 때까지 우리 집에 기어들어 오는 게 제정신이야? 걸신들린 것처럼 처먹고, 낮잠 자다 일어나서 또 처먹고. 대체 돼지하고 다를 게 뭐야? 오늘 먹이는 이미 다 줬으니까 이 바보 데리고 빨리 가버려!"

하지만 노리코 고모는, 아니 타도코로 가문 사람들은 자기 잘못을 반성할 만한 인간들이 아니었다. 화가 나서 얼굴을 붉히며 되받아칠 준비를 하고 있었다.

그런데 그때 엄마가 히데키와 함께 산책하러 가겠다고 말했다.

짙은 슬픔이 담긴 엄마의 표정을 보며, 어쩌면 엄마는 노리코 고모와 히데키에게 화가 난 게 아니라 나를 탓하는 건지도 모른다고 생각했다. 히데키를 때리고 엄마가 싫어하는 상스러운 말을 했으니까. 그래서 나도 산책을 따라가겠다고 말할 수 없었다.

엄마가 히데키를 데리고 나간 뒤, 얼마 뒤에 히데키 혼자 큰 소리로 울면서 집에 돌아왔다. 엄마가 어딨느냐고 물으려는 순간 이웃 사람에게서 전화가 왔다.

엄마가 넘어지면서 하혈을 일으켰고 이미 구급차를 불렀단다. 나는 집에서 뛰쳐나갔다. 미친 듯이 달리며 나 자신을 책망했다. 노리코 고모와 히데키를 어째서 막지 못했던 걸까? 어째서 엄마와 히데키를 함께 가게 했던 걸까? 어째서 몰래라도 따라가지 않았던 걸까?

내가 엄마와 아기를 지키겠다고 맹세했는데도.

어째서, 어째서, 어째서, 어째서—.

하지만 지금 생각해봐도 그때 어떻게 행동했어야 옳은지 모르겠다. 히데키를 부드럽게 달래야 했을까? 노리코 고모를 정중한 말로 설득해야 했을까? 본채에서 히데키를 철저히 감시해야 했을까? 본채에서 난동을 부릴 때 내가 호되게 혼내야 했을까? 밧줄로 묶어놓기라도 해야 했을까?

아니면 그날 두 사람이 별채로 가지 못하게 내가 빨리 따라가야 했을까?

엄마가 유산한 다음 날에도 노리코 고모는 히데키를 데리고 왔다. 아버지는 노리코 고모에게 무슨 염치가 있어서 왔냐고 거칠게 말했을 뿐이다. 그래도 그때만큼은 풀이 죽은 얼굴이었기에 이 사람도 나름대로 반성하는 줄로만 알았다.

점심을 준비하면서 부엌에서 채소를 튀기고 있는데 거실 쪽에서 노리코 고모의 목소리가 들려왔다.

"뭐야, 오빠 왜 저래? 꼭 히데키 때문에 새언니가 유산한 것처럼 말하고 있네. 처음에 하혈이 일어난 시점에서 이미 글렀던 건데."

온몸의 피가 거꾸로 솟구치는 느낌이었다.

"당신이 죽었어야 했어!"

거실로 뛰쳐나가며 들고 나간 것이 조리용 젓가락이 아니라 부엌칼이었다면 나는 노리코 고모를 죽여 버렸을지도 모른다. 그런데 등 뒤에서 진짜로 칼에 찔린 듯한 비명이 들려왔다.

멋대로 부엌에 들어간 히데키가 튀김 기름에 손을 집어넣은 것이다. 기름 속에 담겨 있던 비엔나 튀김을 손으로 집어 먹으려 한 것 같았다. 가스 불은 꺼두고 나왔지만 상당히 뜨거웠으리라.

아프다고 소리치는 히데키의 손을 얼음물에 담가주면서 히데키의 귀에만 들릴 만한 목소리로 속삭여주었다.

"죽은 아기도, 외숙모도 이것보다 훨씬 아팠을 거야."

다음 날부터 노리코 고모와 히데키는 오지 않았다. 몇 달 뒤에는 고모부와 함께 오사카로 이사를 갔다는 것이다. 엄마를 괴롭히던 사람들이 사라진 것이다. 하지만….

어머니가 내 손에 핸드크림을 발라주는 일은 두 번 다시 일어나지 않았다. 하나뿐인 동생을 지키지 못했으니 당연한 일이다. 만약, 어머니가 내 죄를 용서해준다면 복숭아 향이 나는 핸드크림을 내 손에 한 번만 더 발라주었으면 한다.

아니, 이번엔 딱딱하고 거친 어머니의 손에 내가 핸드크림을 발라주고 싶다.

오오, 괴로움의 풍경 위로 무겁게 매달려 있도다
눈물로 가득한 사람아
가만히 참고 있는 하늘아
그녀가 울 때면 평온한 소나기가 마음의 모래층을 스치며
비스듬히 떨어져 내린다

오오, 눈물로 무거워진 사람아
모든 눈물을 올려놓은 저울아
너무 맑게 갠 탓에 자신이 하늘인 줄 몰랐지만
지금은 뒤덮인 구름 탓에 계속 하늘이어야만 하는 사람아

하나뿐인 엄한 하늘 아래서 너의 괴로움의 풍토가
더욱 선명히, 더욱 가까이 보이기 시작하리라
마치 수직의 세계와 마주하며 수평으로 사고하는,
옆으로 누워 천천히 눈을 뜨는 얼굴과도 같이

-오오, 눈물로 가득한 사람아

제5장

눈물
항아리

모성에 관하여

어머니의 증언이 실린 신문 기사를 보여줘도 국어 선생님은 고개를 갸웃거릴 뿐이었다.

"이 내용의 어디가 마음에 걸린다는 거야?"

"모든 걸 바친다는 게 무슨 뜻일까요?"

"그야, 뭐… 딸을 열심히 키웠다는 소리 아냐?"

국어 선생님은 이 말에서 위화감을 느끼지 못하는 모양이다.

"그렇다면 처음부터 그렇게 말하면 됐을 텐데요."

"하지만 그렇게 어려운 표현도 아니잖아?"

목구멍에 잔가시가 걸린 이 느낌을 어떻게 전달하면 좋을까? 나는 릿짱이 내놓은 고기감자 조림을 입에 넣었다. 그렇게 어렵지도 않은 이 요리가 어째서 가정적인 여성임을 어필하는 무기로 쓰이는 걸까?

'모든 걸 바쳐서'라는 말은 어째서 '어머니의 손맛'과 같은 카테고리에 속하지 않을까?

"비유를 해보자면, 매일 고기감자 조림과 고등어 된장조림 같은 요리를 만드는 어머니가 있다고 해보죠. 이 사람에게 평소에 아이에게 어떤 음식을 해주냐고 묻는다면, 어머니의 손맛이 담긴 요리를 해준다고 대답할까요? 아마도 그냥 평범한 음식을 해준다고 대답할 것 같은데요. 반면에 인스턴트 식품이나, 심한 경우 하루 세 끼도 제대로 먹이지 않는 부모도 있잖아요. 그런데 그런 사람일수록 어머니의 손맛이라느니, 아이를 위해 균형 잡힌 건강한 식단을 만들어준다고 대답하지 않겠어요?"

"결국 네가 하고 싶은 말은, 떳떳하지 못한 부분이 있을수록 거창한 말로 둘러댄다는 거로군."

"맞습니다."

아무래도 제대로 전달된 것 같다.

"그러면 처음부터 그렇게 말했어야지."

"선생님의 경우는 음식에 비유해야 이해하기 쉬우실 것 같아서요."

"뭐, 확실히 사랑이란 건 설명하기 어려운 말이겠군. 사과나 귤처럼 색이나 형태, 크기 같은 걸로 표현할 수 있다면 편할 텐데 말이야. 요즘 과일엔 달콤함을 나타내는 당도도 수치까지 표시되잖아."

"그러게요. 새빨갛고 좌우 대칭을 이루는 하트 모양, 양팔로 안을 수 없는 크기에다 달콤함은 최대치인 100이라는 식으로요. 확실히 보이면 편리하겠네요."

"아니, 역시 안 되겠어. 집사람의 하트가 해가 갈수록 빛이 바래고 줄어드는 게 보일 거 아냐. 게다가 내 사랑이 줄어드는 게 보인다면 지독한 잔소리를 들을 게 뻔해. 역시 사랑 같은 건 보이지 않는 게 좋겠어. 아니, 오히려 보이지 않기 때문에 세상이 지금의 형태로 유지될 수 있는 거야. 그렇게 생각해보면 모든 걸 바친다는 건 군이 입 밖에 낼 만한 말이 아니야. 수상함까지 느껴지는군. 이 어머니가 딸을 살해한 용의자로 체포되었고, 자신을 변호하기 위해 꺼낸 말이라면 납득이 가겠지만…. 설마 넌 그럴 가능성을 의심하는 거야?"

국어 선생님은 쓸데없는 소리를 늘어놓다가 갑자기 핵심을 훅 파고들어 왔다.

똑똑한 소리만 한다고 머리가 좋은 건 아니고, 멍청한 소리만 한다고 머리가 나쁘진 않다는 것 정도는 중학생만 되어도 다 안다. 역시 나는 이 사람을 이미지만으로 판단했던 것 같다.

"그 정도로 심각하게 생각하는 건 아닙니다. 다만 이 어머니와 딸의 관계가 궁금할 뿐이죠."

"그럼 한번 가정해보자고. 이 모녀의 관계를 조사해보고, 딸이 아파트에서 추락한 원인이 사고든, 사건이든, 자살이든 간에 어머니와 관계가 있다는 걸 알아냈다고 해보자. 그러면 넌 어떡할 건데? 설마 순수한 호기심으로 조사하다가 결과만 알아내면 끝인 거야? 당사자들이 어떻게 되든 상관없고? 아니면 경찰서에 가서 이야기하려고?"

"아니요, 경찰까지 생각하진 않았습니다. 어쩌면 두 사람의 관계에 대해 알게 되는 걸로 만족할지도 모르죠. 하지만 가능하다면 당사자와 직접 만나서 이야기해보고 싶네요."

그렇게 말하면서, 나는 그 모녀와 무엇에 관한 대화를 나누고 싶은 건지 생각해본다. 사랑에 대해서일까?

아니, 사랑을 갈구하는 것에 대해서다.

어머니의 고백

신부님 앞에서 '신神'이라는 글자를 사용한다는 게 조금 조심스럽지만, 저는 세상 사람들이 '가족'이라는 단어를 너무 신성시하는 게 아닌가 하는 생각이 듭니다. 가족은 강한 유대감으로 묶여 있으며 무슨 일이 있을 때마다 서로 도울 수 있는 존재라는 건 대체 어느 가정을 예로 들어서 하는 말일까요?

견디기 힘든 불행과 직면한 저에게, 타도코로 저택의 가족 중 누가 따뜻한 말을 건네주었나요? 누가 손을 내밀어주었나요?

사쿠라를 잃고 다시 마음이 뻥 뚫려버린 저를 구원해준 건 다름아닌 나카미네 토시코 씨입니다. 피도 섞이지 않았고, 가족이라는 족쇄에도 묶이지 않은 생판 남이지요. 큰 친분도 없었습니다. 같은 동네에 사는 사람일 뿐이고, 바로 히데키가 저를 밀쳐냈을 때 구급차를 불러준 분입니다. 원래는 제가 찾아가서 감사 인사를 해야 했는데, 토시코 씨는 타도코로 저택의 별채까지 병문안을 와주셨습니다. 알이 큰 포도를 들고서요.

토시코 씨와는 그전에도 부녀회 모임 등에서 얼굴을 마주친 적이 있었습니다. 대범하면서 착해 보이는 인상이었는데, 단둘이서 만나는 건 처음이었습니다. 그런 피상적 관계였던 사람이 제 손을 감싸듯이 잡아주며 "얼마나 힘드셨어요."라고 말하며 눈물을 흘렸습니다. 오직 저를 위해서요.

자기도 아이를 잃은 경험이 있다며, 아이를 지키지 못했다고 자신을 책망해선 안 된다고도 했습니다. 자기 의견을 강요하는 느낌은 없었고, 조심스레 권하는 듯한 깊고 조용한 목소리로 사려 깊은 말을 들려주었습니다.

토시코 씨가 잡아주는 손의 온기와 따스한 말이 제 마음을 조금씩 녹이며 채워주었습니다. 저는 처음으로 사쿠라를 위해 소리 내어 울 수 있었습니다. 토시코 씨는 떨리는 제 등을 조용히 쓰다듬어주었지요.

친언니가 있다면 이런 느낌일까요?

부모님이나 친구와는 다른 형태의 애정을 쏟아주는 사람이었습니다. 그날 밤, 길가에서 저를 발견해준 사람이 토시코 씨였다는 건 단순한 우연일까요? 사쿠라가 자기 목숨과 맞바꾸어 저와 토시코 씨를 이어준 게 아니었을까요? 저는 그렇게 믿었습니다.

그 뒤로 토시코 씨는 직접 만든 경단 같은 간식을 전해주러 가끔 들르곤 했습니다.

별채에는 손님용 방석이 없어서 제가 직접 만든 방석을 꺼내서 대접했습니다. 그러던 어느 날 토시코 씨는 방석의 자수가 제 작품이라는 걸 알아보곤 자기 집에서 주 1회로 열리는 수예 교실에 저를 초대했습니다. 전부터 제안하고 싶었지만 저희 시어머니 때문에 말을 꺼내지 못했다고 합니다.

"타도코로 저택에 목장갑이나 빈 병으로 만든 인형을 전시하면 큰사모님한테 혼날 것 같아서요."

토시코 씨는 목소리를 낮추고 본채 쪽을 돌아보며 말했습니다. 그러고 보니 타도코로 가문이 주변에서 그런 이미지로 보인다는 걸 한동안 잊고 있었어요.

농사일로 벌어들인 수입은 저 혼자 모든 작업을 떠맡은 뒤로도 전부 시어머니께서 관리하셨습니다. 저에게 월급을 주신 적은 한 번도 없었고요. 고용인이 아닌 가족이니까 그게 당연하다고 하면 딱히 반론할 말이 없었습니다. 그런 와중에 타도코로의 월급은 점점 줄어들면서 사치와는 거리가 먼 생활을 하고 있었지요. 타도코로와 같은 철공소에 근무하는 사람이 주변에도 많이 있었지만, 절에 내는 기부금이나 친척들 관혼상제에 보내는 부조금처럼 체면치레로 들어가는 돈은 없을 테니까 우리보다는 훨씬 여유 있게 생활할 거라고 생각했습니다.

하지만 토시코 씨와 대화하는 게 아무리 편해졌다고는 해도 집안 사정까지 털어놓을 수는 없었습니다. 돈이 없다고 말하는 건 세상에서 가장 수치스러운 행위니까요.

몇 년 전이라면 토시코 씨가 시어머니를 의식한 건 옳은 걱정이었을 겁니다. 주 1회, 화요일 오후 8시부터 10시까지의 단 두 시간이라 해도 취미 활동 때문에 집을 비운다는 걸 시어머니가 쉽게 허락하시진 않았겠지요. 설거지는 누가 할 거냐, 목욕 준비는 어떡할 거냐는 식으로 본인이 할 것도 아닌 집안일을 문제 삼으셨을 겁니다.

하지만 이제 그런 일은 딸아이가 할 수 있었습니다. 그런데다 노리코가 이사 가면서 시어머니의 기분이 또 울적해지셨지요. 두 시간 정도 부녀회 모임에 다녀오겠다고 하자 "그러렴."이라고 관심 없는 투로 대답했을 뿐입니다.

수예 교실은 무척 재미있었습니다. 토시코 씨의 집 거실에 같은 동네에 사는 주부 대여섯 명이 모여 수다를 떨면서 수예품을 만들었습니다. 재료비는 한 번 모일 때마다 300엔이었고 토시코 씨가 도맡아서 주문해주었습니다.

처음 참가한 날은 연필꽂이를 만들었습니다. 우유 팩을 해체한 뒤 각 모서리의 높이가 다른 삼각기둥을 만들어 무늬색종이를 붙이고, 위에서 내려봤을 때 육각형이 되도록 맞춰갔지요. "색 조합을 참 멋지게 하셨네요."라든가 "짙은 색으로 가장자리를 꾸미면 예쁠 거예요." 같은 이야기를 나누면서 처음 만난 사람들과도 스스럼없이 대화할 수 있었습니다.

토시코 씨의 간단한 설명만 듣고 수예품을 순식간에 완성한 저를 보며 다들 "손재주가 뛰어나네요.", "높이에 맞춰서 그러데이션 효과를 주다니, 감각적이에요." 등의 찬사를 아낌없이 보내주었습니다.

수건으로 티슈 커버를 만들 때도, 대오리로 바구니를 짤 때도, 마분지로 서랍이 달린 작은 수납함을 만들 때도 제 작품은 모두에게 칭찬받았습니다.

제가 마지막으로 칭찬을 받은 게 언제였을까요? 결혼하기 전에는 부모님뿐만 아니라 저와 만난 사람들은 항상 저를 칭찬해주었어요. 그런데 타도코로 가문 사람들만 저를 완벽하게 외면한 셈이지요.

하지만 수예 교실에 참가해보니 시댁에서 찬밥 신세인 건 저에게만 해당하는 특별한 일이 아니란 걸 알았습니다. 색종이를 자를 때도, 바느질을 할 때도, 대오리를 엮을 때도 처음엔 작품에 관해 이야기를 나누다가도 누군가가 가족에 대한 불만을 털어놓으면 모두가 공감하는 분위기로 흘러갔으니까요.

'자식들은 공부를 안 하고, 남편은 술을 먹으면 폭언을 퍼붓고, 시어머니는 사사건건 비꼬는 말을 한다고.' 심한 경우, 시어머니 고희연 때 시누이가 예약한 연회석에 자기 의자만 없었다는 에피소드도 있었지요.

"당신은 뭐든 잘하니까 시어머니나 시누이들이 그게 아니꼬워서 유치한 심술을 부리는 거겠죠."

토시코 씨가 그에게 그렇게 말하는 것을 들으면서, 저도 제 경험을 떠올리며 크게 공감했고 그 사람의 작품을 칭찬해주었습니다.

서로에 대해 조금씩 이야기하면서 알게 된 사실은, 그곳에 모인 아주머니들이 다들 부모 곁을 떠나 지역 유지 집안에 시집왔다는 점입니다. 또한 부모 형제, 혹은 자식을 잃었다는 공통점까지 있었지요. 비슷한 처지인 사람들끼리 친해지고 서로를 격려할 수 있는 자리를 마련해준 토시코 씨가 진심으로 고마웠습니다.

다시 혼자서 떠맡게 된 농사일은 힘들었지만 시어머니가 참견하지 않으니 마음은 편했습니다. 딸아이는 중학생이 되면서 점점 제 도움이 필요하지 않게 되었지요.

타도코로가 일하는 철공소는 언제 도산해도 이상하지 않다는 말이 돌았고, 주변에서는 이직해서 도시로 나가는 사람들도 있었습니다. 하지만 타도코로는 아무 일 없을 거라고 단언하면서 계속 출근했습니다. 남편을 믿고 저도 전혀 걱정하지 않았습니다.

그런 와중에 주 1회의 수예 교실에 가는 시간은, 지금 생각해보면 타도코로 저택에 이사 온 뒤로 가장 마음 편히 지낸 시기였던 거 같습니다. 유일한 걱정거리는 시어머니가 살짝 치매증상을 보인다는 것이었습니다.

"리츠코가 이제 곧 돌아올 것 같으니까, 그 아이가 좋아하는 음식을 준비해다오."

처음 그 말을 들었을 때는 정말 리츠코의 연락을 받은 줄 알고 시어머니가 시키는 대로 장을 봐왔습니다. 그런데 다음 날이 되어도, 일주일이 지나도 리츠코가 돌아오는 일은 없었습니다. 타도코로가 정말 리츠코가 연락했느냐고 묻자 처음엔 그렇다고 단언하며 "내가 거짓말을 했다는 게냐?"라며 화를 내셨습니다. 하지만 이내 "내가 착각했는지도 모르겠구나."라며 자신 없게 중얼거리다 울음을 터뜨리셨습니다.

"어쩌면 리츠코는 돌아오고 싶어 하는데 그 남자가 막는 건지도 모른다. 사토시, 지금부터 나랑 오사카에 같이 가다오."

그러자 타도코로는 들을 가치도 없다는 듯이 별채로 가버렸습니다. 남은 저는 시어머니를 열심히 달래드려야 했지요. 이러한 증상은 다른 집의 시어머니들도 조금씩 나타나는 듯했어요. 혼자 화장실에 갈 수 있으면 아직 괜찮다는 수예 교실 사람들의 격려에 크게 걱정하진 않았습니다.

수예 교실에서는 매번 토시코 씨가 차와 과자를 대접했습니다. 300엔의 재료비 안에 다과비는 포함되지 않았을 텐데요. 감사의 마음을 표현하고자 케이크 가게에서 슈크림을 사서 수예 교실이 없는 날에 토시코 씨의 집에 전해주러 갔습니다. 그랬더니 토시코 씨는 "이러지 않으셔도 되는데…."라며 조심스럽게 받으며 이렇게 말했습니다.

"어머니가 참 경우 바른 분이셨나 보네요."

신부님, 저에게 이것보다 기쁘게 들리는 말이 또 있을까요? 눈물이 나면서 정말 울컥했지요. 제 본질을 알아주는 건 가족이 아닌 토시코 씨, 바로 이 사람이라는 확신이 들었습니다. 토시코 씨와 보내는 시간을 소중히 하고 싶어서 수예 교실을 절대 빠지지 않았고, 한 달에 한 번은 과자를 선물했습니다.

수예 교실에 다닌 지 1년 정도가 지났을 무렵입니다.

토시코 씨의 집에 갔더니 평소의 멤버들 가운데 낯선 사람이 한 명 보였습니다. 토시코 씨의 언니 아키코 씨라고 소개했습니다. 그날 만든 작품은 크레이프 천을 사용한 돈주머니로 30분 정도면 완성할 수 있었습니다. 그러자 토시코 씨는 "지금부터 재밌는 걸 해볼까요?"라고 제안했습니다. 아키코 씨가 이름 점괘를 조금 볼 줄 아니까 모두에게 해주겠다는 것이었습니다.

힘든 일상 속에선 행복한 일이 생길지도 모른다는 망상조차 할 틈이 없었고, 신문 구석에 실린 별자리점조차 남의 얘기로만 느껴져서 그냥 넘겼던 저였습니다. 하지만 친한 사람들끼리 재미있을 것 같다고 떠들다 보니 학생 시절로 돌아간 것처럼 설레기 시작했지요. 저희는 각자 토시코 씨가 준비한 종이에 자신과 남편, 아이들의 이름을 적었습니다.

"미리 말해두지만, 저는 아키코 언니에게 여러분의 얘기를 들려준 적이 없어요."

토시코 씨는 그렇게 말했지만, 저는 진지한 점괘를 기대하진 않았습니다. 다른 사람들도 "에이, 알았어요."라며 대수롭지 않게 받아들였지요.

"저도 이름만 보고 집안 사정까지 알아내지는 못해요. 제 경우는 책 같은데 흔히 나오는, 이름의 획수를 따지는 이름 점괘는 아니고요. 그저 이름만 보고 그 사람이 어떤 사람인지를 떠올리는 방식이에요."

아키코 씨는 그렇게 말하며 웃었습니다. 하나코花子 씨면 꽃 같은 사람, 유키코幸子 씨면 행복할 것 같은 사람인 식이었지요. 지나치게 단순한 예시였지만, 저는 그 정도면 점이라고도 할 수 없지 않나 생각했습니다.

토시코 씨는 사람들에게 자기 결과를 모두가 모여 있는 앞에서 들을지, 방에 들어가 개별적으로 들을지를 선택하게 했어요. 다들 저와 마찬가지로 큰 기대는 하지 않았는지 "재미있을 것 같은데, 이 자리에서 다 들려주면 안 돼요?"라고 이야기하자 반대하는 사람은 없었습니다.

아키코 씨는 "그럼 시작할게요."라며 무작위로 모아놓은 종이 중에서 맨 위의 것을 집어 들었습니다. 이름의 주인이 누구인지는 확인하지도 않고 종이 위에 손을 펼치더니 한동안 눈을 감고 있다가, 거기 적혀 있는 이름의 결과를 이야기하기 시작했습니다.

"거짓말을 못 하는 사람, 여름 햇살처럼 뜨거운 힘을 간직한 사람, 버드나무처럼 부드러운 마음을 가진 사람."

"어머, 정확해!"

결과를 들은 사람이 감탄했습니다. 애매한 표현이었지만 가족들에 대한 건 몰라도 본인에 관한 이야기는 충분히 맞는 것 같았습니다. 다들 자신은 어떤 말로 표현될지 기대하며 처음보다 훨씬 흥미진진하게 아키코 씨의 말을 기다렸습니다.

아키코 씨의 비유는 막연한 데다 부정적인 표현은 나오지 않았기에 다들 안심하고 즐겼던 것 같습니다.

'제비꽃 같은 사람, 석양에 물든 하늘 같은 사람'처럼 결혼한 뒤로는 전혀 들어보지 못한 시적인 말에 가슴이 두근거렸던 게 아닐까요? 그리고 드디어 제 차례가 돌아왔습니다. 봄날의 양지 같은 사람, 그런 식의 표현을 기대했지요.

"순결과 정열을 동시에 가진, 붉은 장미 같은 사람."

생각지도 못한 결과였습니다. 하지만 "부럽네요."라며 누군가가 감동한 듯이 중얼거렸고, "그런데 확실히 그런 분위기잖아요."라고 맞장구까지 쳐주어 저는 무척이나 행복한 기분이 들었습니다.

"깊은 호수 같은 사람."

이건 타도코로에 관한 이야기였습니다. 타도코로를 봤던 사람이 "아아, 맞아요."라며 고개를 끄덕거렸습니다.

"타오르는 화염 같은 사람."

이건 딸아이에 관한 이야기였습니다. 딸아이를 아는 사람들이 살짝 눈썹을 찡그렸습니다.

"그런 성격은 아닌데?"

그렇게 말한 건 토시코 씨였습니다. 토시코 씨는 딸아이와 병원에서 처음 만난 뒤로 마주칠 때마다 먼저 말을 걸어주곤 했습니다.

"성실하고 얌전한 애야. 쇠뜨기 풀 같은 이미지였어."

화려함이 없다는 점에서 보면 토시코 씨의 비유가 틀리진 않았습니다.

"어머, 그래? 이름에 손을 올리면 머릿속에 영상이 자연스레 떠오르는데, 전부 정확하진 않다는 걸 여기서 들켜버렸네요. 하지만 그 정도는 다들 애교로 봐주실 거죠?"

아키코 씨는 익살스럽게 말하더니 다음 사람의 이름을 감정하기 시작했습니다.

다른 사람들은 계속해서 들뜬 목소리로 떠들어댔지만, 저는 그런 단순한 반응을 할 수 없게 되었습니다. 지금 놀란 사람은 나뿐인 걸까? 다들 자기 이름 점괘를 듣고 아키코 씨의 말이 막연한 이미지가 아닌 핵심을 찌르고 있다는 걸 알아채지 못한 걸까?

집에 돌아와 잠자리에 눕고 나서도 아키코 씨가 말한 점괘가 제 뇌리에서 떠나질 않았습니다.

빨간 장미는 저와 타도코로를 이어준 꽃이자 언덕집 생활의 상징이라고도 할 수 있었습니다. 그게 바로 저였다는 걸까요? 하지만 저에 대한 해석은 크게 신경 쓸 일도 아니었습니다.

깊은 호수 같은 사람. 타도코로를 이런 말로 표현한 사람이 또 있었습니다. 바로 타도코로와 결혼을 망설이던 제게 용기를 준 어머니의 말씀이었죠. 어쩌면 아키코 씨는 어머니와 똑같은 감성을 가졌을지도 모른다는 생각이 들었습니다.

토시코 씨는 타인을 따뜻하게 받아들여 주고 대범하게 포용해주는 사람이지만, 밭일에 그을린 얼굴이나 울퉁불퉁한 손을 보면 단단하고 굳센 느낌도 들었습니다. 똑같이 고생하는 사람에게 내가 전적으로 의지한다는 게 미안하게 느껴질 때도 있었습니다. 그런데 약간 저음의 듣기 좋은 예쁜 목소리로 말하지만 사투리로 잡담을 나눌 때면 특유의 매력도 사라졌지요.

하지만 아키코 씨는 푸근한 인상에 피부가 하�–고 몸매도 둥글둥

글했습니다. 이름을 쓴 종이 위로 펼쳐 보인 손도 부처님 손처럼 매끈하고 커서 모든 것을 따뜻하게 포용해주는 분위기였지요. 목소리는 토시코 씨와 비슷했지만 아름다운 데다 덤으로 사투리도 쓰지 않았습니다. 대화할 때도 속세에 찌든 느낌이 없어서 이슬이라도 먹으며 살 것 같은, 신비한 힘을 간직한 듯한 사람이었습니다.

아키코 씨의 능력이 진짜라고 느낀 건 딸아이를 불에 비유했을 때였습니다. 토시코 씨는 아니라고 부정했지만, 아키코 씨가 딸아이의 이름에 손을 대고 화염을 떠올린 건 딸아이의 성격이 아닌 그 끔찍한 사건의 잔상을 보았던 게 아닐까 싶었습니다. 분명 시어머니께 거침없이 할 말을 하는 모습에선 불을 연상할 수도 있었지만, 일상에서의 사소한 부분까지 이름에 나타날 것 같지는 않았습니다.

'붉은 장미와 깊은 호수, 그리고 타오르는 화염' 저는 그 말들을 머릿속으로 되뇌다가 문득 무서운 결론에 도달했습니다. 처음부터 전부 이렇게 되도록 정해져 있던 게 아닐까 하는 것이었지요.

타도코로와 결혼해서 언덕집에 살게 되고, 딸이 태어나고, 어머니가 돌아가셨습니다. 태풍과 화재는 예측 불가능한 재난이 아닌 필연적으로 발생한 일이 아닐까요? 뿐만 아니라 타도코로 저택으로 옮겨오게 된 것도, 리츠코와 노리코가 이 집에서 사라지게 된 것도, 그 탓에 시어머니가 제게 마음을 열지 않게 된 것도, 그리고 사쿠라를 잃게 된 일까지도….

아키코 씨와 결혼 전에 알게 되어 이름을 봐달라고 했다면 어떤 이야기를 들려주었을까요? 그랬다면 제 운명이 바뀔 수도 있지 않았을까요?

하지만 타도코로와의 결혼은 어머니가 권하신 일이니만큼 잘못되었을 리 없습니다. 문제는 딸아이의 이름인 것 같았습니다. 이름으로 운명이 결정되는 거라면, 만약 다른 이름을 붙여주었다면 지금과는 다른 인생을 살고 있지 않았을까요?

어쩌면 어머니가 아직 살아계시지 않았을까요?

딸아이의 이름은 시어머니가 지었습니다. 하지만 그걸 후회한다고 달라지는 것은 없겠지요. 지금의 저에게 어머니와 사쿠라 외에 잃고 싶지 않은 것은 아무것도 없습니다. 게다가 시어머니는 그 무렵부터 조금씩 저를 의지하기 시작하셨습니다. 병원에 같이 가 달라거나, 약을 타와 달라거나 하시는 걸 다른 사람 같으면 귀찮아했을 테지만 저는 기쁘기만 했습니다.

"나도 너 같은 애한테 부탁하고 싶지 않다."

말투는 거칠었지만, 마음속에선 저를 많이 필요로 하신다는 걸 눈빛만 봐도 알 수 있었지요. 이제야 시어머니는 저를 가족으로 받아들여 주신 겁니다. 시어머니가 어머니를 대신할 일은 결코 없을 테지만, 어머니가 한 분 더 생겼다고 생각하면서 성심성의껏 모시고 기쁘게 해드리는 게 앞으로의 제 사명일 겁니다.

어머니는 그런 저를 지켜보며 분명 기뻐하실 테고요. 언젠가 어머니가 계신 곳으로 가게 되었을 때, 머리를 쓰다듬어주시며 "정말 열심히 했구나."라고 칭찬해주실 거라 믿었습니다.

그런데 어머니의 곁으로 떠나기도 전에 저는 어머니를 만날 수 있었습니다.

수예 교실에서 성명 판단을 받은 지 한 달 정도가 지났을 때였습니다.

토시코 씨가 전화를 하더니 같이 영화를 보러 가지 않겠냐고 하더군요. 신문사에서 주최하는 영화감상회에 당첨되어 세 장의 티켓이 생겼다고 했습니다. 영화는 결혼 전 타도코로와 보러 간 게 마지막이었습니다. 시어머니가 문제긴 했지만, 영화만 보고 들어오면 괜찮을 것 같았습니다.

수예 교실의 다른 사람들에게는 비밀로 해달라고 했습니다. 사실 토시코 씨가 제일 먼저 저에게 제안해주었다는 게 무척 기뻤습니다. 그런데 표가 세 장이라면 한 사람이 더 간다는 뜻이었지요.

"혹시 토시코 씨의 남편분이랑 함께 가는 건가요?"라고 조심스레 물었더니 "설마 그럴 리가."라며 웃었습니다. 중세 프랑스 궁정을 무대로 한 러브스토리를 보러 가는데 남편이 옆에 있으면 실망스럽지 않겠냐고 했지요. 나머지 한 명은 바로 아키코 씨였습니다.

시어머니께는 부녀회에서 당일치기로 견학을 다녀오게 되었다고 말했습니다. 실제로 부녀회에서는 수경재배 등의 새로운 농업 시설이나 여성들이 설립한 농산물 가공 회사 등에 자주 견학을 갔지요. 그때마다 대형 버스를 전세 내야 했기에 인원수를 채우러 와달라는 부탁을 받곤 했습니다. 이번엔 도저히 거절할 수 없었다고 했더니

"맘대로 하지 그러니."라며 흔쾌히는 아니어도 허락은 해주었습니다.

화려한 외출용 원피스는 없었지만, 딸아이가 중학교에 입학할 때 산 정장에 스카프를 둘러서 제 나름대로 최대한 멋을 부리며 집을 나섰습니다. 토시코 씨와 함께 버스에 타고 영화관에 도착하니 로비에 아키코 씨가 기다리고 있었어요.

"어머, 옷이 멋지네요. 스카프 두르는 법 하나를 봐도 매력적인 사람은 다르다니까요."

만나자마자 칭찬의 말을 듣자 저는 어머니와 외출하던 시절을 떠올렸습니다.

"여자는 내면이 중요하다는 사람도 있지만, 초라한 몰골을 하고 있으면 내면까지 초라해지는 법이란다. 외출할 때만 화장하고 멋을 부린다고 생각하면 안 돼. 화장은 아침에 일어나면 하는 거야. 몸치장도 꼭 드레스 같은 걸 입어야 한다는 게 아니란다. 평상복을 입으면서도 색상이나 디자인을 신경 써서 조합한다거나 액세서리를 바꿔보는 식으로, 어떻게 하면 지금의 내가 빛나 보일지 계속 고민하지 않으면 여자로서 실격이지. 어머, 우리 딸은 오늘도 멋지네. 마치 꽃이 활짝 핀 것 같구나."라며 칭찬해주곤 하셨죠.

'××신문사 사모님 감사회'라고 이름 붙은 영화감상회는 오전 10시부터 시작되어 정오 무렵에 끝났습니다. 모처럼 나온 김에 점심을 먹고 돌아가기로 했고, 영화관에서 가까운 호텔 레스토랑에 들어갔습니다. 이런 근사한 곳에서 식사하는 것도 결혼한 뒤로는 처음이었습니다.

타도코로는 "가끔 영화라도 보러 갈까?"라고 문득 생각난 듯이 말하곤 했지만, 시어머니의 기분을 상하게 하면서까지 가고 싶지는 않았습니다. 영화든 여행이든 결혼 전에 부모님과 함께했던 즐거운 추억만 남아 있으면 충분했으니까요.

토시코, 아키코 씨와 함께 보내는 시간은 아직도 제가 이런 행복을 느낄 수 있다는 게 신기할 만큼 꿈만 같았습니다.

"신분 차이를 사랑으로 극복해내면 좋았을 텐데."

"오히려 맺어지지 못한 덕분에 서로에 대한 마음은 영원히 계속되는 거야."

"저는 처음부터 남편이 더 멋지다고 생각했어요."

집에서는 먹을 일이 없는 크림 파스타를 맛보면서 영화에 대한 감상으로 이야기꽃을 피웠습니다. 저는 시곗바늘이 이대로 멈춰버리길 바랐을 정도입니다.

점에 관한 이야기가 나온 건 후식으로 커피가 나온 뒤였습니다. "성명 판단 결과를 듣고 남편과 딸은 뭐라고 했어?"라고 토시코 씨가 물었습니다. 저는 누구에게도 말하지 못했다고 대답했습니다. 너무 잘 들어맞아서 왠지 무서웠다고요.

그렇게 말하면서 저는 가족들에게 이야기하지 못한 진짜 이유를 생각해보았습니다. 시어머니는 별개로 치고, 남편과 딸아이는 마음이 잘 통하는 정도는 아니라도 서로 말도 안 하는 냉랭한 관계는 아니었습니다. 다만 유산을 한 뒤로 타도코로는 아이를 한 명 더 갖자는 말을 전혀 하지 않았을 뿐만 아니라 제 몸에 손도 대지 않았습니다.

그리고 딸아이는 제 앞에서 점점 긴장하는 게 보였습니다. 저와 딸아이 중 누가 먼저 말을 걸든, 대화가 시작되면 절대 저와 눈을 마주치려 하지 않고 말을 더듬거렸지요. 수예 교실에 가는 날은 저녁 설거지나 시어머니 돌보는 일을 딸아이에게 맡기는 게 미안했기에, 돌아오면 가장 먼저 작품을 보여주곤 했습니다.

"응, 예쁘네."

"색 조합을 잘했다고 다른 사람들도 칭찬했어. 연필꽂이니까 책상 위에 놓고 쓰렴."

"바, 받아도 돼? 되는 거야? 고, 고마워."

기뻐하는 건지, 아니면 사실은 받고 싶지 않은 건지 속을 알 수 없는 대답이었습니다. 그럴 때는 수예 교실에서의 즐거웠던 기분이 단숨에 식어버리는 듯했습니다. 저라면 좀 더 환하게 웃으면서 기쁜 마음을 전했을 텐데요. 수예 교실에 다니는 회원 중에는 그날 배운 수예품을 다음 날 딸과 함께 만드는 사람도 있다고 했습니다.

"우와, 멋지다! 이거, 어떻게 만든 거야?"

그렇게 말해주었다면 "둘이 같이 만들어볼까?"라고 대답했을 겁니다. 딸아이 어린 시절부터 어머니와 제가 직접 만든 물건을 많이 선물했으니까, 웬만한 아이면 이제 자기도 만들어보고 싶어 했을 겁니다. 그런데 그런 면모를 전혀 보이지 않았어요. 그것이 저는 답답해서 견딜 수 없었습니다.

둘이 함께 수예품을 만들다 보면 토시코 씨나 수예 교실 회원들에 관한 이야기도 자연스럽게 나왔겠지요.

'오늘은 토시코 씨의 언니가 와서 성명 판단을 해주었단다.'

'우와, 내 이름도 봐줬어?'

'그야 당연하지.'

'뭐라고 했어? 아니다, 잠깐만 기다려봐. 갑자기 가슴이 두근거려서 마음의 준비를 해야 할 것 같아.'

현실에선 없을 대화를 머릿속에서 상상하는 사이, 점차 딸아이는 제 모습이 되고, 저는 어머니의 모습이 되어갔습니다. 그때 퍼뜩 무언가가 떠올랐습니다.

"한 명만 더, 이름을 봐줄 수 있을까요?"

"물론이죠."

아키코 씨는 흔쾌히 받아들였어요. 토시코 씨가 가방 안에서 꺼내준 메모장과 펜으로 저는 이름을 적었습니다. 아키코 씨는 그 종이에 손을 올리며 말했습니다.

"이건 당신의 어머님 이름인가요? …벚꽃…이 보이네요."

역시 아키코 씨는 진짜 능력자였습니다. 이어서 아키코 씨가 말했습니다.

"당신을 무척이나 걱정하고 계시는군요. 혹시 이미 돌아가셨어요?"

저는 그저 고개를 끄덕일 수밖에 없었습니다. 이미지뿐만 아니라 생사 여부와 현재의 감정까지 알아낼 수 있다니….

"하지만 언제나 당신을 가까이서 지켜보고 계세요. …어머님의 목소리를 듣고 싶나요?"

저는 무슨 뜻인지 몰라 토시코 씨를 바라보았습니다.

"지난번에 했던 건 그냥 장난 수준이었고, 언니는 더 강한 힘을 갖고 있거든. 믿지 못하겠다면 불쾌한 경험이 될 테니까 여기서 그만둬도 돼."

"아니요, 듣고 싶어요."

제가 부탁하자 토시코 씨는 "언니, 시작해줘."라며 계속 종이에 손을 뻗고 있는 아키코 씨에게 말했습니다.

"정말 열심히 노력하고 있구나. 그렇게 가냘픈 몸으로, 힘든 일을 전부 혼자 짊어지다니, 정말로 장하다, 내 딸. 넌 엄마의 자랑스러운 딸이야. 하지만 무리하진 말아줘. 건강을 해치면 안 되니까…."

아키코 씨는 손을 내리고 크게 숨을 몰아쉬며 물을 마셨습니다.

"미안해요. 제가 한 번에 메시지를 받는 건 이게 한계거든요."

저는 그걸로도 충분했습니다. 설마 어머니의 말을 들을 수 있을 줄이야. 어머니가 저를 항상 지켜보고 계신다는 걸 마음속으로는 믿었지만, 때로는 이제 제 모습도 보이지 않고 목소리도 들리지 않는 먼 곳으로 떠나신 게 아닐지 불안할 때도 있었습니다. 하지만 역시 제 곁에 계셨습니다. 저에게는 들리지 않는 목소리로 계속 저를 응원해주셨던 겁니다.

나도 모르게 솟구치는 눈물을 닦아내려고 종이 냅킨을 집으려는 손을 아키코 씨가 꽉 잡아주었습니다. 어머니의 이름 위로 뻗고 있던 손이었습니다.

"닦지 않아도 돼요. 전부 흘려버리세요. 당신이 운다고 뭐라고 할 사람은 여기 없으니까요."

그 말과 함께 전해지는 손의 감촉과 온기는 틀림없는 제 어머니의 것이었습니다.

그로부터 며칠 후, 수예 교실이 없는 날에 저는 전화로 토시코 씨의 집에 초대받았습니다.

대낮이었기에 논에 나간다고 하고 집을 나갈 수 있었습니다. 토시코 씨의 집에는 아키코 씨도 와 있었습니다.

"사실은 지난번에 말하려고 했던 건데…."

토시코 씨는 조심스럽게 저를 부른 이유를 털어놓았습니다. 아키코 씨가 성명 판단을 해줄 때, 딸아이에 관해 신경 쓰이는 부분이 있었다는 겁니다.

"실례되는 일이라는 건 우리도 잘 알아. 하지만 본인에게 직접 확인하는 게 좋을 것 같아서. 혹시 따님하고는 잘 지내고 있어?"

어떻게 대답해야 좋을지 망설였습니다. 잘 지낸다는 기준이 대체 무엇일까요? 서로의 마음이 잘 통한다는 의미에서는 잘 지낸다고 말할 수 없었어요. 그렇다고 딸아이가 엇나가고 있는 건 아니었습니다. TV와 신문에서는 자식이 부모에게 폭력을 휘두른다는 말도 안 되는 뉴스가 자주 등장합니다. 그런 면에서 보면 잘 지내지 못한다고 단언할 수도 없었습니다.

하지만 이런 질문을 꺼낸 건 아키코 씨에게 짚이는 부분이 있어서였겠지요.

"딸아이의 이름에서 뭔가 또 드러나는 게 있었나요?"

저는 질문에 질문으로 답하는 경우 없는 행동을 하고 말았습니다.

"구체적인 건 알 수 없어요. 하지만 당신은 몇 가지의 불행을 경험했고, 거기에 따님이 깊이 관여되어 있다는 게 느껴집니다. 혹시 뭔가 짐작 가는 일이 없나요?"

짐작이 가는 정도가 아니라, 제가 겪은 불행은 전부 딸아이로 인해 일어났어요. 하지만 그걸 털어놓는 것은 역시 망설여졌습니다. 누구보다도 사랑받으며 살아온 제가 불행한 여자처럼 보이기는 싫었으니까요. 아마도 그런 자존심이 걸림돌로 작용했을 겁니다. 그런데 아키코 씨는 제 그런 심정까지도 이미 헤아리고 있었습니다.

"당신은 너무나 착한 사람이라서 설령 마음에 걸리는 부분이 있어도 자기 불행을 다른 사람 탓으로 돌리진 않겠죠. 하물며 그게 자기 자식이라면 더욱 감싸고 싶어지는 것도 이해하고요. 당신은 남들보다 모성애가 몇 배는 강한 천사 같은 사람이니까요. 하지만 전 따님을 나쁘게 말하려는 게 아니에요. 따님에게 깃든 좋지 않은 기운을 그대로 놔둘 수가 없을 뿐이죠."

"그게 무슨 말이에요? 악령 같은 게 씌었다는 건가요?"

저는 영혼이나 환생이 존재한다고 믿지만 유령에 관해서는 미심쩍게 생각했습니다. 좋은 영이든 나쁜 영이든 죽은 자의 혼이 지상에 존재하더라도 모습이 보일 수는 없지 않을까요? 하물며 그런 존재가 사람의 행동이나 사고를 직접 통제할 수 있을 것 같진 않았습니다.

제 곁에는 어머니의 영혼이 있긴 합니다. 하지만 어머니의 모습이 보였던 적은 단 한 번도 없었지요. 만약 어머니의 영혼이 산 사람을 조종할 수 있다면, 저에게 이 정도로 심한 불행이 찾아오진 않았을 겁니다. 아니, 적어도 사쿠라를 잃는 일은 없었을 겁니다.

"흔히 그런 걸로 착각하곤 하는데 영이나 악마 같은 건 아니에요. 우리는 그걸 '오르그'라고 부르는데, 알기 쉽게 표현하자면 기氣 같은 개념이죠. 기쁨, 슬픔, 즐거움, 괴로움. 사람들은 자기가 느끼는 그런 감정을 쉽게 말로 표현하지만, 그렇다면 슬픔이란 건 대체 뭘까요? 기쁨은요? 즐거움은요? 색이나 형태도 없는 그걸 우리는 어떻게 느낄 수 있는 걸까요? 말하자면 없지만 있고, 있지만 없는 것이기 때문에 모든 사람이 각자 어떤 방식으로든 오르그를 만들어낼 수 있는 거죠. 그 오르그가 따님의 경우는 무척 좋지 않은 상태라서 가장 가까운 당신의 오르그에도 영향을 끼치는 거예요. 특히 당신처럼 감성이 풍부한 사람은 영향을 받기 쉽기 때문에 혼자서 전부 짊어지게 되는 거고요."

아키코 씨의 말은 제게 큰 충격을 주었습니다. 지금까지 벌어진 일이 전부 그 말로 설명되는 기분이었지요. 어머니가 돌아가신 일도요. 언덕집에서 살던 무렵엔 저보다도 감성이 풍부하셨던 어머니가 딸아이의 나쁜 오르그를 혼자 받아내셨던 겁니다. 그런 식으로 저를 지켜주신 거였어요.

"나쁜 오르그를 개선할 수는 있나요?"

"네, 바로 좋아지는 건 어렵지만요. 토시코, 그걸 가져와."

아키코 씨의 말에 토시코 씨가 옆방에서 하얀색의 작은 종이봉투를 가져왔어요. 아키코 씨는 그 안에서 종이 뭉치 같은 것을 꺼냈습니다. 가루약이 담긴 약봉지였습니다.

"이건 제 선생님이 조합해준 한약 비슷한 거예요."

아키코 씨는 '선생님'이라고 말했습니다.

"저한테는 옛날부터 이런 힘이 있었던 게 아니에요. 단순히 감이 조금 날카로웠을 뿐이죠. 그런데 제가 스무 살에 결혼하고 5년 뒤에 사고가 나서 남편과 자식을 동시에 잃었어요. 저도 따라 죽어버리자고 생각했을 때 손을 뻗어준 사람이 있었죠. 그게 바로 선생님이에요. 선생님 곁에서 오르그를 공부하는 사이 저에게도 조금씩 보이게 되었지만, 선생님에 비하면 아직도 멀었죠. 선생님이라면 당신 어머님의 목소리도 더 길게 들려줄 수 있을 거예요. 당신이 원한다면 선생님을 통해 대화를 할 수도 있고요."

"저도 그 선생님을 만나 뵐 수 있을까요?"

"그건 당신의 마음에 달려 있겠죠. 호기심에 선생님을 만나려 하는 사람이 잔뜩 있거든요. 한 번은 그런 사람들이 몰려들고 매스컴에서도 취재를 왔는데, 그중에는 사기꾼이라고 욕하는 사람도 있어서 선생님은 심한 마음의 상처를 입으셨어요. 앞으로는 오르그에 대해 누구에게도 이야기하지 않고, 재앙의 징후가 보여도 알려주지 않겠다고 하셨죠. 그걸 저 같은 제자들이 열심히 설득해서 간신히 도움을 주시게 된 거예요. 그러니까 당신 마음속에 선생님에 대한 의심이 조금이라도 있다면 만나게 해줄 수 없어요."

"그러면 어떻게 해야…."

"간단해. 선생님의 힘을 실감해보면 의심 따윈 금세 날아가 버리지."

토시코 씨가 말했습니다. 그리고 토시코 씨는 자기도 이 약을 복용하고 있다고 밝혔습니다.

토시코 씨의 첫째 딸은 중학교에 진학한 무렵부터 질 나쁜 친구들과 어울리기 시작했고, 밤늦게까지 돌아다니거나 도둑질을 해서 학교와 경찰에 불려가는 일이 자주 생겼다고 합니다. 토시코 씨가 마음을 독하게 먹고 혼내거나 눈물로 호소해도 딸아이는 그 마음을 알아주지 않았고 합니다. 그래서 토시코 씨는 딸을 죽이고 자신도 죽으려고까지 생각했다고 했습니다.

그 무렵, 아키코 씨는 수행에 전념하느라 멀리 떨어진 곳에서 살고 있었습니다. 그런데 아키코 씨는 오르그를 통해 토시코 씨의 각오를 알아챘고 선생님께 상의한 결과, 이 약을 조합해주셨다는 겁니다.

토시코 씨는 이 약을 여드름에 효과가 있다고 속여서 딸에게 매일 한 봉지씩 먹였는데, 서서히 질 나쁜 친구들과 거리를 두고 학업에 열중하게 되었다고 합니다. 지금은 도쿄의 유명한 여자 단기대학에 들어가서 통역사를 목표로 어학 공부를 하고 있다고 했습니다. 선생님께도 진심으로 감사하고 있어서 직접 한 번 만나기까지 했다는 이야기였습니다.

"희귀한 약초를 써서 만든 거라 자매끼리도 할인해줄 수 없어서 솔직히 재정적인 타격은 컸어. 하지만 우리 딸과 나, 이렇게 두 사람의 인생을 치료해준 약이라고 생각하면 절대 비싸다는 생각은 안 들거든. 아, 이렇게 말하면 우리 집 주머니 사정이 다 들통나겠네. 타도코로 저택의 안주인인 당신에게는 그리 비싸게 느껴지지 않을 테니까."

토시코 씨는 쑥스러운 듯이 말하며 약의 가격을 밝혔습니다. 종이봉투 하나에 약봉지가 10개, 즉 10일 치에 1만 엔이었습니다. 한 달이면 3만 엔이지요. 마음속으로 내지른 비명이 입 밖으로도 나올 뻔했습니다. 매달 빠듯한 돈으로 겨우 살림을 꾸려나가고 있는데 3만 엔이라니요.

하지만 그걸로 딸아이가 저와 어머니의 피를 물려받은 원래의 모습으로 돌아와 준다면, 토시코 씨의 말처럼 비싼 금액은 아닐지도 몰랐습니다. 히토미 씨에게 받는 월세도 있고, 노리코도 집에 오지 않게 된 만큼 식사량을 조금만 줄인다면 도저히 감당할 수 없는 금액은 아니었지요.

그런데다 어머니의 목소리를 듣고 대화까지 할 수 있었으니까요. 100만 엔을 내도 상관없었고, 정 안된다면 어머니가 남겨주신 집을 팔아버리기로 결심했습니다.

딸아이에게 먹인 약의 효과는 눈에 띄게 나타나기 시작했습니다.

30등 언저리였던 성적은 10등 이내로 올라갔고, 학급 위원에 입후보하면서 학교 선생님들에게도 좋은 평가를 받았습니다. 자원봉사 등 지역 활동에 적극적으로 참여해서 이웃 사람들의 평판도 올라갔고요. 그럴 때마다 저는 항상 정원의 수양벚나무 줄기에 손을 대고 어머니에게 알려드렸습니다.

'엄마, 우리 피를 물려받은 딸은 점점 원래 모습을 되찾으면서 착한 아이로 자라나고 있어요.'

빨리 어머니의 말을 듣고 싶었습니다. 아키코 씨는 두 달에 한 번꼴로 토시코 씨의 집에 와서 성명 판단을 통해 딸아이의 오르그가 서서히 정화되어 가는 것을 확인해주었습니다. 그걸 어머니가 무척 기뻐하고 있다는 것도 알려주었고요.

그렇게 해서 딸아이에게 약을 먹인지 반년이 지나자, 이제 다음 달에는 선생님과 만나게 해주겠다는 약속을 받았습니다.

어머니와 어떤 이야기를 할까? 저는 약속한 날만 손꼽아 기다리고 있었는데, 결국 선생님과는 만나지 못했습니다. 뿐만 아니라 토시코 씨, 아키코 씨도요.

토시코 씨한테 약을 산 걸 시어머니께 들켜버렸기 때문입니다. 저는 여드름 약이고 한 달 치에 불과 3천 엔이라고 말했지만, 그런 거짓말은 통하지 않았습니다. 시어머니는 토시코 씨가 옛날부터 불행한 일을 겪은 사람에게 접근한 뒤 잘 꼬드겨서 약이나 수정구슬, 인감 등을 비싸게 팔아먹는 사기꾼이었다고 하셨어요.

이제 두 번 다시 토시코 씨와 만나면 안 된다는 말을 들었습니다. 이 주변엔 타도코로 가문에 신세를 진 사람들이 잔뜩 있으니까 몰래 만나려 해도 금방 알아낼 있다고 협박했습니다. 토시코 씨와 또 만난다는 걸 알면 경찰에 신고하겠다는 말에, 저는 시어머니가 보는 앞에서 토시코 씨에게 전화를 걸어 수예 교실에 더 이상 갈 수 없게 되었다고 말했습니다.

"시어머니가 뭐라고 하신 거야?"

토시코 씨는 바로 눈치챘습니다. 저는 지금까지 친절히 대해줘서 고맙다는 말만 전한 뒤 전화를 끊었습니다.

"네가 유산하고 힘들어하는 걸 파고들었겠지만, 배 속에 고작 몇 달 살아 있었던 아기에게 영혼 같은 게 있을 리 없다. 그런 일을 겪은 여자는 세상에 차고도 넘칠 텐데, 혼자 힘으로 극복하지도 못하면 어쩌자는 게야."

감히 그런 소리를 내뱉는 시어머니 입을 테이프로 막아버리고 싶었습니다. 하지만 시어머니의 뒤이은 말에 저는 다시 생각하게 되었지요.

"사기꾼의 표적이 된 건 우리 가족의 결속력이 약해진 증거일 게다. 참 부끄러운 일이지. 앞으로는 이 집에 남은 사람들끼리 서로 도우며 살아가자꾸나."

또 한 번 커다란 것을 잃었지만, 이번에는 얻은 것도 있다고 저 자신을 타일렀습니다. 하지만 좋든 나쁘든 이런 결과를 만들어낸 건 이번에도 역시 딸아이였습니다.

"그 애가 이상한 약을 먹는 걸 봤다. 콩가루를 3천 엔에 산 건 분하지만, 더 이상한 걸 강매당하기 전에 끝난 걸 다행으로 여겨야겠지."

평소엔 시어머니와 제대로 눈도 마주치지 않는 딸아이가 왜 하필 시어머니가 보는 앞에서 약을 먹었을까요? 그리고 어째서 토시코 씨에게서 구매한 사실까지 이야기한 걸까요? 하필이면 이럴 때 시어머니와 한 편이 되는 걸 보면, 역시 딸아이는 타도코로 가문의 피를 강하게 이어받았나 봅니다.

신부님. 저는 토시코 씨가 사기꾼이라고 생각지 않습니다. 아키코 씨의 능력은 앞서 적었던 대로 진짜였으니까요. 만약 시어머니에게 조금만 더 늦게 들켜서 아키코 씨의 선생님과 만났다면 좋았을 거란 생각을 지금도 가끔 떠올립니다.

저는 정말 어머니와 이야기해보고 싶었으니까요. 그리고…. 선생님과 아키코 씨의 조언으로 그 뒤에 벌어질 불행한 사건을 미리 막아낼 수 있었겠지요. 그래서 이렇게 계속 부질없는 후회를 합니다.

딸의 독백

암흑 속에서 손에 관한 생각만 하게 되는 건 왜일까? 온도나 감촉의 기억뿐 아니라 누군가가 손수 만들어준 물건에 대한 추억이 많기 때문은 아닐까?

엄마와 맞춰 입었던 옷. 외할머니의 에코백. 아빠가 손수 만든 요리. 토오루의 손거울. 하루나가 손수 구워준 쿠키….

꿈같은 집에서 타도코로 저택으로 이사한 뒤로 엄마에게는 자유로운 시간이 전혀 없었다. 그런 가운데서도 엄마가 방석 커버나 식탁보를 만드는 걸 보면 안심이 되곤 했다.

엄마가 수예 교실에 다니기 시작한 건 내가 중학교에 들어갈 무렵이었다.

엄마는 주 1회, 화요일 밤마다 같은 동네의 나카미네 씨의 집에 가서 직접 만든 수예품을 갖고 돌아왔다. 집에 돌아오면 내게 가장 먼저 작품을 보여주면서 어느 부분이 어려웠다든가, 색 조합이 예쁘다고 칭찬받았다는 이야기를 잔뜩 들뜬 표정으로 들려주었다. 연필꽂이와 액세서리 보관함 같은 물건은 내게 쓰라고 주었다. 꿈같은 집에 살 때의 엄마가 돌아온 것 같아서 나는 화요일이 늘 기다려졌다.

나카미네 씨는 엄마가 아기를 유산했을 때 구급차를 불러준 사람이다. 엄마에게 활기를 되찾아주기 위해 수예 교실에 오라고 제안해 준 것이리라. 나는 언제나 엄마가 기뻐하는 얼굴을 보고 싶었다. 어떻게 하면 기뻐해 줄지 필사적으로 생각했다. 그런데 정답은 허무할 만큼 간단했다. 밖으로 나갈 수 있게 해주면 되는 거였다. 엄마에게 괴로움을 주는 장소는 타도코로 저택이었으니까. 하지만 그 사실을 인정하는 건 무척이나 슬픈 일이었다.

나는 가족여행이라는 걸 가본 적이 없다. 꿈같은 집에 살던 무렵엔 아빠가 즉흥적으로 차에 짐을 싣고 자주 먼 곳까지 다녀왔다고 한다. 타도코로 저택에서 매일 녹초가 될 만큼 일하는 엄마에게 가족여행 가자고 할 수 없어서 아빠에게 말했던 적이 있다. 그러자 아빠는 어렸을 때 여기저기 많이 데려가 주지 않았느냐며 그것도 모르냐는 투로 대답했다. 그런데 내 기억에는 여행에 관한 것이 아주 조금도 남아 있지 않았다.

"말이 안 통하네."

그 말에 약이 올라 그게 대체 서기 몇 년에 발생했던 일이냐고 아빠에게 따져 물었더니, 전부 내가 태어나고 세 살이 될 무렵에서 끝나는 이야기였다. 사진이라도 남아 있다면 뭔가를 떠올리거나 기억을 재구성할 수 있겠지만, 앨범은 화재 때 전부 불타버렸다.

사랑이란 건 이기심과 이기심의 충돌이 아닐까?

나는 엄마가 기뻐하길 바랐다. 나를 바라봐주길 바랐다. 내가 무언가를 해줌으로써 엄마가 기뻐하고 "고마워."라며 머리를 쓰다듬어주길 바랐다. 손을 잡아주길 바랐다. 중학생이 된 뒤로는 부모님이 머리를 쓰다듬어주는 일은 없을 거라고 단념한 대신, 따뜻한 말과 미소를 더 간절히 원했다.

나는 그렇게 일방적으로 사랑을 갈구했다. 내가 사랑을 주면 그만큼 사랑받을 거라 믿었다. 하지만 내가 주는 사랑을 엄마는 사랑으로 느끼지 못한 건 아닐까? 나는 집 안에서 엄마를 지켜낼 생각만 했다. 그런데 엄마에게 진정 필요했던 건 집 밖으로 나갈 수 있게 도와주는 일이었다.

엄마가 수예 교실에 가는 밤에는 내가 저녁 식사 뒷정리를 했다. 평소 같으면 일이 끝나고 별채로 빨리 돌아갔을 테지만, 언제든 할머니가 시키는 일을 할 수 있도록 엄마가 돌아올 때까지는 본채에 남아 있었다. 엄마는 그걸 가장 기뻐했는지도 모른다. 그래서 나에게 수예품을 준 것이다. 새 옷을 사줄 여유가 없어진 것에 대한 미안함의 표현은 절대 아닐 것이다.

아빠가 근무하는 철공소의 사정이 좋지 않다는 건 나도 알고 있었다. 철공소는 이 작은 지방 도시의 주요 산업이었고, 아빠와 같은 철공소에 다니는 부모님이 계시는 아이가 반에 열 명은 넘었다. 그중

세 명이 반년 만에 아빠의 전근을 이유로 전학을 갔다. 남은 아이들도 올해 안에 철공소가 망할지도 모른다는 이야기를 자주 했다.

회사 사정을 알고 있다는 건 집에서 아빠에게 그런 이야기를 들었다는 뜻일 테니, 대등한 어른으로 대접받는 게 부러웠다. 그래서 나도 아빠에게 회사 사정을 물어본 적이 있었다.

"아빠 회사 망한다는 게 진짜야?"

"누가 그래? 불황이라고 회사가 그렇게 쉽게 망하는 건 아냐. 조합도 있고."

"조합이 뭔데?"

"뭐야, 그런 것도 모르면서 물어봤어? 본채 2층 책장에 마르크스의 《자본론》이 있으니까 한 번 읽어보든가."

멋진 책장에는 세계 사상 전집이 꽂혀 있었다. 하지만 그건 책의 형태를 띤 고상한 장식품이었을 뿐이다. 어차피 아무도 읽지 않고 거들떠보지도 않았다.

"하지만 릿짱 방인데 맘대로 들어가면 안 되잖아."

"이젠 릿짱 방이 아냐. 그리고 그 전집은 내가 대학생 때 산 거고."

아빠가 책을 읽는 모습을 한 번도 보지 못한 나로서는 상당히 놀랄 수밖에 없었다. K대학을 나왔다는 건 할머니가 자주 자랑하고 다녔기에 알고 있었지만, 그런데도 철공소의 평사원으로 일하는 걸 보면 대학에서 전혀 공부하지 않았기 때문이라고 단정 지은 것이다. 전에 대학에서 뭘 했냐고 물었더니 "마작."이라고 짧게 대답하는 걸 보고 진짜 그런 줄로만 믿고 있었다.

나는 지금까지 아빠에 대해서도 잘 몰랐다는 걸 깨달으면서, 일단 마르크스의 《자본론》을 읽어보기로 했다.

엄마가 있을 땐 본채 2층으로 올라가는 게 꺼려졌고, 수예 교실에 가 있는 시간에도 할머니에게 들켜서 잔소리를 듣기는 싫었기에 아빠에게 같이 가달라고 부탁했다.

저녁 식사를 마친 뒤에 둘이서 2층에 올라가 명목상으론 릿짱의 소유로 되어 있는 방에 들어섰다. 아빠는 책장의 유리문을 열고 마르크스의 《자본론》을 꺼냈다. 아빠에게 건네받은 책을 케이스에서 꺼내 펼쳐보자 종이에 꽉 들어찬 글자들이 자신은 장식품이 아니라고 주장하는 듯했다. 이 책에 적힌 내용이 아빠의 머릿속에도 들어 있다고 생각하니 아빠의 얼굴이 갑자기 다부져 보였다.

"이건 뭐야?"

그걸 발견한 건 아빠였다. 방의 남쪽 창가에 작은 테이블이 있고, 그 위로 직경 15센티미터 정도의 커다란 유리구슬이 금색 방석에 얹어진 채 놓여 있었다.

"리츠코한테 점성술 같은 취미가 있었나?"

"모르겠어. 그런데 난 릿짱이 여기 살 때는 이런 물건을 본 적이 없어."

나는 릿짱이 가출한 날에도 이 방에 들어왔었다. 이렇게 커다란 물건이 있었다면 기억하지 못할 리가 없다.

"네 할머니 것인가?"

아빠는 유리구슬을 방석째로 들고 1층의 할머니 방으로 들어갔다. TV를 보던 할머니는 거슬린다는 듯이 고개를 돌리려다 아빠가 들고 있는 물건을 보더니 "무슨 짓이냐!"라며 목소리를 높였다. 그러나 아빠는 물러서지 않았다.

"이게 대체 뭡니까?"

아빠는 침착한 목소리로 할머니에게 물었다.

"부적이다."

할머니는 그렇게 말하며 그것이 얼마나 가치 있는 물건인지를 설명하기 시작했다. 이건 성명 판단을 통해 멀리 떨어진 사람의 오르그라는 기를 볼 수 있는 대단한 선생님한테서 구입한 수정구슬이라고 했다. 이 수정구슬을 리츠코의 방 창가에 놓아두면 리츠코의 오르그가 그곳에 모여들면서 리츠코의 상태를 나타내준다는 것이었다.

리츠코가 건강하다면 수정구슬은 아름다운 광택을 띠고, 사고나 중병 같은 나쁜 일을 당하면 수정구슬에 금이 가고 깨지거나 투명하던 수정구슬이 검고 탁한 색으로 변화한다는 것이다. 당연히 그럴 리가 없다.

"말도 안 되는 소리잖아요. 속아 넘어간 거네요."

아빠는 어이가 없다는 듯이 말하며 셔츠 가슴 주머니에서 담배를 꺼내더니 불을 붙였다. 할머니는 선생님의 능력이 진짜라는 걸 필사적으로 웅변했다. 그 제자라는 사람도 이름 위에 손을 대기만 했는데 그게 어떤 사람인지 알아냈다고 한다. 기쁨, 분노, 슬픔, 즐거움 등의 감정에는 색도 없고 형태도 없다. 있지만 없고, 없지만 있다. 따라서 모든 것이 하나의 오르그로 이루어져 있다고 선생님은 말씀하셨단다.

생각이 짧은 나는 정말 그런가 보다 하면서 고개를 끄덕거리며 듣고 있었다.

"반야심경 짝퉁이네. 절에다 비싼 기부금까지 냈는데 거기 스님은 반야심경의 의미도 안 가르쳐준 거야? 성명 판단도 어차피 누구한테나 들어맞을 만한 추상적인 소리만 해댔겠지. 리츠코가 가출했다는 걸 알고 어머니를 호구로 잡은 거야."

할머니는 반박할 말이 없었는지 입을 빠끔거릴 뿐이었다. 하지만 아빠는 더 이상 비난하는 말은 하지 않았다. 옆에 있던 재떨이에 아직 절반만 피운 담배를 끄고 귀에 꽂더니, 할머니와 똑바로 마주 보았다.

"전 말이지요. 어머니가 굉장히 똑똑한 사람이라고 믿어요. 제가 그나마 공부를 좀 했던 건 아버지가 아니라 어머니의 피를 이어받았기 때문입니다. 그러니 제가 더 이상 말하지 않아도 어머니는 제 말을 이해하시는 거죠?"

아빠가 양손으로 할머니의 어깨를 강하게 붙잡자, 할머니는 고개를 살짝 끄덕였다.

"이런 유리구슬에 의존하지 않아도, 리츠코라면 감기만 걸려도 엄마가 보고 싶어서 돌아올 거야. 걔는 자기가 무슨 짓을 해도 엄마만큼은 도와줄 거라고 믿거든. 멋대로 가출했으니까 용서받지 못할 거란 생각은 눈곱만큼도 안 해. 지금까지 아무 연락도 없다는 건 건강하게 지내고 있단 증거라고."

아빠는 이렇게 따뜻한 위로를 할 줄 아는 사람이었다. 그런데 왜 엄마에게는 해주지 않는지 원망스러웠다. 아니면 엄마가 아기를 유산했을 때 내가 모르는 곳에서 따뜻한 말을 건네주었던 걸까?

아빠의 말에 할머니는 연신 고개를 끄덕이더니 "내가 잠깐 정신이 어떻게 됐었나 보다."라며 자기 잘못을 순순히 인정했다. 그리고 2층 방으로 올라가더니 유리구슬을 나무상자에 넣어 서랍장 안에 집어넣었다.

"이런 건 누름돌로도 못 써먹겠군."

그렇게 말하는 할머니는 평소의 독살스러운 말투로 돌아와 있었다. 별채로 돌아온 뒤에 나는 아빠에게 물었다.

"그렇게 잘 설득할 수 있으면서 왜 평소엔 아무 말도 안 해?"

"그 유리구슬을 공짜로 받았다면 그냥 넘어갔겠지만, 아마 상당한 돈을 냈을 거 아냐. 나중에 더 이상한 걸 강매당하게 할 순 없지. 너도 별것 아닌 일로 할머니한테 따지려 들지 말고 그냥 내버려 둬. 그러다 중요한 순간에 살짝 자존심을 세워 드리면 되는 거야."

"그럼 그걸 왜 엄마한테는 안 가르쳐줘?"

"그건 힘들어. 네 엄마한테는 어떻게 행동하고 꼭 그렇게 살아야 한다는 자기만의 신념 같은 게 있으니까. 꼭 그러지 않아도 세상은 잘 돌아간다는 말을 들으면, 지금까지 살아왔던 인생을 부정당하는 기분이 들지 않겠어?"

나는 그 말을 엄마가 지금까지 해온 일이 옳았다고 생각할 수 있도록 지켜주자는 뜻으로 받아들였다.

"농사일이나 집안일은 안 해도 돼, 할머니 말은 그냥 무시해도 돼. 이게 아니라, 항상 고마워 엄마, 열심히 해 엄마. 이렇게 말해야 엄마는 기뻐한다는 거지?"

"잘 아네. 뭐, 실제로 이 집에 엄마가 없었으면 이미 예전에 망해 버렸을걸?"

아빠는 내가 생각한 것처럼 집에서 벌어지는 일을 외면했던 게 아니었던 셈이다. 아빠는 큰일을 하나 끝마쳤다는 듯이 한숨을 쉬고는 아까 피우다 만 담배를 귀에서 빼 들더니 불을 붙였다. 평소와 똑같은 모습이었다.

"아빠는 엄마한테 그렇게 말해줬어?"

"말하지 않아도 알 거야. 네 엄마는 머리도 똑똑하고 상상력도 뛰어나니까."

그때는 아빠의 말에 완전히 납득해 버렸지만, 지금은 그게 잘못되었다는 걸 안다. 직접 말했으면 좋았을 것이다. 아빠도, 그리고 나도 엄마를 얼마나 사랑하고 고마워하고 있는지를.

엄마가 수예 교실에 다닌 지 1년 정도가 지났을 무렵, 내게 여드름에 잘 듣는다는 약을 사다 주었다. 나카미네 씨네 딸도 먹는 약인데 무척 효과가 좋다고 했다. 하얀 약봉지에 싸인 황토색의 가루약이었다. 입에 넣고 물을 마시면 가루가 부풀어 오르며 목 안쪽까지 콩 냄새났다.

어머니가 "어때?"라고 묻길래 "조금 삼키기 힘들어."라고 솔직하게 대답했더니 "너란 애는 정말…."이라는 짜증 섞인 말이 돌아왔다.

엄마를 화나게 한 것이다. 경제적인 여유가 없는 와중에 나를 위해 사준 약인데.

그 뒤로 나는 아무 불평 없이 약을 먹었다. 그런데도 이마와 뺨에 생겨난 여드름은 사라지긴커녕 점점 늘어만 갈 뿐이었다. 엄마는 먼저 나쁜 균을 전부 배출시키는 과정이라고 설명했지만, 기왕 날 위한 선물을 줄 거라면 새 옷을 받고 싶었다. 엄마에겐 사랑이었을지 몰라도 나에겐 성가시기만 할 뿐이었다.

엄마가 어떻게 해주면 내가 행복하다고 느꼈을까? 하지만 나는 절대 방치된 것은 아니었다. 엄마는 오히려 그때부터 내게 더 많은 관심을 주었으니까.

시험 성적은 반드시 확인받으라고 하면서 틀린 문제의 개수만큼 맞았고, 좋은 점수를 받아오면 만족스러운 얼굴로 외할아버지의 피를 이어받았으니 당연하다고 말했다. 학급 위원에 후보로 나가라고 하거나 봉사 활동에 참여하라는 말에, 내 적성에는 안 맞는다고 생각하면서도 순순히 따랐다. 엄마는 이웃 사람 앞에서 내 험담을 하며 그 사람의 자녀를 칭찬했다. 그러자 이웃 사람은 그 말을 받으며 자식 자랑을 시작했다.

눈빛이 마음에 안 든다, 말투가 마음에 안 든다, 목소리가 마음에 안 든다, 소리 내서 설거지하는 게 마음에 안 든다 등. 할머니에게 그런 말을 들을 때면 화는 나도 풀이 죽은 적은 없었는데, 어머니에게 혼날 때면 내 존재 자체가 사라져가는 것만 같았다.

'나를 칭찬해주는 사람은 어디에도 없다.'

'내 존재를 인정해주는 사람은 어디에도 없다.'

'그렇다면 나는 대체 왜 여기에 있는 것일까?'

그런 생각을 하다가 거울을 보면 여드름투성이 얼굴이 눈에 들어왔고, 죽어버리고 싶은 기분이 들었다. 하지만 엄마가 죽길 바란 적은 단 한 번도 없었다. 엄마가 싫었던 적은 한 번도 없었다. 엄마가 싫어하는 내가 나도 싫었을 뿐이다.

어떻게 하면 내 존재를 받아들여 줄지 생각했다. 엄마가 날 인정해주지 않는다면, 나라도 나 자신을 긍정해주어야만 했다. 나 자신을 좋아해야만 했다. 그러려면 내가 좋아하는 사람처럼 되어야만 한다. 내가 엄마처럼 된다면 나 자신을 좋아할 수 있게 될까?

그리고 언젠가, 엄마도 날 좋아해 줄까?

엄마에게 사랑받고 싶다. 어느 쪽에서 무슨 생각을 하든, 다다르는 결론은 늘 똑같았다.

엄마는 유일한 즐거움이던 수예 교실을 1년 반 만에 그만두었다.

엄마에게 이유를 물었더니, "밤늦게 나가기 피곤하잖니. 농사일만 해도 힘든데."라고 기운 없는 목소리로 대답했다. 어쩌면 할머니 때문일지도 모른다는 의심이 들었다.

어느 날 여드름 약을 뜨거운 우유에 섞고 설탕을 타면 맛있게 먹을 수 있다는 걸 발견하고, 엄마가 수예 교실에 가는 날에만 그 방식으로 먹었다.

그러다 한 번은 부엌에 들어온 할머니가 “콩가루 우유를 먹는 게냐?”라고 물었던 적이 있다. 여드름 약이라고 대답해도 할머니는 끝까지 콩가루 냄새가 난다고 우기며 맛까지 보더니, 어디서 났느냐고 물었다. 나는 엄마가 나카미네 씨를 통해 구입한 약이라고 설명했다.

그게 원인일지도 모른다고 생각했지만, 설마 여드름 약 하나 때문에 수예 교실을 그만두게 하진 않을 것 같았다. 2, 3년 전의 할머니라면 모를까, 그 무렵의 할머니는 예전보다 엄마에게 훨씬 유하게 대하고 있었다. 자기 딸들이 있어 봐야 아무 쓸모도 없고, 결국 엄마에게 의지해야 한다는 걸 그제야 깨달은 것이리라.

엄마가 자기 의지로 그만두었다면 내가 할 수 있는 말은 아무것도 없었다. 나카미네 씨와 교류가 끊겼기 때문인지 나도 여드름 약에서 해방될 수 있었다. 여드름엔 아무 효과도 없었으므로 아쉬울 건 없었다.

할머니가 엄마를 못살게 굴지 않으면 나도 더는 엄마를 지킬 필요가 없다. 당연히 기뻐해야 할 일인데도 불구하고 어쩐지 씁쓸한 기분이 들었다.

‘엄마와 나만 남게 된다면, 엄마는 나를 필요로 해줄까? 나를 사랑해줄까?’

결국 나는 항상 그런 식으로 엄마를 갈구했을 뿐이다. 그래서 깨닫지 못했던 것이다.

엄마가 나를 사랑해주지 않는 이유를.

다른 항아리들은 술을 담거나 기름을 담는다
그 외벽이 그려내는 텅 빈 배 속에
그러나 나는, 더 작고 더 가냘픈 나는
흘러내리는 눈물을 위해 나를 둥글게 판다

술이라면 항아리 속에서 향기로워지리라
기름이라면 맑아지리라
그러나 눈물은 어찌 되는가?
눈물은 나를 무겁게 하고
눈물은 내 눈을 멀게 하고
구부러진 내 허리를 빛바래게 한다
마침내 나를 무르게 하고, 이윽고 나를 텅 비게 만든다

-눈물 항아리

제6장

오너라,
최후의 고통이여

모성에 관하여

"네가 이야기하고 싶은 당사자는 어머니야? 아니면 딸이야?"

국어 선생님은 마지막 메뉴로 릿짱에게 한 번 더 타코야키를 주문한 다음 내게 물었다.

릿짱이 2인분이냐고 확인했기에 내가 타코야키 챠즈케를 만들어 달라고 하자, 국어 교사도 같은 메뉴로 변경했다.

"본심을 알고 싶은 건 어머니 쪽이지만, 이야기하고 싶은 건 딸 쪽이에요."

"의식불명 상태라던데, 회복되면 뭔가 조언해주고 싶은 이야기라도 있는 거야?"

"그렇게 거창한 일을 하려는 건 아니에요. 다만 여자라는 생물은 두 종류가 있다는 걸 알려주고 싶네요."

"호오, 무슨 두 종류지? 천사와 악마?"

"전 그런 눈에 안 보이는 존재는 안 믿습니다. 좀 더 간단한 존재, 바로 어머니와 딸이에요."

"그걸 모르는 사람도 있어?"

아니다. 그걸 모르는 사람은 없다고 착각하고 있을 뿐이다.

"아이를 낳은 여자들이 전부 어머니가 될 수 있는 건 아니에요. 모성이란 게 모든 여자에게 있는 건 아니고, 그것 없이도 아이는 낳을 수 있죠. 아이가 태어난 다음부터 모성이 생겨나기 시작하는 사람도 있을 거고요. 반대로 모성을 갖고 있었는데도 누군가의 딸로 남고 싶다, 보호받는 입장으로 남고 싶다고 강하게 바람으로써 무의식중에 내면의 모성을 배제해버리는 여자도 있는 거죠."

"아아, 알겠어. 네가 말하는 어머니와 딸은 '모성을 가진 여자'와 '갖지 않은 여자'를 말하는 거로군. 그래서, 어머니가 미묘한 인터뷰를 남긴 자살미수 여학생에게 '운 나쁘게 모성이 없는 여자의 딸로 태어났더라도 비관하지 말고 힘내렴!' 이런 말이라도 해주려고?"

"…그런 쉬운 답이 있었군요."

릿짱이 "기다렸지?"라며 양손에 든 도자기 그릇 두 개를 카운터에 동시에 내려놓았다. 네 잎 클로버 모양으로 배치된 타코야키 위로 유자 맛 가쓰오 국물을 붓고, 파드득나물을 듬뿍 얹은 요리였다.

"맛있겠는데?"

"그 상태로 먹어도 맛있지만 간장을 한 방울 떨어뜨리는 걸 추천드려요."

국어 선생님에게 말하는 걸 들은 릿짱이 깜빡했다는 듯 "히데, 간장 좀."이라고 남자 알바생에게 말했다. "응."이라는 무뚝뚝한 대답과 함께 간장통을 건네받았다. 히데? 알바생의 얼굴을 다시 보고 나서야 그가 누구인지 간신히 알아챘다.

"그래도 뭐, 조사는 해보겠지만 너무 무리하진 말라고. 중요한 시기잖아?"

"알고 계셨네요."

"그럴지도 모른다고 생각만 했던 건데, 모성 운운하는 걸 보고 확신했지. 자기도 곧 똑같은 입장이 되니까 신경 쓰이는 거 아냐?"

그 말을 듣고, 그릇에 대고 있던 손으로 배를 만져 보았다. '이제 곧 끝날 거야.'라고 손바닥을 통해 마음을 전하자 '천천히 해.'라고 대답하듯 느긋한 태동이 전해져왔다.

나와 이 아이가 똑같은 입장이 될 리 없지 않은가.

어머니의 고백

신부님—.

세상 사람들이 제가 딸아이를 자살로 몰아넣었다고 오해하는 이유는 지금까지 적었던 대로 딸아이가 저에게서 행복을 계속 앗아갔기 때문이 아니라, 역시 자살미수와 동시에 타도코로가 자취를 감춰버렸기 때문이라고 생각합니다.

게다가 히토미 씨까지 어딘가로 사라져버렸지요.

'타도코로와 히토미 씨는 불륜 관계였다, 그걸 알아챈 딸아이가 저에게 충고했기 때문에, 제가 화가 난 나머지 딸아이에게 심한 말을 해서 자살로 몰았다, 혹은 타도코로와 히토미 씨가 야반도주하리라는 것을 딸아이는 알면서도 침묵했다, 그 사실을 알게 된 제가 분노를 딸아이에게 향하여 자살로 꾸며 살해하려 했다.'

그런 소문들은 집 안에 틀어박힌 제 귀에도 들어왔고, 삼류 여성

주간지에는 마치 그날 밤 일을 직접 목격이라도 한 것처럼 생생하게 묘사되어 있었습니다. 물론 전부 누군가가 상상한 내용이었지만요.

제가 입을 다물고 있으면 소문을 긍정하는 것처럼 보이겠지요. 창자가 끊어지는 심정으로, 집 밖에 진을 친 기자들 앞에 서서 저는 딸아이를 애지중지하며 모든 걸 바쳐 키웠다고 호소했습니다.

그런데 제가 사랑이라는 말을 거듭할수록 그들은 흥이 깨진 듯한 얼굴이 되더니 이걸로 또 어떤 재밌는 이야기를 꾸며낼지 고민할 뿐이었습니다.

하지만 어머니가 목숨을 걸고 그 아이를 지켜냈다는 사실까지 밝힐 생각은 없습니다. 사랑을 이해하지 못하는 그들에게 그 태풍 오던 날의 일을 이야기해도, 미래로 생명을 이어 나가려 하신 어머니의 마음과 각오, 그리고 제 결의를 상상할 수 있는 사람은 아무도 없을 테니까요. 딸아이 때문에 어머니의 목숨을 구하지 못한 것에 대한 오랜 원한이 폭발한 것뿐이지 않냐고, 견디기 힘든 잔인한 말로 매도당하는 것만큼은 피하고 싶습니다.

제가 태풍 오던 날에 관해 솔직히 털어놓은 사람은 신부님뿐입니다. …아니, 실은 중요한 사실 한 가지를 아직 밝히지 못했습니다.

신부님이라면 제가 딸아이에게 복수 같은 잔인한 행위를 할 리가 없다는 걸 이해하실 테지만, 도저히 그것만은 쓸 수 없었습니다. 그래도 역시 용기를 내어 말씀드려야겠지요. 다만 그 전에 타도코로에 대한 제 마음을 적어두고 싶습니다.

사랑하는 남편에 대한 마음을—.

타도코로와 결혼하고 18년 동안, 그의 입에선 단 한 번도 저를 향해 "사랑해!"라는 말이 나오지 않았습니다. 하지만 그 사람은 그런 말을 꺼낼 만한 성격이 아니며 깊은 감정을 가슴속 가장 소중한 곳에 간직하는 사람이라는 걸 정확히 이해하는 사람은 저밖에 없을 겁니다.

말이란 건 무엇을 위해 존재할까요? 마음을 전하기 위해, 마음을 알기 위해, 마음을 현실로 만들기 위해…. 저에게는 그런 의미였습니다. 아마 많은 사람이 똑같을 거라 생각합니다. 하지만 타도코로에게 말이란 다른 의미를 가진다는 걸 지난 1년 사이에 알 수 있었지요. 말은 싸우기 위해 존재했어요.

리츠코가 떠나고, 시아버지가 돌아가시고, 노리코가 떠나자 넓은 저택 본채에 혼자 남게 된 시어머니는 저만을 의지하게 되셨습니다. 그렇게 둘이서 보내는 시간이 길어지자 저에게 옛날이야기를 자주 들려주셨습니다.

바로 자식들이 어렸을 때의 에피소드였습니다. 리츠코와 노리코에 관한 건 바보스러운 자식 자랑밖에 없었기에 진지한 얼굴로 맞장구를 쳐주는 척하면서 흘려들었지요. 다만 타도코로에 관한 이야기는 흥미롭게 귀를 기울일 수 있었습니다.

내 남편은 조금이라도 마음대로 되지 않는 일이 있으면 금세 목소리를 높이며 주먹부터 나가는 사람이었다. 아들 사토시는 한 살을 조금 넘겼을 때 장지문을 붙잡고 두 다리로 힘겹게 일어섰지. 부모라면 자식의 성장을 당연히 기뻐해야 하지만 남편은 아니었다. 문의 장지가 찢어졌다며 사토시의 머리를 두꺼운 손바닥으로 있는 힘껏 내리친 거다.

한 살짜리 아기에게도 그런 짓을 하는 난폭한 사람이었어. 그런데 사토시가 나이를 먹어갈수록 폭력이 줄어들기는커녕 더 심해졌다. 그만하라고 무릎에 매달려 애원해도 들어줄 사람이 아니었어. 이 아이가 왜 그렇게 밉냐고 물었더니 미워서가 아니란다. 타도코로 가문의 대를 이을 남자는 이 정도로 엄하게 키워야만 한다고 당연한 듯 대답하더구나.

하지만 그런 대답에 납득할 수 없었다. 남편은 그런 환경에서 성장하지 않았으니까. 5인 형제의 막내로 태어나 전쟁터에서 죽은 형들 몫까지 애지중지해주는 환경에서 자랐다. 하지만 그런 말을 입에 담았다간 사토시와 함께 맞아 죽을 게 뻔했다. 어릴 때부터 너무 오냐오냐하며 자란 탓이라 생각하며 포기할 수밖에 없었다.

내가 할 수 있는 일은 보이지 않는 곳에서 몰래 약간의 과자를 주는 것 정도였다.

"널 감싸주지 못하는 엄마를 용서해다오."

그렇게 사과하면 사토시는 항상 "난 괜찮아."라며 온화한 미소로 대답했고, "같이 먹자."라며 과자를 반으로 쪼개서 내게 내밀었다.

그만큼 착한 아이였다. 다만 그 정도로 가혹한 환경에서 웃으며 지낼 수 있는 건 정상적인 정신상태로는 불가능했다. 머리를 너무 맞아서 뇌의 일부 기능이 이상해진 건 아닐까? 그런 식으로 불안해한 적도 있었다.

그게 단순한 기우였다는 건 그 아이가 초등학교에 입학했을 무렵 명백히 드러났다. 사토시는 모든 과목에서 압도적으로 뛰어나서 교사들 사이에서 신동으로 불렸다.

남편은 그걸 자랑하고 다니면서도 내심 아니꼬웠는지, 별것 아닌 일로 트집을 잡으며 사토시를 점점 심하게 때렸어. 남편의 죽은 형들은 다 똑똑했는데 남편은 남들과 비슷하거나 그보다 못한 수준이었기 때문이다. 부모님이 형들의 죽음을 한탄하는 걸 보며 필요 이상의 열등감을 품게 된 건지도 모른다. 하지만 사토시는 자기 아들이지 않는가 말이다.

어린애가 양말을 더럽히거나 된장국을 흘리는 건 당연한 일이다. 하물며 그냥 걸어갈 때조차, 자기 기분이 안 좋을 때는 발소리가 시끄럽다며 때릴 정도였다. 그래서 나도 사토시도 포기할 수밖에 없었다.

하지만 사토시는 성인군자가 아니다. 조만간 반항할 시기가 올 거라는 이웃 아주머니들의 이야기를 들으면, 두려우면서도 조금 기대가 되기도 했다. 그런데 중학생이 되어도, 고등학생이 되어도 그런 징후는 전혀 보이지 않았다.

반대로 중학생이 되어 미술부에 들어간 뒤로는, 가끔씩 벙어리가 된 게 아닌가 싶을 만큼 과묵한 아이가 됐다. 정원에서 그림을 그릴 때는 주위 나무들과 동화된 것처럼 보일 정도였지.

그 아이의 그림을 보고 있으면 난 무겁고 암울한 기분이 들었어. 분명 아버지에 대한 불만을 전부 그림 속에 가둬두는 게 틀림없다고 생각했다. 그런데 그런 그림으로 항상 상을 타왔던 걸 보면 내 쓸데없는 걱정이었는지도 모른다. 다른 사람들의 눈이 그 아이의 그림을 더 잘 이해했단 소리니까.

난 그 아이를 이런 촌구석에서 썩히지 않고 전 세계를 누비는 화가로 만들어 주고 싶었다.

시어머니의 이야기는 대략 여기서 끝나고, 다음에도 또 장지문을 잡고 일어선 부분부터 시작되었기에 지금도 그 내용을 어렵지 않게 떠올릴 수 있습니다.

시어머니의 이야기를 어디까지 믿어야 할지 조금 의심스러웠던 건, 시어머니가 말하는 시아버지의 모습과 제가 알던 시아버지의 모습이 전혀 겹치지 않았던 탓입니다. 시아버지는 식사 중에 시어머니와 절에 보내는 기부금 액수 등을 두고 목소리를 높이며 논쟁하곤 했습니다. 하지만 크게 화를 내는 등의 난폭한 행동을 하신 적은 한 번도 없었습니다. 하물며 폭력을 휘두른다는 건 상상조차 못했지요.

제 앞에서 타도코로에게 폭언을 내뱉은 적도 없었습니다. 그렇다고 완전히 지어낸 이야기 같지도 않았습니다.

'타도코로의 어두운 표정은 말문이 트이기도 전에 시작된 아버지의 폭력 때문이 아닐까?'

'부모님의 말다툼을 조용히 보고만 있던 것도 자기가 끼어들면 아버지의 화를 돋우기만 한다는 걸 알아서가 아닐까?'

그런 식으로 타도코로에 대한 의문들이 시어머니의 이야기를 들으면서 하나둘씩 풀려나갔던 겁니다. 그리고 동시에 타도코로가 결혼 전에 말한 '아름다운 우리 집'이 어떤 모습이었는지도 막연히나마 떠올릴 수 있었습니다. 정원에 계절마다 꽃이 피고 실내가 깔끔하게 정리된 건 타도코로 저택이나 언덕집이나 마찬가지였습니다. 하지만 타도코로는 그런 것을 '아름답다'라고 하지는 않았겠지요.

그보다는 가족들의 마음이 아름답게 이어지는 모습을 말했던 게 아닐까요? 폭력이나 폭언 없이 마음 편히 해방될 수 있는 장소. 그 사람이 그런 것을 갈구해왔다면, 언덕집은 저뿐만 아니라 타도코로에게도 이상적인 집이었을 겁니다.

우리는 '아름다운 우리 집'을 실제로 만들어냈던 것이죠.

그렇다면 타도코로는 언덕집을 잃고 돌아온 생가를 어떻게 생각했을까요? 나고 자란 곳이니까 아무 걱정 없이 살고 있을 거라고 여긴 건, 저에겐 친정집이 그런 장소였기 때문입니다. 하지만 사실은 타도코로 역시 숨 막히는 기분을 느꼈던 건지도 모릅니다.

그렇다면 언덕집에 살 무렵에 타도코로 저택으로 돌아갈 뜻을 넌지시 비쳤던 게 이상하지 않나는 모순이 생깁니다만, 폭력으로 각인된 장남으로서의 책임감 때문에 그런 말을 했던 게 아닌가 합니다. 아니면 시어머니에게 저를 설득해달라는 부탁을 받고 내키지 않는 기분으로 했던 말인지도 모르고요.

아니면, 언덕집을 '아름다운 우리 집'으로 만들어낸 저와 함께라면 타도코로 저택도 '아름다운 우리 집'으로 바꿀 수 있다고 기대했던 게 아닐까요? 틀림없이 그럴 겁니다.

그렇다면 대략 12년 동안은, 타도코로가 집이란 것 자체에 계속 실망해왔겠지요.

그래서 타도코로는 딸아이에게 그 악몽 같은 날의 진실을 전하고 자취를 감춰버린 걸까요?

신부님, 지금부터는 딸아이가 스스로 목숨을 끊으려 했던 날에 대해 적어보려 합니다.

딸아이가 귀가한 건 오후 10시를 넘어서였습니다. 그런 시간까지 말도 없이 돌아오지 않은 건 처음이지만, 남자친구가 있는 것 같다는 예감은 얼마 전부터 느꼈습니다. 어쩌다 이렇게 단정치 못한 애가 된 건지 실망스러울 따름이었지요. 남자친구와 만나는 게 잘못되었다는 건 아닙니다. 저 역시 딸아이처럼 고등학생 때 친하게 지내던 남자애가 몇 명 있었습니다. 학교가 끝나고 동네 도서관에서 같이 공부하거나 영화를 보러 가곤 했지요.

하지만 저는 그런 일들을 전부 어머니에게 말하고 허락받은 다음에 갔습니다.

이름, 주소, 성격, 어떤 경위로 친해졌는지까지 아무것도 숨기지 않았지요. 어머니가 만나보고 싶다는 남자애는 집에 꼭 초대했습니다. 그중에는 가족들과 만나는 걸 꺼리는 애도 있었지만, 그런 친구는 그 시점에서 교제를 끊었습니다. 또한 어머니가 별로 좋아하지 않는 남자애와도 더 이상 만나지 않았습니다.

그런데 딸아이는 여자친구조차도 저에게 소개해준 적이 없습니다. 초등학생 시절엔 집안 사정이 어려운 아이와 친하게 지내는 걸 제가 응원해주었는데, 리츠코를 감시하는 걸 실패해서 그 아이를 생일파티에 초대할 수 없게 된 이후로는 제 앞에서 친구 이야기를 전혀 하지 않게 되었습니다.

친구 이야기뿐만이 아닙니다. 학교에서 어떤 일이 있었는지, 어떤 분야에 흥미가 있는지, 중학교 때는 미술부, 고등학교에선 영어 연구부에 들어갔는데 거기서 어떤 활동을 하는지도 저에게 전혀 알려주지 않았습니다.

"엄마, 들어봐!"

저는 매일 학교에서 돌아오면 부엌에 선 어머니의 뒷모습을 향해 그날 있었던 일을 털어놓았는데 말이지요. 사춘기 때면 누구나 겪는 고민도 전부 어머니와 상담했습니다.

"저기, 엄마. 난 어째서 지금 여기에 있는 걸까?"

얼굴을 마주 보며 진지하게 물었던 적이 있습니다.

"네가 아빠와 날 선택해서 태어나줬기 때문이잖니."

어머니는 온화한 미소를 지으며 대답해주셨습니다.

"내가 선택했어?"

태어나기 전에, 몸이 없고 영혼으로만 존재하는 제 모습을 상상해 보았습니다. 저는 벽 전체가 부부들 사진으로 도배된 방에 들어갑니다. 하느님은 어느 부부의 자식이 되고 싶냐고 물으시죠. 그러면 저는 부부 사진을 보고 그중 하나를 골랐을까요? 아니, 그렇진 않을 겁니다. 분명 하느님께 질문을 했겠지요.

"저를 가장 사랑해주는 건 어느 부부인가요?"

그러면 하느님은 한 장의 사진을 슬며시 가리킵니다. 그게 바로 눈앞에 있는 어머니와 거실에서 영어 원서를 읽고 있는 아버지였던 것이죠. 그런 생각을 하며 어머니에게 이번에는 이런 질문을 던졌습니다.

"나한테 선택받길 잘했다고 생각해?"

어머니가 어떻게 대답했는지는 굳이 여기 적지 않더라도 신부님이라면 분명 알고 계시겠죠.

자식은 부모를 선택할 수 없다. 불행한 처지의 아이들을 가리키며 자주 언급되곤 하는 말입니다. 하지만 저는 어머니가 말했듯이 제가 부모를 골랐다고 생각합니다. 그리고 제 자식 역시 저라는 부모를 골랐겠지요.

그래서 딸아이는 제가 바라는 대로 성장하지 않는 거고, 그건 딸아이의 타고난 자질 때문이지 제 교육방식이 잘못되어서가 아니라고 납득할 수 있었습니다.

저에게 털어놓진 않아도 한 지붕 아래에서 살다 보면 남자친구가 있는지 정도는 낌새로 알아차릴 수 있습니다. 전화 받는 모습, 말하는 모습, 외출할 때의 복장으로요. 그래도 날이 저물기 전에 집에 들어올 때까지는 아무것도 모르는 척해주었지요.

그런데 저녁 먹을 시간에도 집에 오지 않는 걸 보고, 오늘은 돌아오면 엄하게 타일러야겠다고 마음먹으며 여느 때처럼 시어머니의 말동무가 되어드렸습니다.

9시 반까지 본채에서 있다가 별채로 돌아와서 혼자 TV를 봤습니다. 타도코로도 지난 1년 전쯤부터 야근이 늘어나서 자정 가까이 되어서야 퇴근할 때가 많았지요. 월급에는 전혀 반영되지 않는 무보수 야근이었습니다. 하지만 야근을 거부하면 회사에서 잘릴지도 모른다고 하니 경제가 참 어려운 상황이라는 걸 통감했습니다.

제가 사무원으로 일할 때는 회사에 가서 퇴근 시간까지 수다나 떨며 시간을 보냈는데도, 지금의 타도코로와 크게 다를 것 없는 월급을 받았으니까요.

부녀회 회원 중에는 남편이 집안일을 안 도와준다고 불평하는 사람이 있었는데, 저로서는 상상도 할 수 없는 일입니다. 회사에서 일하고 돌아온 남편이 어째서 집안일까지 해야 하는 걸까요? 게다가 그런 불평을 늘어놓는 사람들은 꼭 전업주부였습니다. 집안일을 하는 게 자기 역할일 텐데, 대체 뭘 도와달라고 하는 건지 이해하기 힘들었습니다.

남자를 부엌에 세우는 건 집안의 수치입니다. 언덕집에서 타도코로가 식사를 만들어준 것을 제가 자랑스럽게 이야기하자 어머니가 난감해하던 일이 생각났습니다. 그렇다면 지금의 저는 부모님이 길러준 결과물이라고 할 수도 있을 텐데요. 딸아이는 어째서 제가 바라는 대로 자라지 않은 걸까요?

어머니가 저에게 쏟아주신 애정만큼, 저 역시 딸아이를 사랑해주었는데요.

딸아이를 살리기 위해 어머니가 돌아가셨다는 사실도 가슴 깊은 곳에 묻어두고, 그런 일이 있었다는 사실조차 딸아이는 모르게 했습니다. 딸아이에게 아무리 분노가 치솟더라도 이것만큼은 절대 발설하면 안 된다고, 목구멍에 바늘을 꽂아 넣는 상상을 하며 말을 삼켰던 적도 있습니다.

그걸 알게 된다면 딸아이는 심하게 상처받고 자신을 책망할 거라는 걸 알았으니까요.

그랬는데도—.

10시가 넘어서 귀가한 딸아이는 다녀왔다는 말도 없이 집에 들어와 제가 있던 거실로 걸어왔습니다. 안으로 들어오지 않고 숨죽인 듯 말없이 거실 입구 앞에 서 있는 걸 보면 자기가 잘못한 걸 아는 것 같았어요. 그래서 저는 상냥하게 말을 걸어주기로 했습니다. 처음부터 큰 목소리로 혼낸다면 어디서 뭘 했는지 알아내지도 못한 채 자기 방에 틀어박힐 걸로 예상했기 때문입니다.

화났다는 걸 알아채지 못하도록 미소를 지으며 계속 서 있는 딸아이의 얼굴을 올려다본 순간, 저는 숨이 멎는 듯했습니다. 딸아이의 눈이 뜨고 있는 건지 감고 있는 건지 모를 만큼 새빨갛게 부어 있었기 때문입니다. 순간적으로 벌한테 쏘인 건가 싶었습니다. 하지만 딸의 양손이 눈가를 문지르는 대신 아래로 축 처진 것을 보면 아픈 것 같지는 않았습니다.

남자친구한테 헤어지자는 이야기라도 들은 건가? 분명 그럴 거라 느끼며 실연에 상처받은 딸아이를 위로해주고 싶었습니다.

“이제 오니? 오늘은 늦었네? 친구들이랑 같이 있었어?”

눈이 부어 있다는 사실은 언급하지 않고 싱긋 웃으며 말을 건넸더니, 간신히 뜨고 있던 딸아이의 눈꺼풀 사이에서 눈물이 흘러내렸습니다.

“대체 무슨 일이니? 거기 서 있지만 말고 이리 와서 앉을래? 마침 차를 끓이려던 참인데, 같이 마실까? 밀크티가 좋니? 교회 바자에서 사 온 쿠키도 있어. 저녁은 먹었니?”

딸아이는 눈물을 닦지도 않고, 대답도 하지 않고, 고개를 끄덕이거나 가로젓지도 않은 채 가만히 저를 바라보았습니다. 그 정도로 상처받을 만큼 남자친구를 많이 좋아했구나 싶어서, 딸아이를 부드럽게 안아주고 싶은 충동에 휩싸였지요.

“일단 앉아볼래?”

한 번 더 말을 건네자 두세 걸음 걸어오더니 그 자리에 앉았습니다. 저에게 뭔가 큰 잘못이라도 저지른 듯한 태도였습니다. 혹시라도 충격적인 고백이 나오는 건 아닐까 싶었지요. 부녀회 모임에서 어느 집 딸이 임신했다는 소문을 들었던 기억이 나서 조마조마했습니다.

무슨 말을 들어도 흥분하지 말자. 저는 저 스스로를 그렇게 진정시키며 앉은 채로 몸을 딸아이 쪽으로 돌려서 정면으로 마주 보았습니다.

“무슨 일이 있었던 거니?”

웃음기를 거두며 묻자 딸아이는 저에게서 눈을 피하듯 아래를 내려보더니, 눈물을 닦으며 터져 나오는 오열을 참아내듯 숨을 크게 들이쉬었다 내쉬기를 반복했습니다.

그리고 말을 꺼냈지요.

"외할머니가… 날 살리려고… 자살하셨다는 게… 정말이야?"

갑자기 뒤통수를 세게 얻어맞은 것처럼 눈앞이 새하얘졌습니다.

"흐읍!" 하고 숨을 들이마신 채로 정신을 잃을 뻔했지요. 심장이 큰 소리를 내며 두근거리고, 세상의 모든 소리가 귀 안쪽으로 빨려 들어가듯 사라지는 듯했습니다.

대신, 불길이 타닥타닥 타오르는 소리가 되살아나며 어머니의 목소리가 들려왔습니다.

"부탁이니까 엄마 말 들어. 난 내가 살아남는 것보다 내 생명이 미래로 이어지는 게 더 기쁘단다. 그러니까…."

"그만해, 엄마! 그런 말 하지 마!"

10년도 더 지난 일인데 마치 지금 그 자리에 있는 듯한 착각에 빠졌습니다. 어머니의 말은 더욱 선명히 되살아났습니다.

"널 낳아서, 엄마는 너무나 행복했어. 정말 고맙다. 네 사랑을 이번엔 이 아이에게 주렴. 애지중지 아끼면서, 모든 걸 바쳐 키워줘!"

그리고 그 광경이—.

어머니는 자기 혀를 깨물어 목숨을 끊으셨습니다.

제가 딸을 구하게 만들기 위해서, 저를 진짜 어머니로 만들기 위해서요.

어머니의 목숨이 눈앞에서 꺼져버린 순간, 제 세계에서 모든 소리와 색채가 사라졌습니다. 그저 어머니가 남긴 마지막 말이 머릿속에서 빙글빙글 맴돌 뿐이었습니다.

"네 사랑을 이번엔 이 아이에게 주렴. 애지중지 아끼면서, 모든 걸 바쳐 키워줘!"

"이 아이? 이 아이? 이 아이가 누군데?"

힘주어 눈을 뜨자 바로 앞에 딸아이의 얼굴이 보였습니다.

"혀를 깨문 거야?"

'그래, 이 아이였어.'

"미안해요, 미안해요, 할머니, 미안해요."

딸아이는 얼굴을 일그러뜨리며 용서를 빌고 있었습니다. 나는 이 아이를 사랑해야만 한다. 지금이야말로 이 아이에게 사랑한다는 말을 전해야만 한다. 하지만 목소리는 좀처럼 나오지 않았습니다. 숨을 쉬는 법이 생각나지 않아서 목을 쥐어 짜내 헛구역질하면서 희미한 공기를 들이마시고, 딸아이를 강하게 끌어안기 위해 양손을 쭉 뻗었습니다.

그리고 몸속에 남은 공기와 함께 모든 것을 토해내듯 말했습니다.

"사랑해!"

하지만 그 마음은 딸아이에게 전해지지 못했습니다. 아니, 전해졌으니까 자기가 저에게서 얼마나 큰 존재를 빼앗아 갔는지를 깨닫고 죽음으로 사죄하려 했던 건지도 모르겠습니다.

신부님은 이미 알고 계실 테지만 딸아이는 목을 맸습니다. 정원에 있는 수양벚나무에서요.

딸아이는 제가 강하게 끌어안은 손을 뿌리치더니 자기 방으로 달려갔습니다. 쫓아가야 한다고 생각했지만, 저에겐 일어설 기력도 없었고 딸에게 해줄 말도 생각나지 않았습니다. 아직도 딸아이의 감촉이 남아 있는 양손을 멍하니 바라보며 어쩌다 이런 일이 벌어졌는지를 생각했습니다.

아직 타도코로는 돌아올 기미가 없었고, 그저 깊은 고독을 느낄 뿐이었습니다. 그러다 깜빡 잠들어버렸던 것 같습니다.

다시 눈을 뜬 건 바깥에서 비명 같은 외침이 들려왔기 때문입니다.

"무슨 짓이냐, 지금!"

시어머니의 목소리였습니다. 저에게 옛날이야기를 들려줄 때의 힘없는 목소리가 아니라 수십 명의 사람을 꾸짖는 듯한, 혹은 시아버지와의 말다툼이 과열되었을 때처럼 고요한 공기의 막을 잡아 찢는 듯한 목소리에 저는 몸을 일으켰습니다. "사락사락." 하고 나뭇가지 흔들리는 불길한 소리도 들렸습니다. 도둑이라도 들었나 생각하며 샌들을 신고 황급히 바깥으로 나갔지요.

동트기 전의 희미한 빛 가운데서, 수양벚나무 아래에 시어머니의 그림자가 보였습니다. 땅바닥에 주저앉은 시어머니 옆에는 또 하나의 그림자도 보였습니다. 누워 있는 딸아이의 모습이었습니다.

"멍하니 서 있지 말고 빨리 구급차를 부르거라!"

시어머니가 그렇게 말씀하셨지만 힘없이 축 처진 딸아이의 모습을 본 순간 다리가 굳어버렸지요. 나는 그 자리에서 조금도 움직일 수 없었습니다.

"중요한 순간에 겁이나 집어먹고, 네가 그러고도 애 엄마라 할 수 있는 게냐!"

시어머니는 몸을 일으키더니 본채를 향해 정신없이 뛰어가셨습니다. 저는 무거운 다리를 한 걸음 두 걸음 내디디며 딸아이 옆까지 가서, 웅크려 앉아 딸아이의 뺨에 손을 대보았습니다. 딸아이 얼굴은 차가웠습니다. 뺨에 댄 손바닥을 코나 입으로 가져가는 건 두려워서 시도도 하지 못했지요.

딸아이의 머리 옆에는 수확한 채소 등을 넣어두는 노란 플라스틱 상자가 있었습니다. 그것이 바닥 위에 발판처럼 놓여 있고, 그 위로 꺾인 벚나무 가지가 얹어져 있었습니다. 그리고 나뭇가지에는 밧줄이 감겨 있었지요.

어째서 이런 짓을!

저는 손을 잡으며 딸아이의 이름을 불렀습니다.

"사야카!"

소리치면서 문득 생각했습니다. 이 아이의 이름이 사야카였다는 것을요.

구급차로 병원에 실려 간 딸아이는 가까스로 목숨은 건졌지만 아직 의식은 돌아오지 않았습니다. 경찰은 처음 딸아이가 자살을 시도했다고 판단했습니다. 저도 그걸 믿어 의심치 않았고요.

그런데 어느 날 갑자기, 어찌 된 영문인지 제가 딸아이를 죽음으로 몰아넣었다는 의심을 받게 되었습니다.

딸아이가 마지막으로 남긴 메시지 때문일까요? 경찰은 딸아이의 방과 수양벚나무 주변을 중심으로 유서를 찾았지만 끝내 발견하지 못했습니다. 그런데 딸아이의 책상 맨 위 서랍에 들어 있던, 릴케의 시를 옮겨 적은 노트의 마지막 페이지에 이런 말이 적혀 있었던 겁니다.

"엄마, 용서해주세요."

이게 명백한 유서이고 제가 딸아이를 죽이려 했다는 증거가 될 순 없습니다. 용서해달라는 건 제 어머니를 죽게 만든 일에 대한 사과라고 생각합니다. 이렇게 될 것을 우려해서, 저는 지금껏 어머니가 돌아가신 진실을 딸아이에게 쭉 숨겨왔습니다. 그러나 세상 사람들은 제가 고의로 이 사실을 딸아이에게 밝히고, 죽음으로 몰아넣은 걸로 오해합니다. 그들은 왜 제가 딸을 죽였다고 말하는 걸까요?

하지만 그에 관해 저도 의문스러운 점이 한 가지 있습니다. 딸아이는 어머니가 돌아가신 진실을 어떻게 알게 된 걸까요? 그걸 아는 사람은 이 세상에 단 한 명, 오직 저뿐이거든요. 남편인 타도코로조차 모르는 일입니다.

타도코로는 딸아이가 구급차로 실려 가고 나서 몇 시간 뒤 병원으로 찾아왔습니다.

"무슨 일이 있었던 거야?"라고 추궁하기에 저는 딸아이가 정원의 수양벚나무에서 목을 매고 죽으려는 걸 시어머니가 발견하고 막아주었다고 말했습니다. 11년 전, 태풍에 의한 산사태와 화재가 발생했을 때 어머니가 자기를 대신해 돌아가셨다는 걸 어디선가 알게 되어 자책감에 휩싸인 것 같다고 설명했지요.

그러자 타도코로는 말했습니다.

"그런 건 걔도 이미 알고 있던 것 아니었어?"

어머니가 자살했다는 사실을 모르는 타도코로는 제가 어머니보다 딸을 먼저 구하면서 어머니는 그 불길에 돌아가셨고, 딸아이도 그걸 알고 있다고 해석한 것 같습니다.

저는 타도코로에게 어머니가 혀를 깨무셨다는 걸 밝힐 결심을 했습니다. 제가 그때 딸아이를 구한 걸 후회하지 않도록, 앞으로도 딸아이를 계속 사랑할 수 있도록, 어머니가 당신 목숨을 내던져 딸아이를 살렸다는 사실을. 그리고 그걸 딸아이에게 지금까지 숨겨왔다는 사실을요.

타도코로는 평소처럼 무슨 생각을 하는지 알 수 없는 얼굴로 제 이야기를 듣고 있었습니다. 이런 때야말로 무슨 말이든 해주길 바랐지요. 이렇게 된 건 누구의 탓도 아니라고 말해주길 바랐습니다. 딸아이의 의식이 꼭 회복될 거라고 말해주길 바랐습니다.

하지만 타도코로는 그 어떤 따뜻한 말도 건네주지 않았습니다.

"집에 가서 씻고 올게."

그렇게 말하며 가버린 뒤로 타도코로의 모습은 보지 못했습니다. 집에 한 번 다녀갔었다는 건 확실합니다. 별채 현관 옆에 그림이 세워져 있었으니까요. 언덕집 현관에 장식해두었던 붉은 장미를 그린 그림입니다. 전소되어버린 그 집에 유일하게 남겨진 물건이었는지,

아니면 타도코로가 다시 그린 그림인지는 잘 모르겠습니다.

혹시 딸아이는 그날 일을 몰랐던 게 아니라 일시적으로 기억을 잃었던 게 아닐까요? 그리고 기억이 되살아났다면…. 하지만 그걸 본인에게 확인할 수는 없겠지요.

다만 한 가지 확실한 사실이 있습니다. 딸아이는 릴케의 시와 함께 저에게 마지막 메시지를 남겼던 것입니다.

타도코로는 그림만 남긴 채 제 앞에서 자취를 감추었습니다.

저희 가족을 이어주고 있던 것은 언덕집에서의 아름다운 기억이었던 겁니다.

하지만 신부님. 만약 신께서 제 소원을 한 가지 들어준다고 해도, 그 언덕집에서의 생활로 돌아가고 싶지는 않습니다. 그보다 전에 제 부모님과 셋이서 살던, 그분들의 딸로서 살아가던 날들로 돌아가고 싶습니다.

아니, 단 한 가지의 소원이 이뤄질 수 있다면….

사랑하는 딸아이의 의식이 하루라도 빨리 돌아오기를 소망합니다. 제 소중한 어머니가 목숨 던져 지켜낸 그 생명이, 다시 빛을 되찾아 아름답게 피어나기를 기원합니다.

딸의 독백

"난 엄마보다 아빠가 좋아."

토오루의 여동생 하루나는 그게 당연하다는 듯이 말했다. 이유를 물었더니 "엄마는 항상 오빠가 먼저인데, 아빠한테는 내가 먼저니까."라면서 "외동이면 아빠랑 엄마한테 동시에 사랑받아서 좋겠다." 라고 대답했지만, 나로서는 쓴웃음을 지을 수밖에 없었다.

그때 깨달은 사실이 있다. 아빠도 자식을 사랑해줄 수 있다는 점이다.

타도코로 저택의 사고방식이 낡은 건 말할 것도 없지만, 언덕집에 살 때부터 우리 집에선 아빠가 밖에 일하러 나가고 엄마는 집을 지키는 구도가 형성되어 있었다. 그 '집을 지킨다'라는 범주에 내가 멋대로 육아를 포함시킨 탓에 아빠가 날 신경 쓰지 않는 게 당연하다는 생각이 생겨난 건지도 모른다.

그렇다고 아빠는 밖에서 돈만 벌어오면 되냐는 건 아니었고, 아내를 지키는 의무가 있다는 생각도 했다. 아빠가 엄마를 지키고, 엄마는 자식인 나를 지키는 것이다.

그런데 아빠는 엄마가 할머니와 고모들에게 부당한 일을 당하는데도 전혀 막아주려 하지 않고, 노골적으로 못 본 척을 했기에 나는 아빠를 용서할 수 없었다.

아빠가 엄마를 제대로 지켜주었다면, 엄마도 내게 더 관심을 가져줬을 거란 생각이었다.

하지만 아빠가 엄마를 소중히 여기지 않는다고 느낀 적은 없었다. 오히려 엄마에 대한 깊은 마음을 품고 있다는 걸 알게 되어 아빠를 보는 눈이 바뀌게 된 계기가 있었다.

그건 바로 아빠의 일기를 발견했을 때였다.

중학생 때, 아빠가 추천해준 마르크스의 《자본론》을 읽으면 조금이나마 아버지를 이해할 수 있을 것 같아 난해한 문장을 필사적으로 쫓아가 봤지만, 고통스러울 뿐이었다.

아무리 읽어도 아빠의 모습을 떠올릴 만한 내용은 없었기에 책상 서랍 속에 고이 모셔두었다.

그로부터 3년 뒤, 사회 수업에서 《자본론》을 배웠을 때 토오루가 흥미를 보였기에 내가 책을 빌려주기로 했다. 다 읽고 나면 어떤 유형의 사람들이 이 사상을 지지하는지 알려달라는 부탁과 함께였다. 다만 토오루도 읽다가 금세 내던질 것 같아 큰 기대는 하지 않았다.

그런데 토오루는 《자본론》을 계속 읽었다. "꽤 재밌던데."라고 말할 때도 있었다. 쉬는 시간에도 열심히 《자본론》을 읽는 토오루를 보며 살짝 발끈하는 감정이 올라왔다.

내가 그 책을 이해하지 못했던 건 아직 중학생이었기 때문이다. 아니면 관심 분야가 아니기 때문일 수도 있다. 다만 내가 관심이 없었던 분야에는 경제뿐 아니라 아빠도 포함되었다.

만약 이게 엄마가 권해준 책이었다면 내가 이렇게 쉽게 읽는 걸 포기해버렸을까? 어느 부분에서 엄마가 감동했는지 알아내기 위해 내용을 이해하려고 필사적으로 노력하지 않았을까? 엄마와 함께 이야기해보고 싶어서 말이다.

TV를 끄고 홍차를 끓여 작은 테이블 앞에 앉아 책 이야기를 하는 것이다.

'난 이렇게 생각했는데, 엄마는 어땠어?'

같은 생각을 공유할 수 있다면 기쁠 테고, 만약 의견이 다르더라도 어째서 그렇게 생각하는지를 서로 이야기함으로써 내가 몰랐던 엄마의 모습을 알게 되지 않을까?

신나게 이야기하다 보면 어느새 창밖이 밝아져 와서, 밤을 새우고 학교에 가면 힘들 거라 생각하면서도 마음만은 너무 뿌듯할 게 틀림없다. 엄마는 조금이라도 자고 가라고 권할 테지만 그랬다간 밤새 나눈 이야기가 꿈속으로 사라져버릴 것만 같아서, 나는 샌들을 신고 밖으로 나갈 것이다.

그때 내 눈에 비치는 풍경이 조금이라도 바뀌었으면 좋겠다. 엄마를 괴롭히기 위해 존재하는 듯한 정원의 잘 관리된 나무들도, 꽃들도, 언덕집에 피어 있던 꽃처럼 그저 아름답게 보일 수만 있다면 얼마나 행복할까.

그런 생각을 하다가 문득 아빠도 같은 것을 바라지 않았을까 하는 느낌이 들었다.

예를 들어 토오루가 타도코로 가문의 자식이었다면, 내가 꿈꾸는 풍경이 아빠와 토오루를 통해 실현되었을 테니까.

아빠는 아들을 갖고 싶어 했다. 나는 남자든 여자든 뭐가 다르냐는 생각에 아빠에게 내 존재를 부정당한 기분이 들었다. 엄마는 지금도 가끔 "내가 아들을 낳지 못했으니까."라며 자기가 불량품이라는 듯이 말한다. 그게 슬퍼서 남자아이처럼 의젓하게 행동하는 모습을 어필했던 적도 있지만, 아무도 그런 걸 원하진 않았다.

감정에 휩쓸려 아무 말이나 쏟아내는 건 누가 봐도 여자가 할 법한 행동이다. 아빠는 그런 모습에 질려서 내 편이 되어주지 않았던 건지도 모른다.

말할 가치도 없다는 식으로 등을 돌리는 아빠를 보며, 엄마는 불필요한 죄책감에 괴로워했는지도 모른다.

아빠와 진지하게 이야기해보고 싶었다. 그러면 타도코로 저택은 엄마에게 좀 더 편안한 장소가 될 수 있을 것이다.

하지만 토오루에게 《자본론》을 당장 돌려달라고 할 수는 없었다. 나는 다른 책을 읽어보기로 했다. 접근이 쉬운 것부터 시작해보자는 생각에 사회 선생님에게 추천할 만한 사상서가 있냐고 물었더니 "넌

뭐에 흥미가 있는데?"라며 되물었다.

그 말을 듣고서야 내가 지금까지 장래의 꿈 같은 것을 가져본 적이 없다는 걸 깨달았다.

내가 어른이 된 모습을 상상해본 적이 없는 것이다. 세상에 어떤 직업이 있는지에 대해서도 별로 관심이 없었고, 내가 될 수 있는 건 회사원이나 교사 정도일 거라 생각했다. 하지만 회사라는 개념이 막연하게 밖에 떠오르지 않아서 남들 앞에서 대답할 때는 선생님이 무난할 듯싶어 "교육 쪽이요."라고 대답했다.

아빠는 나의 이런 부분을 꿰뚫어 보았기 때문에 날 무시하는 건지도 모른다는 느낌이 들었다.

사회 선생님은 루소의 《에밀》을 추천해주었다.

아버지의 세계 사상 전집 중에 《에밀》이 있는지 물어보고 같이 본채 2층으로 올라가려고 마음먹었다. 하지만 그 무렵의 아빠는 퇴근 시간이 늦었고 그날 밤도 9시가 넘었는데 집에 돌아오지 않았다. 불황 탓에 무보수 야근을 해야 한다는 엄마의 말을 나는 곧이곧대로 믿고 있었다.

엄마와 할머니에게 들키지 않도록 발소리를 죽이며 계단을 올라 릿짱의 방으로 갔다. 책장의 유리문을 열자 《에밀》은 금방 눈에 띄었다. 책장에는 일본 문학 전집이나 근대 미술 화집, 그리고 제목을 제대로 읽을 수 없는 낡은 책도 꽂혀 있었다.

구입할 때부터 헌책이 아니었나 싶은 낡은 책을 뽑아 들자 '릴케 시집'이라는 걸 알아볼 수 있었다.

언덕집에서 석양을 바라보며 아빠와 엄마가 읊조리던 말이 이 책에 적혀 있을 것 같다는 예감이 들었다. 그 옆의 책에는 표지에 제목이 없었는데, 펼쳐보니 세로로 괘선이 들어간 종이에 각진 글자가 적혀 있었다.

아빠의 일기였다. 아무리 부모 자식 간이라지만 이걸 읽어도 되는 건지 고민한 건 불과 3초 정도였으리라. 《에밀》과 릴케 시집, 일기장을 카디건으로 감싸서 품에 안은 뒤, 나는 서둘러 별채의 내 방으로 돌아와서 그 책들을 한 권씩 꺼냈다.

이 중에서 가장 궁금한 건 역시 아빠의 일기였다.

"어머니가 고등학교 입학 기념이 될 만한 물건을 사라고 1000엔을 주셔서 고민한 끝에 이 일기장을 사기로 했다. 되도록 매일 쓰려고 하지만 내 일상에서 적고 싶을 만한 일은 별로 없을 것 같다는 생각도 든다."

그런 문장으로 시작되는 일기는 첫 1주 동안은 매일 적혀 있었지만, 우려했던 대로 특별히 적을 내용이 없었는지 서서히 적는 간격이 벌어지기 시작했다. 마지막 페이지의 날짜는 무려 10년이나 지나 있었다.

과장된 비유나 의성어, 의태어를 최대한 자제한 아빠의 담담한 문장은 술술 읽혔다. 나는 하룻밤 만에 아빠의 10년을 더듬어볼 수 있었다. 그리고 그때가 지금까지의 인생에서 아빠를 가장 가까이 느낀 순간이었다.

"나의 세계에는 색채가 없다."

아빠가 고등학교 2학년에 적은 어느 날의 일기는 이런 짧은 문장으로 시작되었다. 그 전까지의 일기를 읽으면서 알게 된 사실인데, 할아버지는 아빠가 아주 어렸을 때부터 폭력을 휘둘렀다고 한다. 절의 기부금을 둘러싸고 할머니와 격한 말다툼을 벌일 때는 있어도, 때리는 모습은 본 적이 없었기에 처음엔 상상하기 힘들었다. 하지만 증오가 담긴 말 대신 그저 '맞았다'라고만 적는 담담한 문체가 이것이 사실임을 증명하는 듯했다.

'반항하면 더 맞는다. 내가 맞는 건 참을 수 있다. 하지만 어머니와 동생들에게 폭력이 향하는 것만은 막아야만 한다.'

아빠는 이 집에서 자신을 죽여 가며 살아온 것이다.

그런 아빠는 대학생이 되면서 처음으로 집을 떠났다. 폭력으로부터의 해방. 십여 년 동안 억눌렀던 마음을 폭발시키려는 듯이 아빠는 투쟁에 뛰어들었다. 하지만 아빠의 세계에 색채가 돌아오는 일은 없었다.

도쿄에서 신문기자로 일하고 싶은 마음은 있었지만, 할아버지가 고향으로 돌아오라고 명령했기에 아빠는 순순히 따랐다. 모처럼 폭력에서 해방되었는데 아빠는 왜 집으로 돌아가기로 한 것일까?

'투쟁할 장소는 어디에나 있다.'

단단한 각오로 고향으로 돌아오긴 했지만, 아빠를 기다리는 건 젊은이의 꿈도 사상도 아무렇지 않게 짓밟아버리는 봉건적인 사회였다. 그 중심에 있는 것이 바로 이 저택이었다. 아빠는 그런 절망감을 그림에 가둬두기로 했다.

색으로 거듭 칠한 색채가 없는 세계.

거기서 색채가 생겨났다. 어머니와의 만남이었다.

"그녀의 눈동자에 비친 장미를 보고, 처음으로 나는 장미의 아름다움을 느꼈다. 선명한 색채가 넘쳐흐르는 아름다운 우리 집을 그녀와 함께 만들고 싶다."

일기는 이 문장 뒤에 릴케의 시 '사랑의 노래'로 마무리되고 있었다. 이게 마지막 페이지 어서일까? 아니면 더는 울적한 감정을 담아둘 필요가 없어졌기 때문일까? 다만 이 페이지의 뒤 내용이 언덕집 생활로 이어진다는 건 어렵지 않게 상상할 수 있었다.

아름다운 우리 집. 아빠에게도 그 집은 소중한 장소였다. 그리고 엄마는 그 무엇과도 바꿀 수 없는 존재였다.

나는 엄마가 내게 따뜻하게 웃어주고, 머리를 쓰다듬어주고, 손을 잡아주길 바라는 마음으로 계속 엄마를 바라보았다. 그런데 가만히 생각해보니 엄마가 아빠를 보며 어떤 표정을 지었는지는 떠올릴 수 없었다. 하지만 같은 방에서 잤으니까 나보다는 엄마의 체온을 가까이서 느낄 수 있었으리라.

언덕집에 대해 한참 떠올리다가 문득 생각했다. 이 저택은 아빠에게 아름다운 우리 집이었을까? 할아버지가 돌아가시면서 아빠를 억압하는 사람은 아무도 없다. 할머니는 아빠에게 지켜야 할 존재였다. '사랑의 노래'를 바친 상대인 엄마도 있다. 정원에는 계절마다 예쁜 꽃이 피어난다.

하지만 아빠에게 아름다운 우리 집이란 역시 그 언덕집을 가리키는 말이었다.

나는 토오루에게 아빠의 일기를 발견했다고 이야기했다. 토오루는 마치 자기 아버지의 일기를 찾아낸 것처럼 흥미진진해하며 어떤 내용이 적혀 있었느냐고 물었다. 토오루는 내가 가장 쉽게 마음을 열 수 있는 상대였지만 할아버지가 폭력을 휘둘렀다는 사실까지 털어놓을 수는 없어서 아빠의 대학 시절 에피소드를 간추려서 말해주었다.

찻집에서 아르바이트를 한 일. 그곳의 점장에게 기타를 배웠던 일. 그리고 투쟁에 참여했던 일.

토오루는 그런 에피소드 중에서 투쟁이라는 말에 관심을 보였다. 나도 일기를 읽으면서 가장 흥미로웠던 부분이긴 했다. 보통 '학생운동'으로 불리던 활동이었고, 국가권력을 향해 들고 일어선 학생들이 헬멧을 쓰고 각목을 휘두르는 보도 사진을 본 적이 있다. 하지만 내가 아는 건 그게 전부였다.

"국가권력의 어떤 부분과 싸웠던 걸까?"

토오루가 물었지만 아빠의 일기에는 '지금이야말로 분연히 일어설 때다', '미래를 우리 손에' 같은 추상적인 말만 늘어놓았을 뿐, 구체적으로 어떤 주장을 했는지는 알 수 없었다.

토오루와 함께 도서관에서도 조사해봤지만, 그때의 학생들이 무엇을 목표로 싸웠는지 명확히 기록된 문헌은 없었다. 따라서 당시의 몇몇 사진을 보며 플래카드에 어떤 말이 적혔는지를 읽어보는 방법뿐이었다.

'일미 안보 반대, 베트남 전쟁 반대, 의학부 수업료 인상 반대, ○○학생기숙사 철거 반대.'

"뭐라도 상관없었던 거겠지."

토오루가 중얼거렸고 나도 옆에서 고개를 크게 끄덕거렸다. 지금도 중동 국가들은 전쟁 중이지만, 내가 일기 속의 아빠와 같은 나이가 되는 3년 뒤에 전쟁 반대를 내건 플래카드를 들고 있는 모습은 상상할 수 없었다. 수업료나 기숙사 철거도 마찬가지다.

목소리를 내야 할 장소는 더 가까운 곳에 있었다.

매일 보는 엄마의 뒷모습에 멈칫할 때가 있다. 있는 힘껏 달려들었다간 부러질 것만 같던 가늘고 유연했던 허리는 못 알아볼 만큼 군살이 붙었고, 꼿꼿하던 등도 중심선을 파악하기 어려울 만큼 휘어져 있었다.

당연한 일이다. 혼자 떠맡은 농사일은 말할 것도 없고, 기력이 쇠하여 계속 누워 있는 할머니를 혼자서 돌보았으니까. 엄마는 내가 가사 외의 일을 돕는 걸 싫어했다. 나는 고등학교 때는 활동이 거의 없다시피 한 영어 연구부 동아리에 들어갔고, 토오루와는 휴일에 찰싹 달라붙어 있을 만큼 열렬한 사이가 아니었기에 같이 농작업을 할 시간이라면 충분히 있었다.

할머니가 논일을 나가던 무렵엔 나까지 동원되는 게 견딜 수 없이 고통스러웠지만, 엄마와 둘이서라면 학교를 쉬면서라도 돕고 싶었다. 금요일 밤마다 "나 내일 약속 없는데."라며 말을 건네도 같이 일해달라는 대답은 듣지 못했다. 빨래와 식사 준비만 부탁받는 게 고작이었다.

할머니의 점심을 챙겨야 할 때는 억지로라도 농사일을 따라가고 싶었다. 하지만 그건 엄마가 바라는 일이 아니었다. 그러다 어느샌가 주말에 약속이 있다고 거짓말을 할 때가 늘어났다.

식사 준비를 하기 싫었던 건 아니다. 할머니와 말하는 게 싫어서였다.

"의지할 사람이 없다는 게 이렇게나 불안할 줄 누가 알았겠니. 난 사토시가 히토미와 결혼하길 원했다. 알다시피 그 아이는 어엿한 4년제 대학을 나왔고, 관청에서 근무하고, 성격도 똑 부러진 애라 안심하고 의지할 수 있었을 텐데. 사토시가 관청 일을 그만두지만 않았어도…."

처음 이 말을 들었을 때 나는 유부우동이 담긴 그릇을 할머니 얼굴에 던져버리고 싶었다. 하지만 그런 짓까진 할 수 없었다. 그건 엄마를 실망시키는 일이기 때문이다.

"할머니도 엄마가 얼마나 열심히 노력하는지 알잖아."

크게 소리 지르고 싶은 걸 꾹 참으며 온화하게 말해보았다.

"그래 봐야 곱게 자란 아가씨의 소꿉장난일 뿐이지."

몸은 멀쩡한데 머리만 이상해진 이 늙은이를 죽여버릴 수만 있다면 얼마나 좋을까? 나는 그런 몽상과 함께 분노를 억눌렀다. 엄마가 만약 할머니의 죽음을 바란다면, 나는 조금도 주저하지 않고 살이 축 처진 할머니의 목을 조를 수 있었다. 하지만 엄마는 그런 걸 바라지 않는다.

게다가 만약 강도가 들어와 나와 할머니 중에서 한 명만 살려줄 테니 고르라고 한다면, 어쩌면 엄마는 할머니를 선택할지도 모른다는 생각까지 들었다. 그만큼 엄마는 밝은 목소리와 따뜻한 미소를 잃지 않고 할머니를 헌신적으로 돌보니까.

가만 놔두면 목욕 정도는 혼자 할 수 있을 텐데도 팔을 들어주고, 등을 밀어주고, 끝나면 침실까지 데려가 준다. 매일 그런 대접을 받으면서도 곱게 자란 아가씨라고 독살 맞게 말하는 건 여자로서의 질투에 불과했다. 곱게 자란 흔적 따윈 이제 어디에도 남아 있지 않을 만큼 희생했는데도, 할머니의 눈에는 옛날 엄마의 모습으로만 보이는 게 틀림없었다.

히토미 씨는 외할머니가 남긴 집을 빌려 살고 있어서 집세를 내러 우리 집에 몇 번 왔기 때문에 나와도 면식이 있었다. 할머니가 히토미 씨를 언급하는 건 학력이나 직장 때문만은 아니었다. 자기와 닮은 둥근 얼굴과 주먹코에서도 친근감을 느꼈다.

할머니를 양로원에 보내는 건 어떠냐고 제안했더니, 엄마는 인간 쓰레기를 보는 듯한 싸늘한 눈빛으로 묵묵히 나를 쳐다보았다.

"네가 지금 이렇게 여기 있는 건 다 할머니 덕분인데, 어떻게 그런 무서운 소리를 할 수가 있니?"

조금이라도 엄마의 부담을 덜어주기 위한 제안은 할머니를 이 집에서 쫓아내자는 의미로만 받아들여졌다.

'엄마를 위해서 하는 말이잖아!'

그렇게 울면서 말할 수 있다면 얼마나 좋았을까? 있는 힘껏 끌어안고 엉엉 울 수 있다면 얼마나 행복할까?

그런 생각에 사로잡힐 때마다 나는 릴케 시집을 펼쳤다. 표지에 장미 덩굴이 그려진 노트를 사서, 언덕집에서 아버지와 어머니가 읊조리던 시를 계속해서 옮겨적었다.

'할머니를 죽여버리고 싶다. 눈앞에 보이는 모든 걸 파괴해버리고 싶다. 논밭에도 불을 질러버리고 싶다. 이 집에도 불을 질러버리고 싶다.'

그런 마음을 큰소리로 외쳐보고 싶다.

아아, 그랬던 거구나. 문득 모든 게 이해되었다.

내일 만약 학교에 갔는데 플래카드를 들고 있는 아이들이 있다면, 나도 함께 소리칠 것이다. 내용 따윈 아무래도 좋다. 밴드 따윈 관심 없는데도 밴드 활동 금지라는 교칙 철폐를 소리 높여 주장할 테고, 여학생의 블루머를 반바지로 바꾸라고 진지한 얼굴로 외칠 수도 있었다. 누군가가 먼저 돌을 던지면 나도 주저 없이 따라 할 테고, 유리창도 마지막 한 장까지 모조리 깨버릴 것이다. 그때쯤 되면 밴드도 블루머도 머릿속에는 남아 있지 않으리라.

이따금씩 교사에게 대드는 것도 어쩌면 가슴에 쌓인 울분을 토해내기 위함인지도 모른다. 당시의 아빠도 자신을 충동질하는 것의 정체를 알면서 학생 운동에 참여했을 거라 생각했다.

사상집 같은 걸 읽지 않아도 일기와 릴케 시집을 통해 아빠를 충분히 이해했다고 믿었다. 외모는 엄마를 닮았어도 내면에는 아빠에게 물려받은 부분이 많은 것 같다고 느껴질 때도 있었고, 그게 불쾌하지도 않았다.

오히려 엄마의 사랑을 갈구하는 사람끼리의 동지 의식 같은 것이 생겨났다. 그런데 아빠는 그런 나를 배신했다. 아니, 엄마를 배신했다.

학생 대부분이 3년 동안 열어볼 일이 없는 학생수첩에는 남녀교제 금지가 명기되어 있었다. 물론 그걸 의식하는 학생은 아무도 없었고, 좋아하는 사람이 있으면 적극적으로 고백했기에 커플은 그리 보기 드문 존재가 아니었다. 그래서 나와 토오루가 사귄다는 사실도 반에서 많은 아이들이 알고 있었다. 하지만 그걸 엄마에게 밝힐 수는 없었다.

친한 여자애 중에는 남자친구로 인한 고민을 어머니와 상담하는 아이도 있었다. 부럽긴 하지만 내게는 불가능했다. 엄마가 내게 바라는 건 아빠의 모교나 외할아버지의 모교, 혹은 그와 비슷한 수준의 대학으로 진학하는 일이었다. 그래서 여자친구들과 외출하는 것도 좋게 봐주지 않았다. 하물며 남자와 사귄다고 하면 나에 대한 실망감만을 느낄 게 틀림없었다.

엄마가 토오루와 만나지 말라고 하면, 나는 엄마를 배신하면서까지 만나고 싶진 않다.

그래서 밝히지 못한다는 건 단순한 구실일지도 모른다. 하지만 엄마를 실망시키지 않으면서 토오루와의 시간도 소중히 하고 싶었다. 그래서 둘이서 만나는 장소는 토오루의 집이나 그 근처 공원이 대부분이었다.

그런데 그곳에서 아빠의 모습을 목격했다. 토오루와 함께 버스 정류장에 서 있는데, 반대쪽 차선에 도착한 버스에서 아빠가 혼자 내렸다. 어디에 가는 걸까? 회사 동료가 이 근처에 사는 걸까? 궁금하면 '아빠'라고 소리 내어 부르면 될 테지만, 쉽게 그럴 수 있을 만큼 우리 부녀 사이가 친근하진 않았다.

아빠의 뒷모습을 눈으로 좇는 내게, 토오루는 왜 그러느냐고 물었다. 맞은편 길에서 걸어가는 게 아빠라는 말이 나오지 않았다. 대신 엄마가 시킨 일이 있었는데 깜빡했었다는 거짓말이 순간적으로 튀어나왔다. 외할머니가 살던 집에서 세 들어 사는 사람이 있다고 하자 토오루는 같이 가주겠다고 말했지만, 거기서 저녁을 먹어야 할지도 모른다고 한 번 더 거짓말을 했다.

아빠의 모습을 눈으로 좇으면서 토오루가 돌아간 것을 확인했다. 그리고는 빠르게 횡단보도를 건너 아빠의 뒤를 쫓았다. 어째서 토오루에게 거짓말을 했던 걸까? 토오루와 함께 있는 모습을 아빠에게 들키기 싫었다는 이유도 있었다. 하지만 그것보다도 뭔가 불길한 예감이 들었던 것 같다.

한순간 보였던 아빠의 옆얼굴이 내가 평소에 보던 것과는 전혀 다르게 패기 넘치는 표정이었기 때문인지도 모른다. 내가 모르는 아빠의 얼굴. 그 안에는 비밀이 숨겨져 있을 거란 느낌이 들었다.

그렇다면 그 비밀이란 뭘까? 동료의 집에 마작하러 가는 건 아닐까? 아빠의 일기에는 대학 시절에 마작을 배운 일이 즐거웠던 에피소드로 적혀 있었기 때문이다. 아빠는 야근한다는 거짓말을 하고 이따금씩 마작하러 다니는 게 아닐까?

할머니 돌보는 일을 엄마에게만 떠넘긴 채 아빠는 대체 뭘 하고 다니는 건지 알 수 없었다. 하지만 내가 마작 현장을 덮친다고 뭘 할 수 있단 말인가. 그런 생각을 품으며 아빠의 뒤를 추적하는데, 아빠는 어떤 집 앞에서 발걸음을 멈추었다.

기억에 익숙한 그리운 장소였다. 바로 외할머니가 살던 집이었다. 이곳에는 지금 히토미 씨가 살고 있다. 현관에는 불이 켜져 있었고, 아빠는 인터폰도 누르지 않고 현관문을 열고 안으로 들어갔다.

대체 어떻게 된 걸까? 심장이 빠르게 뛰는 것을 느끼며 발소리를 죽이고 대문을 지났다. 정원은 외할머니가 살던 시절 그대로였다. 다만 오랜 세월 뿌리를 내린 나무는 가지를 흉하게 뻗으며 힘차게 자라 있었고, 계절화는 보이지 않았다.

불이 켜진 거실의 창밖에서 몸을 숨긴 채 안에서 들리는 소리에 귀를 기울였다. 히토미 씨와 아빠의 목소리 외에 다른 사람의 기척은 느껴지지 않았다.

"비프스튜를 만들고 있어. 당신이 좋아하잖아."

히토미 씨는 아빠를 '당신'이라고 불렀다.

"내 정신 좀 봐, 드레싱 사 오는 걸 깜빡했네."

"만들면 되지."

"방법을 모르는데. 당신이 만들어 줄래?"

히토미 씨의 목소리 톤이 높아질수록 가슴이 더욱 술렁거렸다.

'어떻게 된 거지? 대체 어떻게 된 거지?'

떠오르는 의문을 억누르지 못하고 현관으로 향했다. 문은 잠겨 있지 않았고, 나는 숨을 죽이며 안으로 들어갔다.

현관에는 수국 그림이 분위기에 어울리는 액자로 장식되어 있었다. 아빠가 결혼을 허락받으러 인사 올 때 가져온 그림이라고 외할머니에게 들은 기억이 났다.

그것과 마주 보듯이, 신발장 위에도 같은 크기의 그림이 장식되어 있었다. 위화감이 느껴지는 액자와 붉은 장미를 그린 그림. 이것도 내가 아는 그림이었다. 어째서 이 그림이 여기에 있는 걸까?

부엌 안쪽에서 히토미 씨의 목소리가 들렸다.

"간장을 조금만 떨어뜨려 보면 어떨까?"

활짝 열린 문의 주렴 너머로 부엌을 들여다보자 아빠와 히토미 씨가 보였다. 히토미 씨가 작은 사발 안에 든 액체를 약지로 젓더니 그대로 아빠의 입가로 가져가자 아빠는 그 약지를 핥았다.

"뭐 하는 거야!"

소리를 빽 지르자 히토미 씨는 움찔거리며 사발을 떨어뜨렸다. 그걸 주우려고 몸을 숙이며 입을 반쯤 벌린 채 멍하니 나를 올려다보는 모습이 잔뜩 과장된 몸짓처럼 보여서 불쾌했다.

아빠는 전혀 동요하는 기색도 없이 우리 집에서 나를 맞이하는 듯한 눈빛으로 보고 있었다.

"설명해봐!"

감정에 휩쓸리며 아무 말이나 쏟아내면 아빠와 멀어진다는 걸 알면서도, 솟구치는 분노를 억누를 수가 없었다.

"당연히 엄마는 모르고 있지? 무보수 야근이라고 해놓고, 사실은 매일 여기에 왔던 거 아냐? 이런 식으로 배신하다니, 용서 못 해! 게다가 여긴 외할머니 집이잖아. 당신들, 미친 거 아냐?"

그렇게나 떠들어댔지만 돌아오는 아빠의 대답은 한마디였다.

"일단 앉아."

나와 아빠는 부엌에 히토미 씨를 남겨둔 채 거실로 이동했다. 테이블 위에는 식탁 깔개가 두 장 깔려 있고, 그 위로 나이프와 포크, 적포도주 병과 와인잔이 놓여 있었다. 나는 이런 식탁을 우리 집에서 본 적이 없었다. 애초에 비프스튜가 식탁에 올라온 적도 없었고, 그걸 아빠가 좋아한다는 것도 처음 알았다.

마치 지금부터 아빠와 내가 여기서 식사하는 것처럼 마주 보며 앉았다.

"엄마한테 미안하지도 않아?"

아빠는 계속 입을 다물고 있었다. 셔츠 가슴 주머니에서 담배를 꺼내 불을 붙이더니, 이걸 구실 삼아 당장은 말을 안 해도 되겠다는 듯이 천천히 빨아들였다.

나는 립스틱이 묻은 꽁초와 묻지 않은 꽁초가 뒤섞인 식탁 위 재떨이에서 시선을 피하듯이 아빠를 바라보았다.

"엄마보다 저 사람이 더 좋아?"

그런데도 아빠는 아무 대답도 없었다. 한숨을 쉬듯 연기를 뱉어냈을 뿐이다.

"이혼할 거야?"

"그건, 안 해."

간신히 꺼낸 말이 내 분노의 불에 기름을 부었다.

"농사일하고 할머니를 돌봐야 해서 그렇지? 엄마는 편리하게 부려 먹으면서, 자기는 다른 여자랑 연애질이나 하고, 아빠는 정말 쓰레기야. 그럴 거면 이혼하고 엄마를 그 집에서 해방시켜 줘. 난 엄마하고 이 집에 살게. 당신은 저 여자하고 자기 집에서 살면 되잖아."

"그렇게 단순한 문제가 아냐."

"세상 물정 모르고 곱게 자란 아가씨를 사토시가 버릴 수 있을 리가 없잖니."

히토미 씨가 불붙은 담배를 손에 들고 거실로 들어오며 말했다.

"아빠도 그렇게 생각해?"

아빠는 대답하지 않았다. 하지만 부정하지 않는다는 건 긍정의 의미로 보였다.

"언제 적 얘길 하는 거야. 엄마가 곱게 자란 아가씨에서 많이 변했다는 건 보면 알잖아. 애초에 지금 우리 집이 누구 덕분에 돌아가고 있는데? 아빠도 그렇게 말했잖아. 벌써 잊었어?"

"집안하고 바깥세상은 달라."

아빠의 말이었다.

"그럼 내가 일할게."

"세상은 그렇게 만만하지 않아."

"맞아. 넌 세상이 얼마나 험난한지 모르니까, 양자택일에서 자기가 고른 한쪽은 반드시 가질 수 있다고 믿는 거야."

히토미 씨는 아빠 옆에 앉더니 아직 3분의 1도 피우지 않은 담배를 재떨이에 비벼껐다. 핑크베이지 립스틱. TV 광고에서 자주 보이는 새로운 색상이었다. 엄마의 립스틱은 몇 년 동안 똑같은 새빨간 장미색인데 말이다.

"그쪽이 얼마나 험난한 사회를 겪어봤다고 그래요?"

태양 빛 따윈 전혀 쐬어본 적도 없어 보이는 하얗고 보동보동한 살결. 쭉 뻗은 손가락. 보기 좋게 정돈된 손톱. 곧게 뻗은 등. 근육도 군살도 없는 평평한 허리. 무언가와 싸워왔다는 증거가 전혀 느껴지지 않는, 연륜이 없는 몸이었다.

"네가 태어나기 얼마 전에 거대한 존재와 싸웠어. 사토시와 함께."

"학생 운동을 말하는 거야?"

나는 아빠에게 물었다.

"맞아."

"히토미 씨한테 물은 게 아니에요. 아빠한테 물어본 거지. 거기서 싸워본 사람들은 이 세상의 모든 걸 안다고 말하고 싶어?"

역시 아빠의 대답은 없었다.

"폭력으로 집안을 지배하려 드는 할아버지에게 맞서 싸울 용기가 없으니까, 그 칼끝을 외부로 돌렸을 뿐이잖아? 베트남 전쟁이 어떻게 되든, 일미 안보가 어떻게 되든, 자기 마음이 직접적으로 상처받을 걱정은 없으니까. 그걸 알면서 학생 운동에 참여한 줄 알았어. 당시엔 몰랐더라도, 지금은 당연히 알고 있는 줄 알았어. 그래서 아름다운 우리 집을 만들고 싶어 한 거 아니었어?"

아빠는 놀란 듯이 눈을 크게 떴다. 내가 일기를 읽었다는 걸 알아챈 것이리라.

"그런데 또 도망치다니. 이번엔 뭐가 불만이야? 할아버지가 죽어도 해방감이 안 느껴졌어? 아니면 회사에 멍청한 주제에 잘난 체하는 상사라도 있어? 히토미 씨하고 있으면 투쟁하던 시절로 돌아간 기분이 들었겠지. 이혼하지 않겠다는 건, 히토미 씨와 가정을 가져도 아름다운 우리 집을 만들 수 없다는 걸 아니까 그런 거잖아. 그럴 바엔 여길 도피처로 남겨놓고 싶었겠지."

대답은 없어도 지금까진 계속 내 눈을 가만히 바라보던 아빠가 이윽고 눈을 피했다.

"…겁쟁이. 엄마한테도 보호받고, 다른 여자한테도 보호받고, 혼자 힘으로 살아가지 못하는 건 바로 아빠잖아. 알았으면 엄마한테 사과해!"

"적당히 좀 해!"

히토미 씨가 목소리를 높였다. 아빠를 지키려는 듯이 등 뒤에서 강하게 끌어안고 있었다. 딸 앞에서 이런 짓을 할 수 있다는 게 어이가 없었다. 이 집에서 두 사람이 낡은 멜로 드라마 같은 세계를 만들었을 거라 생각하면 구역질이 났다.

"사토시는 너와 네 엄마를 도저히 볼 수 없어서 그 집으로 돌아가기 싫은 거야."

"히토미, 그건…."

갑자기 나와 엄마를 언급한 것보다도 피해자인 척 입을 다물던 아빠가 히토미 씨의 말을 가로막은 이유가 더 궁금했다.

아빠는 우리 가족과 아무 관계도 없는 여자에게 나와 엄마를 어떻게 이야기했을까?

"나와 엄마의 어느 부분이 잘못됐는지 제대로 말해봐요."

침묵으로 일관할 게 뻔한 아빠 대신, 나한테 매도당한 만큼 갚아줘야 직성이 풀리겠다는 표정의 히토미 씨에게 말했다.

"나도 자세한 것까진 몰라…."

히토미 씨는 아빠의 눈치를 살피며 대답했다.

"넌 엄마한테 사랑받으려고 필사적으로 노력하는데, 네 엄마는 일부러 널 외면한다는 것만 알아. 사토시는 그걸 지켜보는 게 괴로운 거야."

갑자기 목구멍 안으로 누가 손을 집어넣은 것처럼 가슴이 욱신거리며 구역질이 올라왔다. 견딜 수 없게 화가 나는데도 반박할 말이 없었다. 히토미 씨의 말은 사실이었다. 누구에게도 들키기 싫은 진실이 생판 남인 사람의 입에서 언급되자 나는 깜짝 놀랄 수밖에 없었다.

히토미 씨는 그런 모습에 의기양양함을 느꼈는지도 모른다.

"너도 엄마한테 사랑받는 걸 포기하면 편해질 수 있을 텐데, 지기 싫어하는 성격인 거겠지. 어떻게든 엄마한테 자기 존재를 인정받으려는 행동이, 오히려 엄마를 상처입히는 결과만 일으키니까. 참 얄궂어."

이제 그만하라고 소리치고 싶었다. 누구에게든 도움을 요청하며 울어버리고 싶었다. 매달리는 심정으로 아빠를 바라보자 순간적으로 눈이 마주친 걸 후회하듯 작은 한숨을 쉬며 시선을 피했다. 마치 자기를 끌어들이지 말라는 듯한 태도였다. 하지만 난 알고 있었다. 히토미 씨가 말하는 내용은 아빠가 히토미 씨에게 들려준 것이라는 걸. 아빠는 나와 엄마를 그런 눈으로 보고 있었다는걸.

그렇다면 어떻게든 해결하려는 시도 정도는 할 수 있지 않았을까? 책장에 꽂힌 사상 전집에는 시골의 한 가족이 행복하게 살 수 있는 힌트가 무엇 하나 적혀 있지 않았던 걸까?

"하지만 너와 네 엄마가 가까워지지 못하는 건 어쩔 수 없는 일이야. 슬픈 사고 때문이니까. 정신적으로 완전히 의존하던 자기 엄마가 딸을 지키기 위해 자살한 사실을 쉽게 받아들일 수는 없었겠지."

여기서 엄마는 누굴 가리키는 거고 딸은 누굴 가리키는 걸까? 머릿속이 혼란해서인지 잘 알 수 없었다. 사고라는 말에 어머니가 유산한 일이 떠올랐지만, 말에 담긴 뉘앙스로 보면 좀 더 옛날 일을 가리키는 것 같았다.

그렇다면 언덕집이 태풍 때문에 불탔던 사건을 말하는 걸까?

그때 죽은 사람은 외할머니다. 그런데 외할머니가 토사에 밀려 쓰러진 장롱 밑에 깔려 죽은 게 아니란 말인가? 아니면 불에 타죽었다는 건가?

"네 엄마는 어머니와 딸 중에서 어느 쪽을 구할 건지 망설였어. 그런데 불길은 코앞까지 다가와 있었지. 네 외할머니는 엄마가 널 구하게 하려고 스스로 목숨을 끊은 거야."

"거짓말! 외할머니는 그때 움직일 수 없었어!"

"혀를 깨문 거야. 네 엄마는 소중한 어머니가 돌아가셨다는 것보다도, 그 어머니가 널 지켰다는 걸 용서할 수 없었던 게 아닐까? 사랑하는 사람이 마지막에 자신을 선택하지 않았다는 사실을 인정해야만 했을 테니…."

'거짓말, 거짓말, 다 거짓말, 말도 안 되는 소리야!'

나는 와인병을 잡아 히토미 씨의 머리를 향해 내리친 뒤 집에서 뛰쳐나왔다. 외등이 드문드문 밝혀진 좁은 길을 빠져나와 해안도로로 나왔다. 버스는 통학 시간이 아니면 1시간에 한 대뿐이었다. 만약 이때 버스가 올 때까지 오래 기다려야 했다면, 나는 공중전화로 달려가서 토오루에게 도움을 청했을지도 모른다.

그러나 버스는 바로 눈앞에 와 있었다. 빨리 엄마에게 가보라는 듯이. 승객이라곤 나밖에 없는 버스의 뒷좌석에 앉자 히토미 씨의 말이 머릿속에서 가득 부풀어 올랐다.

'외할머니는 엄마가 날 구하게 하려고 혀를 깨물어 자살했다.'

정신을 차려보려고 창밖으로 시선을 향하자 차창에 내 얼굴이 선명히 비쳤다. 점점 엄마와 닮아간다는 말을 자주 듣지만, 그건 엄마만 아는 사람들이 하는 말이다. 나와 정말 닮은 건 외할머니 쪽이다.

인자했던 외할머니. 이불 속으로 파고들면 슬며시 발을 덥혀주던…. 떠올려보자, 그날 있었던 일을. 외할머니의 말을, 그리고 엄마의 말을. 하지만 그렇게 해서 머릿속에서 재생되는 말은 실제로 어머니와 외할머니가 나눴던 대화가 아니라, 내가 나를 위해 만들어내는 대화에 불과하다.

"이 아이를 사랑해다오!"와 같은—.

집으로 돌아오니 엄마의 얼굴을 똑바로 쳐다볼 수 없었다. 진실을 알게 되는 것도 괴로웠다. 히토미 씨가 말한 사실을 부정해주길 원했다. 건방진 10대 여자애가 마음대로 지껄인 게 분해서, 얼핏 들은 몇몇 사실을 토대로 내가 가장 상처받을 이야기를 즉석에서 날조해냈다는 걸 증명해주길 원했다.

'누가 그런 소릴 해? 외할머니를 모독하다니, 용서 못 해.'

그런 말을 버스 안에서도, 집으로 향하는 밤길을 걸으면서도 계속 상상했다.

하지만 엄마는 부정하지 않았다. 슬픈 표정으로 나를 향해 양손을 내뻗는 모습이 슬로 모션처럼 보였다. 나는 순간적으로 나를 안아주는 건가 생각했다.

엄마가 혼자 끌어안고 있던 슬픔을 앞으로는 둘이서 공유하게 된다는 생각에 기쁨과도 비슷한 감정이 솟구친 순간, 목에 강한 압력이 느껴졌다. 엄마의 울퉁불퉁한 손가락이 내 목에 휘감기고, 지문 모양이 느껴질 만큼 두껍고 거친 손끝이 내 목구멍을 향해 조금씩 파고들었다.

엄마에게라면 죽어도 좋았다. 하지만 그래선 안 된다.

나는 혼신의 힘을 쥐어 짜내서 엄마의 몸을 밀쳐냈다. 내 방으로 달려가서 문을 잠갔지만, 엄마가 쫓아올 기미는 보이지 않았다.

나는 지금 왜 여기에 있는 걸까? 그때 꿈같은 집과 함께 불타버렸다면, 엄마의 추억 속에서 사랑하는 딸로 영원히 살아갈 수 있었을 텐데.

할머니가 돌아가신 것과 똑같은 시각이 될 때까지, 엄마와 나를 연상시키는 릴케의 시를 노트에 계속 적고, 마지막으로 엄마에게 보내는 메시지를 덧붙였다. 발소리를 죽이며 밖에 나오자 하늘은 아직 어둑어둑했다. 가능하다면 내 방에서 조용히 손목을 끊어 죽고 싶었지만, 내 목에는 손가락 자국이 붉게 남아 있다. 다행히 창고 안에는 로프와 함께 발판으로 삼기 좋은 플라스틱 상자도 있었다. 농가에서 태어나길 잘했다는 생각이 죽기 직전에야 처음 들었다는 게 우스워서 살짝 웃음이 나왔다.

어느 나무에서 죽을지는 이미 정해두었다. 엄마가 이 집에 이사온 후로 가끔 사랑스럽게 그 나무를 어루만지는 모습을 멀리서 바라볼 때마다 느끼곤 했다. 엄마는 저 나무를 외할머니처럼 여기고 있다는 것을. 그래서 나 역시 외할머니의 나무로 생각하게 되었다.

외할머니의 나무에서 내가 죽는 걸 엄마는 불쾌하게 여길지도 모른다. 하지만 내 마지막 어리광을 용서해주길 바랄 뿐이다. 이렇게 견딜 수 없이 두려운 내 마음을 받아주는 건 이 수양벚나무뿐일 테니까.

엄마, 용서해주세요—.

이미 작별을 고했을 텐데도 암흑 속에서 엄마의 목소리를 느끼다니, 어쩜 이렇게 뻔뻔한 걸까? 이 손을 잡아주는 게 어머니라고 생각하다니, 어쩜 이렇게 낙천적일까?

내 이름을 불러주었다고 느끼다니.

그랬구나. 내 이름은 '사야카'였어.

오너라, 최후의 고통이여. 너를 받아들이마
육신 속의 치유되기 힘든 고통이여
한때 정신 속에서 불탔듯이,
보거라, 나는 지금 네 안에서 불타고 있다
장작은 네가 불타오르는 불꽃에 동의하기를 오랫동안 거부했건만
지금 나는 너의 양분이 되어 네 안에서 불타고 있다

이 세상에서 내가 가졌던 온화함은 너의 분노 속에서
이 세상을 초월한 저승의 노여움이 되었다
더없이 순수하게, 아무 계획도 없이 미래에서도 해방되면서
나는 고뇌의 난잡한 장작더미 위로 올라갔다
무언의 자산이 담긴 이 마음을 대가로

이처럼 확실히 미래를 사들이는 것이 어디서 또 가능하리오
지금 남들 눈에 띄지 않고 불타는 이것을 아직도 나라고 할 수 있는가?
나는 추억을 가져가지 않으련다
오오, 삶이여. 삶이란 밖에 있는 것이다
그러나 불꽃 속의 나, 그런 나를 아는 이는 아무도 없다

-오너라 최후의 고통이여

제7장

사랑의 노래

모성에 관하여

릿짱에게 타코야키를 받아들고 "지금 출발할게."라고 엄마에게 문자를 보낸 다음 타도코로 저택으로 출발했다.

엄마는 매주 일요일, 별로 유명하지 않은 기독교 종파의 종교활동에 참가하는 것 말고는 내가 집에서 살 때와 달라진 게 거의 없다.

할머니는 몸이 더 안 좋아졌고 앓아눕게 된 지 10년이 넘었다. 치매 증상이 매년 악화되고 있긴 해도 아직 멀쩡히 살아 있다. 엄마의 부담은 점점 늘어 가지만 할머니를 돌보는 엄마의 표정은 밝다.

할머니는 혼자 불쑥 돌아온 릿짱과 가족과 함께 이 도시로 돌아온 노리코 고모도 알아보지 못하고 모든 여자를 '언니'라고 부른다. 하지만 엄마에게만큼은 정확히 '루미코'라는 이름을 부른다. 그리고 주치의와 담당 변호사들에게는 '내 소중한 딸'로 소개하고 있으니 엄마의 마음이 할머니에게 제대로 전해진 걸로 해석해도 좋으리라.

할머니는 나도 전혀 알아보지 못하지만, 일주일에 한 번은 선물을 들고 얼굴을 보여주러 간다. 어찌 됐든 내 생명의 은인이니까. 할머니에게도 그때의 기억은 남아 있는지 엄마 외의 사람이 주는 음식은 사양하면서 좀처럼 손을 대지 않는다. 다만 내 선물에는 기다렸다는 듯이 손을 뻗는다.

아빠는 자취를 감춘 지 15년이 지난 3년 전에 불쑥 돌아왔다.

가진 물건이라곤 낡은 셔츠 가슴 주머니에 들어있는 빈 담뱃갑뿐이었다. 히토미 씨의 모습은 보이지 않았고, 둘이서 도망갔던 이듬해에 버림받았단다. “미안했어.”라며 엄마와 나에게 머리를 숙이는 아빠에게 엄마는 “어서 와.”라고 대답했을 뿐이다.

나는 가끔 와인병으로 히토미 씨를 때려죽이는 악몽에 시달리곤 했다. 그러다 깨어나며 드는 생각은 ‘아빠는 나를 보호하기 위해 사라졌던 게 아닐까?’ 하는 것이었다. 아빠에게 히토미 씨는 살아 있느냐고 묻자 “와인병으로 사람을 죽이는 건 2시간짜리 단편 드라마 속에서나 가능해.”라며 어이가 없다는 듯이 웃으며 말했다.

아빠가 도망쳤던 건 죄책감에 시달렸기 때문이다.

그 태풍이 불던 날, 아빠가 언덕집으로 돌아오는데 불길이 치솟는 것이 보였다. 서둘러 집까지 달려가서 현관문을 연 아빠가 맨 처음 한 행동은 붉은 장미를 그린 그림을 안전한 곳으로 갖고 나오는 일이었다.

다시 집 안으로 들어가자 엄마의 비명이 들렸다. 급히 달려가서 장롱 밑을 들여다보니 외할머니가 혀를 깨물고 죽어 있는 모습이 보였다. 무슨 일이 벌어졌냐고 묻는 아빠에게 엄마는 반쯤 미친 사람처럼 대답했다.

"저 아이를 살리라고, 어머니가…."

나도 장롱 밑에 있다는 걸 깨달은 아빠는 나를 끌어냈고, 엄마를 데리고 밖으로 도망쳤다.

'그림부터 챙기지 않았다면 장모님까지 구할 수 있었을지 모르는데.'

아빠는 그런 죄책감에서 도망치기 위해 엄마에게서, 그리고 나에게서 시선을 피하게 되었다고 한다. 얼마 뒤에는 자기 편한 대로 히토미 씨를 구슬려 현실도피를 시도했다. 그러나 사고로부터 11년 뒤, 히토미 씨와 둘이 만나던 장소에 내가 나타나면서 히토미 씨는 외할머니가 자살했다는 사실을 밝히고 말았다.

아빠는 외할머니가 자살했다는 걸 내가 당연히 알고 있을 것으로 생각했다고 한다. 엄마에게서 내가 목을 맨 이유를 전해 듣고, 아빠는 자신이 딸까지 죽음으로 몰아넣었다는 사실에 괴로워하며 히토미 씨에게 함께 도망치자고 부탁한 것이다.

히토미 씨는 자신에게도 이 일의 책임이 있다고 느꼈는지 부모와 직장에도 알리지 않고 모든 것을 버린 채 따라나섰다. 하지만 도시로 나가자 가난한 생활을 행복으로 느낄 수 있는 시절이 이미 지났다는 것을 깨닫고, 어느 날 홀연히 아빠를 떠나버렸다.

아빠는 내게도 사과하셨다.

엄마는 아빠를 용서한다고 말했고 나도 고개를 끄덕였다. 살아 돌아온 이후로 무슨 일이든 너무 깊이 생각하지 않게 된 탓인지 아빠에 대한 분노의 감정이 들끓지는 않았다. 내가 병원에서 눈을 떴을 때, 엄마가 내 손을 잡고 이름을 불러준 것으로 내 욕구는 충족되었다. 그래도 "담배 끊으면 용서할게."라는 조건을 붙여보았다. 아빠는 쓴웃음을 지을 뿐이었지만, "그러면 아빠가 불쌍하잖니."라며 엄마가 나를 타일렀다.

아빠와 엄마는 논을 없애고 비닐하우스를 지어 카네이션을 중심으로 한 화훼재배를 시작했다. 수입만 보면 그렇게까지 성공적이라고 할 순 없지만, 꽃들에 둘러싸인 두 사람의 옆얼굴은 언젠가 보았던 풍경과 겹쳐 보일 때가 많아서 이걸로 잘됐다는 생각이 든다.

나는 아빠가 돌아온 이듬해에 결혼하면서 집을 나왔다. 시대에 뒤처진 단체활동에 빠져들어 기물파손으로 전과가 하나 생긴 뒤, 지금이 21세기에 접어들고도 10년이나 지났고 무장 투쟁으로는 세상을 바꿀 수 없다는 걸 깨달은 토오루와 함께였다.

엄마는 인사하러 찾아온 토오루에게 깊이 머리를 숙이며 이렇게 말했다.

"애지중지하며 모든 걸 바쳐 키운 딸이니까 행복하게 해주세요."

눈물은 요만큼도 나오지 않았다. 외할머니의 집이었던 곳이 우리의 집이 되었다. 정원에는 계절마다 꽃을 심고, 현관에는 아빠가 그려준 그림을 장식했다.

꽃이 흐드러지게 핀, 언덕집을 연상시키는 아름다운 집의 창가에 아빠와 엄마와 딸, 세 사람의 실루엣이 비치는 그림이었다. 한때는 아빠와 엄마와 나의 모습이었고, 미래의 토오루와 나와 내 자식(딸이라는 예감이 드는)의 모습인지도 모른다.

아이가 생겼다는 사실을 엄마에게 전하자 "외할머니가 기뻐하시겠다."라고 눈물을 흘리며 정원의 수양벚나무를 올려다보았다. '엄마는 어떤데?' 같은 질문은 하지 않았다.

나는 내 아이에게 내가 엄마에게 바랐던 일을 해주고 싶다. 사랑하고, 사랑하고, 또 사랑하면서 내 모든 걸 줄 생각이다. 하지만 '모든 걸 바쳐서' 같은 말은 절대 하지 않으리라. 어쩌면 아이는 그런 나를 귀찮아할지도 모른다.

하지만 그것도 사랑이 충만한 증거다.

시간은 흘러간다. 흘러가기 때문에 엄마에 대한 마음도 바뀌어 간다. 그럼에도 사랑을 갈구하는 존재가 딸이며, 자신이 갈구했던 것을 자식에게 주고 싶어 하는 마음이 바로 모성 아닐까.

문자메시지의 알림음이 울렸다.

"빨리 보고 싶다. 조심해서 오렴."

낡은 저택 별채에 불이 켜져 있다. 문 안쪽에 나를 기다리는 엄마가 있다.

이보다 행복한 일은 없다.

내 영혼이 당신의 영혼에 닿지 않고서
어찌 내 영혼을 간직하리까?
어찌 그대를 넘어 다른 것을 향해 올라갈 수 있겠습니까?

오오, 어둠 속에서 잃어버린 어떤 것 옆,
그대의 깊은 마음이 흔들려도 흔들림 없는
어느 낯설고 조용한 곳에
내 영혼을 가져가고 싶습니다

우리에게 당신과 나의 몸에 닿는 모든 것은
확실히, 흡사 두 줄의 현에서 한 음을 짜내는,
궁형弓形의 바이올린처럼 우리를 한데 묶어놓습니다
어떤 악기에 우리는 얽혀져 있는 것인가요?
어떤 바이올리니스트가 우리를 사로잡은 것인가요?
오요, 감미로운 노래여!

-사랑의 노래

죽을 만큼, 죽일 만큼 서로를 사랑했던 엄마와 딸

모성

펴낸날 2023년 6월 15일 1판 1쇄

지은이 미나토 가나에
옮긴이 김진환
펴낸이 강유균
편집위원 이라야 남은영
기획·홍보 김아름 김혜림
교정·교열 이교숙 정아영 나지원
경영지원 이안순
디자인 바이텍스트
마케팅 신용천

펴낸곳 리드리드출판(주)
출판등록 1978년 5월 15일(제 13-19호)
주소 경기도 고양시 덕양구 청초로 66 덕은리버워크지산 B동 2007호~2009호
전화 (02)719-1424
팩스 (02)719-1404
이메일 gangibook@naver.com
홈페이지 www.readlead.kr

ISBN 978-89-7277-376-4 (03830)

* 잘못된 책은 바꾸어 드립니다.
* 책값은 뒤표지에 있습니다.